Patricia Highsmith — Erzählungen

Patricia Highsmith

Was die Katze hereinschleppte

und andere Erzählungen

Büchergilde Gutenberg

Inhalt

Der Schneckenforscher

Ganz zu Anfang, als Mr. Peter Knoppert erst begann mit seinem Schneckenhobby, da ahnte er nicht, wie schnell aus seiner ersten Handvoll Schnecken Hunderte werden sollten. Knapp zwei Monate nach dem Einzug der ersten Schnecken in sein Arbeitszimmer standen auf dem Schreibtisch, den Wandbrettern und Fensterbänken und sogar auf dem Fußboden mehr als dreißig Glasbehälter und Schalen voll durcheinanderkriechender Schnekken. Mrs. Knoppert fand sie gräßlich und weigerte sich, das Zimmer noch zu betreten. Es röche, behauptete sie; überdies war sie einmal aus Versehen auf eine Schnecke getreten – ein widerliches Gefühl, das sie nicht vergessen konnte. Doch je mehr seine Frau und auch seine Bekannten diesen ungewöhnlichen und etwas unappetitlichen Zeitvertreib ablehnten, desto mehr Spaß schien Mr. Knoppert daran zu finden.

»Ich habe mir noch nie viel aus Tieren und Pflanzen gemacht«, sagte er oft. Er war Teilhaber einer Maklerfirma und hatte sich sein Leben lang nur mit Finanzfragen beschäftigt. »Aber die Schnecken haben mir tatsächlich die Augen geöffnet für die Schönheiten der Tierwelt.«

Wenn dann seine Freunde entgegneten, Schnecken seien eigentlich gar keine richtigen Tiere, und ihr schleimiges Äußere sei kaum wirklich schön zu nennen, dann hielt ihnen Mr. Knoppert mit überlegenem Lächeln entgegen, er wisse doch wohl etwas mehr über Schnecken als sie.

Was zweifellos stimmte. Er war Zeuge eines Ereignisses gewesen, das in keinem Lexikon, in keinem zoologischen Handbuch, dessen er habhaft werden konnte, beschrieben war – jedenfalls nicht angemessen beschrieben. Er war eines Abends in die Küche gekommen, um vor dem Dinner schon eine Kleinigkeit zu essen, und zufällig war sein Blick auf die Schüssel mit Schnecken gefallen, die auf dem Ablaufbrett am Spülstein stand und in der sich zwei Schnecken höchst sonderbar benahmen. Sie standen sozusagen auf dem Schwanzende und schwankten voreinander hin und her wie zwei Schlangen, die von einem Flötenspieler hypnotisiert werden. Gleich darauf berührten sich die beiden Gesichter zu einem Kuß von deutlicher Sinnlichkeit. Mr. Knoppert trat näher heran und musterte sie von allen Seiten. Da geschah noch etwas: bei beiden Schnecken erschien auf der rechten Kopfseite ein kleiner Auswuchs, etwa wie ein Ohr. Was er da vor sich sah, war irgendeine Art von Sexualerlebnis, das sagte ihm sein Instinkt.

Die Köchin trat in die Küche und machte eine Bemerkung, doch Mr. Knoppert brachte sie mit einer ungeduldigen Handbewegung zum Schweigen. Er konnte die Augen nicht abwenden von den verzauberten Lebewesen in der Schüssel.

Als die ohrförmigen kleinen Gebilde genau Rand an Rand lagen, schnellte aus dem einen Ohr ein weißliches Stäbchen hervor und bog sich wie ein Fühler dem Ohr der anderen Schnecke entgegen. Mr. Knoppert mußte seine erste Mutmaßung korrigieren, als auch aus dem Ohr der zweiten Schnecke ein Fühler hervortrat. Sonderbar, dachte er. Jeder der beiden Fühler wurde zurückgezogen, trat von neuem hervor und blieb dann, als hätte er ein unsichtbares Ziel erreicht, in der Partnerschnecke haften. Wie gebannt starrte Mr. Knoppert in die Schüssel. Auch die Köchin war jetzt herangetreten und besah sich die Schnecken.

»Haben Sie so was schon mal gesehen?« fragte Mr. Knoppert.

»Nein. Die kämpfen wohl miteinander«, meinte die Köchin und wandte sich gleichgültig ab. Für Mr. Knoppert war ihre Bemerkung ein Beweis für die Ignoranz auf diesem Gebiet, der er später überall begegnen sollte.

Mr. Knoppert blieb länger als eine Stunde neben dem Spülstein stehen und sah den beiden Schnecken zu, bis schließlich erst die Ohrgebilde und dann die Fühler eingezogen wurden, die Schnecken sich entspannten und einander nicht weiter beachteten. Jetzt aber hatten zwei andere Schnecken das gleiche Liebesspiel angefangen und sich langsam erhoben bis zur Kußposition. Mr. Knoppert wies die Köchin an, die Schnecken heute abend nicht auf den Tisch zu bringen. Er nahm die Schüssel mit hinauf in sein Arbeitszimmer; und fortan wurden im Hause Knoppert keine Schnecken mehr serviert.

Abends nahm er sich seine Lexika und die paar naturwissenschaftlichen Bücher vor, die er im Hause hatte, fand jedoch keine Silbe über die Fortpflanzungsgewohnheiten der Schnecken; nur der langweilige Vermehrungsprozeß von Austern war dort eingehend beschrieben. Vielleicht war es doch keine Paarung gewesen, die er da beobachtet hatte, überlegte er einige Tage später. Edna, seine Frau, verlangte, er solle die Schnecken jetzt entweder zubereiten lassen und aufessen oder sie wegtun – sie war gerade auf eine Schnecke getreten, die aus der Schüssel auf den Fußboden gekrochen war. Vielleicht hätte er sich gefügt, wenn ihm nicht in der Stadtbibliothek die Darwinsche ›Entstehung der Arten‹ in die Hände gefallen wäre, wo er einen Satz über Gastropoden fand. Er war französisch geschrieben, und Mr. Knoppert konnte kein Französisch, doch bei dem Wort *sensualité* stutzte er wie ein Bluthund, der plötzlich die Spur gefunden hat. Er holte sich ein französisch-englisches Wörterbuch zu Hilfe und machte sich an die Übersetzung. Der Absatz – weniger als hundert Worte – besagte, daß Schnecken bei der Paarung einen Grad von Sinnlichkeit an den Tag legen, der in der übrigen Tierwelt unbekannt ist. Das war alles. Die Feststellung stammte aus den Aufzeichnungen von Henri Fabre, und Darwin hatte wohl gemeint, der Durchschnittsleser benötige keine Übersetzung; er hatte sie jedenfalls im Original stehengelassen für die paar ernsthaft Interessierten, denen die Sache wirklich wichtig war. Zu ihnen zählte sich Mr. Knoppert jetzt. Das runde, rötlich glänzende Gesicht strahlte vor Stolz.

Er wußte nun, daß seine Schnecken Süßwasserschnekken waren, die ihre Eier in den Sandboden legten; deshalb tat er feuchte Erde und eine Untertasse voll Wasser in eine große Waschschüssel und legte die Schnecken behutsam hinein. Dann wartete er, ob etwas geschehe. Aber eine weitere Paarung fand nicht statt. Er nahm die Tiere eins nach dem anderen hoch und betrachtete sie, sah aber keinerlei Anzeichen einer Schwangerschaft. Doch die eine Schnecke ließ sich nicht aufheben; es war, als klebe das Schneckenhaus am Boden fest. Mr. Knoppert nahm an, daß die Schnecke den Kopf in den Sand gesteckt hatte, um zu sterben. Zwei weitere Tage vergingen, und am Morgen des dritten sah er an der Stelle, wo das Tier gelegen hatte, ein paar Sandbrösel liegen. Neugierig untersuchte er sie mit Hilfe eines Streichhölzchens und entdeckte zu seinem Entzücken eine winzige Mulde voll glänzender Eier. Schneckeneier! Er hatte sich also nicht getäuscht. Eilig rief er seine Frau und die Köchin herbei und zeigte ihnen seinen Fund. Die Eier sahen ähnlich aus wie Kaviar, nur waren sie weiß anstatt schwarz oder rot.

»Na – irgendwie müssen sie sich ja fortpflanzen«, war alles, was seine Frau dazu sagte. Er begriff ihre Gleichgültigkeit nicht – er selbst trat, wenn er zu Hause war, jede Stunde an die Schüssel und betrachtete die Eier. Jeden Morgen sah er nach, ob sich irgend etwas verändert hatte; jeden Abend vor dem Schlafengehen galt den Eiern sein letzter Gedanke. Und nun machte sich tatsächlich noch eine Schnecke daran, eine Mulde zu graben, und zwei andere begannen mit dem Liebesspiel! Das erste Eiergelege nahm zartgraue Farbe an, und seitlich auf jedem Ei wurde ein winziges Spiralgehäuse sichtbar. Mr. Knopperts Spannung wuchs. Endlich kam der Morgen – nach seiner sorgfältigen Berechnung war es der achtzehnte –, da blickte er in die kleine Mulde und sah, wie sich ein winziger Kopf bewegte und ein kurzer Fühler noch unsicher tastend das Nest erforschte. Mr. Knoppert war selig wie ein frisch gebackener Vater. Jedes der kleinen Eier – etwa siebzig mochten es sein – erwachte zum

Leben. Es war wunderbar. Er hatte jetzt den kompletten Fortpflanzungszyklus bis zum glücklichen Ende miterlebt. Kein Mensch – jedenfalls niemand, von dem er wußte – kannte auch nur einen Bruchteil von dem, was er mit angesehen hatte, und das war das besonders Erregende und Geheimnisvolle an dieser Entdeckung. Sorgfältig notierte sich Mr. Knoppert die verschiedenen Termine der Paarung und des Ausschlüpfens. Alle Freunde und Bekannten unterhielt er mit eingehenden Berichten über das Leben der Schnecken. Sie hörten ihm zuweilen fasziniert, häufiger aber mit leichtem Ekel zu, was seine Frau in peinlichste Verlegenheit brachte.

»Wo soll das bloß hinführen, Peter? Wenn sie sich in diesem Tempo fortpflanzen, haben wir bald keinen Platz mehr im Haus!« hielt sie ihm vor, als fünfzehn oder zwanzig Gelege ausgeschlüpft waren.

»Die Natur läßt sich nicht aufhalten«, erwiderte er gut gelaunt. »Sie haben ja nur mein Arbeitszimmer eingenommen, und da ist Platz genug.«

Immer mehr Glasbehälter und Schüsseln wanderten nach oben. Mr. Knoppert ging auf den Markt und erstand dort einige Schnecken, die etwas lebhafter und munterer aussahen, und außerdem zwei, die er gerade bei der Paarung antraf, was ringsum niemand bemerkte. Immer mehr Mulden mit Eiern erschienen im Sand der Glasgefäße, und aus jeder krochen dann siebzig bis neunzig kleine Schnecken, durchsichtig wie Tautropfen. Behende schoben sie sich an den frischen Salatblättern in die Höhe, die Mr. Knoppert als eßbare Leitern in jeder Mulde bereitstellte. Paarungen kamen nun so oft vor, daß er schon gar nicht mehr hinschaute. Eine Paarung konnte gut 24 Stunden andauern. Doch der Anblick des weißlichen Kaviars, der sich in Gehäuse verwandelte und dann langsam vorwärts kroch: dieser Anblick erregte ihn jedesmal aufs neue.

Seine Kollegen im Geschäft bemerkten deutlich einen neuen Schwung in Peter Knoppert. Er wurde kühner in seinen Beschlüssen, er legte verblüffende Kalkulationen vor, und seine Pläne hatten manchmal etwas geradezu Gerissenes, aber der Firma brachten sie Geld ein. Man beschloß einstimmig, sein Grundgehalt von vierzig- auf sechzigtausend Dollar pro Jahr zu erhöhen. Wenn ihm jemand zu seinen Erfolgen gratulierte, so behauptete Mr. Knoppert stets, er verdanke das alles den Schnecken und den erholsamen Beobachtungsstunden bei ihnen. Alle seine Abende verbrachte er mit den Schnecken in dem Raum, der nun kein Arbeitszimmer mehr war, sondern eher einem Aquarium glich. Er war glücklich, wenn er vor den Glasbehältern stand und frische Salatblätter, gekochte Kartoffel- und Möhrenscheibchen hineinfallen ließ und dann den Hebel des Wassersprengers in die Höhe schob, worauf es in allen Behältern anfing zu rieseln. Sofort lebten dann die Schnecken auf, fingen an zu fressen oder begannen mit dem Liebesspiel, oder sie ließen sich offensichtlich erfreut durch das seichte Wasser treiben. Oft ließ Mr. Knoppert eine Schnecke über seinen Zeigefinger kriechen – der menschliche Kontakt gefiel ihnen, davon war er überzeugt – und ein Salatblatt aus der Hand fressen, wobei er sie von allen Seiten beobachtete. Das bereitete ihm die gleiche ästhetische Freude wie einem anderen der Anblick eines Japandruckes.

Das Zimmer durfte jetzt nur noch von ihm selbst betreten werden, denn viele Schnecken hatten sich angewöhnt, auf dem Fußboden herumzukriechen oder festgeklebt auf Stuhlsitzen und an Bücherrücken auf den Wandbrettern einzuschlafen. Sie schliefen überhaupt viel, vor allem die älteren, doch es gab noch immer eine Menge weniger phlegmatischer Tiere, die sich lieber mit der Liebe beschäftigten. Mindestens ein Dutzend Paare, so schätzte Mr. Knoppert, waren immer dabei, sich zu küssen. Und der Nachwuchs an jungen und jüngsten Schnecken stieg beträchtlich. Zählen konnte man sie nicht mehr. Mr. Knoppert zählte zunächst nur die, die über die Zimmerdecke krochen oder schlafend festhafteten: es waren zwischen elf- und zwölfhundert. In den Schüsseln und Glasbehältern, unter dem Schreibtisch und an den Bücherregalen saßen bestimmt fünfzigmal soviel. Er nahm sich vor, an einem der nächsten Tage die Schnecken von der Decke abzunehmen. Einige saßen schon seit Wochen da oben, wer weiß, ob sie überhaupt genügend Nahrung zu sich nahmen. Aber er hatte in der letzten Zeit im Geschäft sehr viel zu tun gehabt; er brauchte Ruhe und hatte zu nichts mehr Lust, als still in seinem Lieblingssessel im Arbeitszimmer zu sitzen.

Im Juni wuchs die Arbeit in der Firma so stark an, daß er oft bis spät abends im Büro saß. Das Rechnungsjahr ging zu Ende, und die Abschlußberichte häuften sich. Er stellte Kalkulationen an, entdeckte noch ein paar Gewinnchancen und behielt sich einige der gewagtesten und unauffälligsten Abschlüsse für private Unternehmungen vor. Nächstes Jahr um diese Zeit müßte er sein Vermögen verdrei- oder -vierfacht haben. Er sah im Geist sein Bankkonto anwachsen – genauso leicht und schnell wie die Anzahl seiner Schnecken. Seine Frau war selig, als er ihr davon erzählte. Sie verzieh ihm sogar die bedauerliche Tatsache, daß sein Arbeitszimmer ruiniert war und daß der fade Fischgeruch in der ganzen oberen Etage ständig zunahm.

»Aber es wäre mir doch lieb, wenn du mal nachsähest, ob da auch alles in Ordnung ist, Peter«, sagte sie eines Tages besorgt. »Es könnte doch sein, daß eins der Glasgefäße umgefallen ist, und ich möchte nicht gern, daß der Teppich verdorben wird. Du bist jetzt fast eine Woche nicht oben gewesen, nicht wahr?«

Es war fast zwei Wochen her. Daß der Teppich schon ziemlich hinüber war, erwähnte er lieber nicht. »Ich gehe heute abend hinauf«, versprach er.

Doch es vergingen noch weitere drei Tage, bevor er sich die Zeit nahm. Es war abends kurz vor dem Schlafengehen, und als er eintrat, sah er zu seinem Erstaunen, daß der Fußboden völlig von Schnecken bedeckt war, die in drei oder vier Schichten übereinander lagen. Er konnte nur mühsam die Tür zumachen, ohne eine ganze Anzahl zu zerquetschen. Mit dicken Schneckenklumpen in allen

Ecken sah das Zimmer fast rund aus; es war, als stände er mitten in einer riesigen Versteinerung. Mr. Knoppert knackte mit den Fingern und sah sich bestürzt um. Die Schnecken hatten nicht nur sämtliche Flächen überzogen: Tausende hingen in einem grotesken Klumpen vom Kronleuchter in den Raum hinein.

Mr. Knoppert schwankte und griff haltsuchend nach einer Stuhllehne. Was er in der Hand fühlte, war nichts als Schneckengehäuse. Er lächelte mühsam: auch auf der Stuhlfläche ballten sich die Schnecken übereinander wie ein klumpiges Kissen. Aber zunächst mußte etwas mit der Zimmerdecke geschehen, und zwar sofort. Er nahm einen Schirm aus der Zimmerecke, streifte eine Unzahl Tiere davon ab und machte auf dem Schreibtisch eine Stelle frei, wo er sich aufstellte. Mit der Schirmspitze riß er die Tapete ein; ein langer Tapetenstreifen, schwer von Schnecken, hing jetzt bis fast zum Fußboden herab. Plötzlich packte ihn der Zorn. Die Wassersprenger – die würden sie schon in Bewegung setzen. Er schob den Hebel hoch.

In sämtlichen Glasbehältern begannen die Fontänen zu sprühen; es war, als hebe das ganze Zimmer zu sieden an. Mr. Knoppert schob sich über den Fußboden, mitten durch die Berge von Schneckenhäusern, es hörte sich an, als träte man am Strand auf kleine Muscheln. Er richtete mehrere Sprenger auf die Zimmerdecke, sah aber sofort, das war ein Fehler gewesen. Die aufgeweichte Tapete riß ein, die Schneckenmasse kam langsam herunter; er zog den Kopf ein, um auszuweichen, und stieß gleich darauf mit aller Kraft gegen ein schaukelndes Schneckenbündel, das ihn seitlich am Kopf traf. Halb betäubt sank er in die Knie. Er mußte ein Fenster öffnen, die Luft hier drinnen war zum Ersticken. Schnecken krochen ihm über die Schuhe und die Hosenbeine herauf. Zornig schüttelte er die Füße. Er wollte zur Tür gehen und eine der Hausangestellten zu Hilfe rufen, als ihm der Kronleuchter schwer auf den Kopf fiel. Er ließ sich auf den Boden fallen und blieb einen Augenblick benommen sitzen. Das

Fenster war nicht zu öffnen, soviel sah er jetzt, denn die Schnecken lagen in dicken Schichten übereinander auf allen Fensterbänken. Einen Moment hatte er das Gefühl, er könne nicht aufstehen; ihm war, als müsse er ersticken. Es lag nicht nur an dem widerlich-schalen Geruch im Zimmer. Überall an den Wänden sah er lange, mit Schnecken überzogene Streifen, die ihm die Sicht versperrten wie ein Gefängnisgitter.

»Edna!« rief er und merkte erstaunt, wie schwach und hilflos seine Stimme klang – als sei er in einem schalldichten Raum gefangen. Er kroch zur Tür, ohne Rücksicht auf Hunderte von Schnecken, die er mit Händen und Knien zerquetschte. Die Tür war nicht zu öffnen; so viele Schnecken schoben sich von allen vier Seiten über die Türfüllung, daß er nicht dagegen ankam.

»Edna!!« Eine Schnecke kroch ihm in den Mund; angewidert spuckte er sie aus. Er versuchte, sie von den Armen abzustreifen. Aber für hundert Schnecken, die er loswurde, kamen vierhundert neue auf ihn zugekrochen und klebten sich an ihm fest, als ob sie sich ihn ausgesucht hätten als die einzige einigermaßen schneckenfreie Oberfläche im Zimmer. Schnecken krochen ihm über die Augen. Als er mühsam auf die Füße kam, traf ihn etwas am Kopf, das er nicht einmal erkennen konnte. Er wurde fast ohnmächtig. Jetzt lag er auf dem Boden und versuchte, mit den Händen die Augen und Nasenlöcher zu erreichen, um die schleimigen Schneckenkörper loszuwerden, doch seine Arme waren bleischwer geworden.

»Hilfe!« Er verschluckte eine Schnecke, hustete, rang nach Luft und merkte, wie ihm eine weitere Schnecke über die Lippen auf die Zunge kroch. Das war die Hölle. Er merkte, wie sie sich klebrig über seine Beine schoben, so daß er nicht mehr aufstehen konnte. »Uhhuh!« Mr. Knoppert keuchte schwach. Er sah nur noch schwarz, ein scheußliches wellenförmiges Schwarz. Atmen konnte er nicht mehr, er konnte die Nasenlöcher nicht erreichen, weil er die Hände nicht bewegen konnte. Seine Augen wurden zu schmalen Schlitzen. Unmittelbar vor sich, nur wenige Zentimeter entfernt, sah er etwas, das früher der Gummibaum im Topf neben der Tür gewesen war. Zwei Schnecken standen darin, hoch aufgerichtet, und liebten sich. Und direkt daneben kroch ein unerschöpfliches Heer kleiner weißlicher Schnecken, durchsichtig-klar wie Tautropfen, aus ihrer winzigen Sandmulde in die große weite Welt hinaus.

Der Bettinhalt

Es gibt viele Mädchen wie Mildred, heimatlos und doch nie ohne Dach – meistens ist es eine Hotelzimmerdecke, manchmal die einer Junggesellenbude oder – wenn sie Glück haben – einer Yachtkajüte oder auch von einem Zelt oder Wohnanhänger. Solche Mädchen sind Sachen fürs Bett, Bettinhalt, die man sich anschafft wie eine Wärmflasche, ein Reisebügeleisen, eine elektrische Schuhbürste oder irgendeinen kleinen Luxusgegenstand. Es ist von Vorteil für sie, wenn sie ein bißchen kochen können, aber sprechen müssen sie nicht unbedingt, egal in welcher Sprache. Auch sind sie austauschbar wie eine harte Währung oder internationale Postantwortscheine. Ihr Wert kann steigen oder sinken, je nach Alter und dem Mann, der sie gerade hat.

Nach Mildreds Meinung war das kein schlechtes Leben; falls man sie gefragt hätte, hätte sie in ihrer ernsthaften Art geantwortet: »Es ist *interessant.*« Mildred lachte nie, sie lächelte höchstens, wenn sie höflich sein wollte. Sie war etwa 1,60 groß, fast blond, ziemlich schlank und hatte ein angenehm leeres Gesicht und große blaue Augen, die immer weit geöffnet waren. Sie schlich mehr, als sie ging, mit krummem Rücken und vorgeschobenen Hüften – irgendwo hatte sie gelesen, die besten Mannequins hätten so einen Gang an sich. Sie wirkte dadurch matt und friedfertig. Etwas lebendiger war sie im Bett, und diese Tatsache ging von Mund zu Mund oder verbreitete sich – zwischen Männern, die nicht die gleiche Sprache sprachen – durch kleine Gesten mit dem Kopf oder durch winziges Lächeln. Mildred verstand etwas von ihrem Job, das mußte man ihr lassen, und sie widmete sich ihm mit großem Eifer.

Bis vierzehn hatte sie in der Schule herumgehangen, dann hielten es alle, auch ihre Eltern, für sinnlos, daß sie weitermachte. Ihre Eltern glaubten, sie würde früh heiraten. Statt dessen lief Mildred von zu Hause fort oder vielmehr, sie wurde von einem Autoverkäufer mitgenommen, als sie gerade fünfzehn war. Unter der Anleitung des Verkäufers schrieb sie beruhigende Briefe nach Hause, in denen es hieß, sie habe eine Stellung als Kellnerin in einer Stadt in der Nähe und lebte mit zwei anderen Mädchen in einer Wohnung.

Als Achtzehnjährige war Mildred schon in Capri, Mexico City, Paris, sogar in Japan und mehrmals in Brasilien gewesen, wo die Männer sie gewöhnlich verließen, weil sie vor irgend etwas auf der Flucht waren. Einmal war sie sozusagen der zweite Preis eines frisch gewählten amerikanischen Präsidenten in der Siegesnacht. In London war sie für zwei Tage an einen Scheich ausgeliehen worden, der sie mit einem recht königlichen Goldbecher entlohnte; später hatte sie ihn verloren – nicht daß sie ihn besonders gern gehabt hätte, aber er mußte ein Vermögen wert gewesen sein, und der Verlust tat ihr leid. Wenn ihr mal danach zumute war, den Mann zu wechseln, dann brauchte sie nur irgendeine teure Bar in Rio oder sonstwo aufzusuchen und sich einfach einen neuen Mann zu angeln, der sie mit dem größten Vergnügen auf sein Spesenkonto setzte, und schon ging es wieder zurück nach Amerika oder nach Deutschland oder Schweden. Es war Mildred vollkommen egal, in welchem Land sie sich befand.

Einmal hatte man sie am Tisch eines Restaurants vergessen, wie man ein Feuerzeug vergißt. Mildred bemerkte es, aber Herb bemerkte es dreißig Minuten lang nicht – dreißig Minuten, die Mildred schon ein wenig beunruhigten, obgleich sie sich nie wirklich über irgend etwas aufregen konnte. Sie wandte sich an den Mann nebenan – es war ein geschäftliches Essen, vier Männer und vier Mädchen – und sagte: »Ich dachte, Herb wollte nur mal schnell zum . . .«

»Was?« Der dickliche Mann nebenan war ein Amerikaner. »Oh, der kommt schon wieder. Wissen Sie, wir hatten ein paar unangenehme geschäftliche Dinge zu bereden. Er hat sich aufgeregt.« Der Amerikaner lächelte verständnisvoll. Sein Mädchen saß auf der anderen Seite, er hatte sie sich am letzten Abend angelacht. Keines der Mädchen hatte den Mund aufgemacht, außer zum Essen.

Herb kehrte zurück und holte sich Mildred, und sie gingen in ihr Hotelzimmer – Herb in äußerst schlechter Laune, denn er war geschäftlich schlecht weggekommen. An diesem Abend konnte Mildred mit ihren Umarmungen weder Herbs Laune noch sein Selbstgefühl heben, und in derselben Nacht wurde Mildred umgetauscht. Ihr neuer Beschützer war Stanley, etwa fünfunddreißig und auch so dicklich wie Herb. Der Handel kam während der Cocktailzeit zustande, während Mildred wie üblich ihren Alexander durch einen Strohhalm schlürfte. Herb bekam Stanleys Mädchen, eine dümmliche Blondine mit künstlichen Locken. Das Blond war auch künstlich, obgleich gut gemacht, wie Mildred feststellte, denn von Make-up und Frisuren verstand sie etwas. Mildred kehrte noch einmal kurz ins Hotel zurück, um ihren Koffer zu packen, dann verbrachte sie den Abend und die Nacht mit Stanley. Er sprach kaum ein Wort mit ihr, aber er lächelte und telefonierte viel. Das war in Des Moines.

Mit Stanley zog Mildred nach Chicago, wo Stanley eine kleine eigene Wohnung hatte, außerdem noch eine Frau, irgendwo in einem Haus, wie er sagte. Wegen der Frau machte Mildred sich keine Sorgen. Nur einmal in ihrem Leben hatte sie mit einer schwierigen Frau zu tun gehabt, die in eine Wohnung eindrang. Mildred hatte ein Küchenmesser geschwungen, und die Frau war geflohen. Normalerweise bekam die Frau nur einen verwirrten Blick, verzog das Gesicht und machte sich davon, augenscheinlich mit der Absicht, sich an ihrem Gatten zu rächen. Stanley war den ganzen Tag fort und gab ihr nicht viel Geld, was ärgerlich war. Wenn möglich, wollte Mildred nicht lange bei Stanley bleiben. Irgendwann hatte sie auf einer Bank ein Sparkonto angefangen, aber sie hatte ihren Paß verloren und den Namen der Stadt vergessen, wo die Bank war.

Doch bevor Mildred irgend etwas Schlaues anfangen konnte, um von Stanley loszukommen, war sie selbst an jemanden verschenkt worden. Das war ein Schock für sie. Ein Kaufmann würde seine Schlüsse über den Wert einer Währung gezogen haben, die man verschenkt, und Mildred tat es auch. Sie stellte fest, daß Stanley bei dem Geschäft mit einem Mann namens Louis, dem er Mildred gegeben hatte, einen guten Schnitt machte – aber trotzdem ...

Dabei war sie erst dreiundzwanzig. Aber Mildred wußte: das war ein gefährliches Alter. In Zukunft mußte sie zusehen, daß sie ihre Trümpfe vorsichtiger spielte. Mit achtzehn war man ganz oben, sie war jetzt fünf Jahre darüber – und was hatte sie seitdem gewonnen? Ein Brillantencollier, das die Männer gierig anstarrten und das sie zweimal, mit der Hilfe von irgendeinem neuen Kerl, aus dem Leihhaus hatte auslösen müssen. Einen Nerzmantel – dieselbe Geschichte. Einen Koffer voll ganz gut aussehender Kleider. Was wollte sie eigentlich? Nun, sie wollte das gleiche Leben weiterführen – aber mit einem Gefühl größerer Sicherheit. Was würde sie denn anfangen, wenn sie wirklich mit dem Rücken zur Wand stand? Zum Beispiel, wenn sie mal rausgesetzt wurde – nicht einfach nur vertauscht – und wenn sie dann in der Bar noch nicht einmal etwas für die Nacht aufgabelte? Immerhin, sie hatte einige Adressen von früheren Freunden, sie konnte ihnen immer schreiben und drohen, sie würde sie in ihre Memoiren bringen, für die ihr ein Verleger angeblich einen Vorschuß gezahlt hatte. Aber Mildred hatte schon mit solchen Mädchen gesprochen, die fünfundzwanzig oder älter waren und die mit Memoiren gedroht hatten, falls sie nicht eine Rente auf Lebenszeit bekämen, und nur von einer einzigen hatte sie gehört, die Erfolg gehabt hatte. Viel eher, sagten die Mädchen, wurde nur gelacht oder es hieß: ›Na los, dann schreib mal!‹ – statt daß es Geld gab.

Nun sah Mildred erst einmal zu, wie sie für ein paar Tage mit dem dicken alten Louis zurechtkam. Er hatte eine nette getigerte Katze, die Mildred gern hatte, aber das Langweiligste war, daß er nur ein kümmerliches Einzimmerapartment mit einer kleinen Küche hatte. Louis war gutmütig, aber er hielt sein Geld fest. Auch war es peinlich für Mildred, daß sie sich aus der Wohnung stehlen mußte, wenn Louis mit ihr zum Essen ging (das war nicht die Regel, denn Louis erwartete, daß sie kochte und auch ein bißchen saubermachte); wenig schön war es auch, daß Louis, wenn ein Geschäftsbesuch kam, verlangte, sie solle sich in der Küche verbergen und kein Geräusch machen. Louis verkaufte Klaviere im Großhandel. Mildred übte die Rede, die sie ihm demnächst halten wollte: »Du weißt hoffentlich, daß du mich nicht festhalten kannst, Louis ... ich bin es nicht gewöhnt, zu arbeiten, nicht einmal im Bett ...«

Aber bevor sie noch Gelegenheit hatte, ihre Rede zu halten – im wesentlichen wäre es auf eine höhere Geldforderung hinausgelaufen, denn sie wußte, daß Louis eine Menge auf der Kante hatte –, trat er sie eines Abends einem jungen Vertreter ab. Louis sagte einfach, nachdem sie in einem Café an der Straße zusammen gegessen hatten: »Dave, wie wär's, wenn du Mildred auf einen Schlaftrunk zu dir mitnehmen würdest? – Ich muß heute früh zu Bett.« – Mit einem Zwinkern.

Dave strahlte. Er sah gut aus, aber – lieber Gott! – er lebte in einem Wohnwagen. Mildred hatte nicht die Absicht, eine Zigeunerin zu werden, sich mit dem Schwamm zu baden oder ein transportables Klosett in Kauf zu nehmen. Sie war große Hotels gewöhnt, mit Zimmerservice bei Tag und Nacht. Vielleicht war Dave jung und feurig, aber daran hatte Mildred kein besonderes Interesse. Die Männer sagen, alle Frauen seien gleich, aber nach ihrer Ansicht stimmte es eher, daß alle Männer gleich waren. Sie wollten immer nur das eine. Die Frauen wollten wenigstens noch Pelzmäntel, ein gutes Parfüm, Urlaub auf den Bahamas, eine Segelfahrt irgendwohin oder Schmuck – jedenfalls vieles Verschiedene.

Eines Abends, als sie mit Dave bei einem geschäftlichen Essen war (er war Zwischenhändler für Klaviere und nahm Bestellungen entgegen, obgleich Mildred nie ein Klavier in der Nähe des Wohnwagens gesehen hatte), machte Mildred die Bekanntschaft eines gewissen Mr. Zupp, genannt Sam, der Dave zum Essen in einem vornehmen Restaurant eingeladen hatte. Nachdem sie durch drei Gläser Alexander in Stimmung gekommen war, flirtete Mildred heftig mit Sam, der unter dem Tisch durchaus entgegenkommend war; dann erklärte Mildred ganz einfach, sie ginge jetzt mit Sam nach Hause. Dave blieb der Mund offenstehen, und er wollte etwas Ärger machen, aber Sam – ein älterer selbstsicherer Mann – machte eine diplomatische Andeutung, daß es eine große Szene geben würde, wenn es zu einem Boxkampf käme, und darauf zog sich Dave zurück.

Das war ein großer Fortschritt. Sam und Mildred flogen sofort nach Paris, danach nach Hamburg. Mildred bekam neue Kleider. Die Hotelzimmer waren Klasse. Mildred wußte nie, in welchem Hotel sie in der nächsten Nacht sein würden. Nun hatte sie mal einen Mann, dessen Erinnerungen etwas wert sein würden, wenn sie nur herausfinden könnte, was er eigentlich machte. Aber wenn er am Telefon sprach, war es entweder irgendein Kode oder Jiddisch oder Russisch oder Arabisch. Mildred hatte noch nie in ihrem Leben derart verblüffende Sprachen gehört, und sie konnte nicht herauskriegen, was er verkaufte. Die Menschen mußten doch irgendwas verkaufen, nicht? Oder sie mußten etwas kaufen, und wenn sie etwas kauften, mußte es doch irgendeine Geldquelle geben! Also, was war hier die Geldquelle? Irgendwie ahnte Mildred, daß es für sie bald an der Zeit sein würde, sich zur Ruhe zu setzen. Sam Zupp schien ihr von der Vorsehung geschickt zu sein. Sie bearbeitete ihn und versuchte raffiniert zu sein. »Ich würde ganz gerne mal zur Ruhe kommen«, sagte sie.

»Ich bin nicht von der Sorte, die heiratet«, antwortete er mit einem Lächeln.

Aber das meinte sie nicht. Was sie meinte, war ein kleines goldenes Ei für ihr Nest – dann konnte er sich verabschieden, wenn er wollte. Aber würden für ein richtiges Nest nicht eine Menge kleiner Eier nötig sein? Mußte sie das ganze Theater immer wieder von vorne durchspielen, mit vielen anderen Sam Zupps? Mildreds Kopf mühte sich damit ab, in die fernere Zukunft zu blicken; jedenfalls daran gab es wohl keinen Zweifel, daß sie zunächst einmal Mr. Zupp ausnutzen mußte, solange sie ihn hatte.

Alle diese Gedanken oder Pläne – so wenig haltbar wie ein mürbes Spinnennetz – wurden von den Ereignissen nach der erwähnten Unterhaltung weggefegt.

Plötzlich war Sam Zupp auf der Flucht. Ein paar Tage lang waren es Flugzeuge und getrennte Sitze, denn er und Mildred sollten nicht zusammen gesehen werden. Einmal waren die Polizeisirenen schon hinter ihnen, während Sams Fahrer wild über eine Gebirgsstraße raste und kurvte. Es sollte nach Genf gehen. Vielleicht auch nach Zürich. Mildred war in ihrem Element, sie betreute Sam mit Taschentüchern, die mit Kölnischwasser befeuchtet waren, zauberte ein Sandwich de Jambon aus ihrer Handtasche, wenn er hungrig war, oder ein Fläschchen Cognac, wenn sein Herzklopfen zu stark wurde. Mildred fühlte sich wie eine der Heldinnen, die sie in Filmen gesehen hatte – in guten Filmen –, in denen Männer mit ihren Freundinnen vor der schrecklichen und so unfair bewaffneten Polizei fliehen mußten.

Ihre Träume vom Ruhm waren kurz. Vielleicht war es in Holland – die meiste Zeit wußte Mildred gar nicht, wo sie war –, als der Wagen plötzlich kreischend hielt, genau wie in diesen Filmen, und Mildred von Sam und dem Chauffeur wie eine Mumie in eine schwere Segeltuchbahn eingerollt und verschnürt wurde. Dann warf man sie in einen Kanal und ließ sie ertrinken.

Niemand hörte mehr etwas von Mildred. Niemand hat sie je gefunden. Falls man sie gefunden hätte, hätte man sie immer noch nicht gleich identifizieren können, denn Sam hatte ihren Paß, und ihre Handtasche war im Wagen geblieben. Man hatte Mildred weggeworfen, wie man einen abgebrannten Fidibus wegwirft, wie ein ausgelesenes Taschenbuch, das überflüssiges Gepäck geworden war. Niemand hat sich über Mildreds Abwesenheit Sorgen gemacht.

Die zwölf Leute oder so, die sie gekannt hatten und sich ihrer erinnerten, waren selbst in alle Welt zerstreut und dachten einfach, sie lebte eben in einem anderen Land oder einer anderen Stadt. Eines Tages würde sie wieder in irgendeiner Bar auftauchen oder in einer Hotellobby. Aber sie vergaßen sie bald.

Lebhaft und fröhlich ging es zu bei den Mangonis, die in Venedig am Rio San Polo wohnten: Vater, Mutter und sechs Kinder, vier Jungen und zwei Mädchen, zwei bis zehn Jahre alt. Vater Mangoni war Hausverwalter im Palazzo Cecchini; die Eigentümer, ein anglo-amerikanisches Ehepaar Whitman, waren für drei Monate oder noch länger nach London gereist, wo sie eine Stadtwohnung hatten.

»Heute ist ein herrlicher Tag – kommt, wir machen alle Fenster auf und singen! Und dann wird erst mal geputzt!« rief Signora Mangoni aus der Küche, als sie ihre Schürze losmachte. Sie war im achten Monat schwanger. Das Frühstücksgeschirr war abgewaschen, die Brotkrumen zusammengefegt; nun freute sie sich, als gehöre ihr das Haus, auf den frischen sonnigen Tag. Warum auch nicht – sie konnten sämtliche Zimmer benutzen, in jedem Bett schlafen, das ihnen zusagte, und hatten außerdem noch reichlich Geld von den Whitmans erhalten, um das Hauswesen so zu führen, wie es sich gehörte.

»Können wir unten spielen, Mama?« fragte Luigi, der Zehnjährige, obenhin. Mama sagte ja doch ›nein!‹, und er und ein paar seiner Brüder und vielleicht auch seine Schwester Roberta gingen dann trotzdem nach unten. Es machte soviel Spaß, im flachen Wasser zu waten, auszurutschen und manchmal sogar hineinzufallen. Ebenso lustig war es natürlich, die hinter der Kanaltür vorbeifahrenden Gondolieri mit ihren Passagieren dadurch in Rage zu versetzen, daß man plötzlich die kleine Tür aufriß und einen Eimer Wasser hinausgoß – womöglich auf den Schoß eines Touristen.

»Nein!« sagte Mama denn auch. »Bloß weil heute Feiertag ist –«

Offiziell gingen sie alle vier zur Schule: Luigi, Roberta und die beiden jüngeren Brüder Carlo und Arturo. Aber in den letzten Wochen, seit die Mangonis allein im Haus waren, hatten die Kinder in der Schule oft gefehlt. Es war so viel schöner, durch das ganze Haus zu streifen, so zu tun, als gehöre einem alles, jedes Zimmer ohne Anklopfen zu betreten! Gerade wollte Luigi den Bruder Carlo herbeirufen, als seine Mutter sagte: »Luigi, du hast versprochen, heute morgen Rupert auszuführen.«

Hatte er das? So ein Versprechen wog bei Luigi nicht schwer. »Ich geh' heute nachmittag«, gab er zurück.

»Nein, du gehst jetzt. Mach den Hund los.«

Luigi seufzte tief. Mißmutig und mit watschelnden Schritten ging er hinüber zur Küchenecke, wo der Dalmatiner an den Fuß des Kachelherdes angebunden war.

Der Hund wurde zu dick, und deshalb wollte Mama, daß Luigi oder Carlo ein paarmal am Tag mit ihm loszog. Er wurde dick, weil er nichts als Risotto und Pasta zu fressen bekam anstatt des Fleischfutters, das Signor Whitman vorgeschrieben hatte, und das wußte Luigi. Er hatte gehört, wie seine Eltern darüber sprachen. Die Unterhaltung war kurz gewesen: Warum sollte man bei den heutigen Fleischpreisen einen *Hund* mit bistecca füttern? Glatter Unsinn, auch wenn sie das Geld dafür bekommen hatten. Der Hund konnte genausogut altes Brot mit Milch fressen, und in den Resten vom Risotto fanden sich auch immer noch Fischstückchen und Krabbenteile. Ein Hund war ein Hund und kein Mensch. Das Fleisch kam auf den Familientisch.

Luigi entschloß sich zu einem Kompromiß. Er trabte mit Rupert hinunter in die enge Gasse, dort ließ er ihn einmal das Bein heben und rief dann Carlo, der gerade mit einer halbgeleerten Brauseflasche nach Hause schlenderte, und zusammen gingen sie mit dem Hund die Stufen hinter einer Tür der großen Eingangshalle hinunter. Das Wasser sah etwa einen halben Meter tief aus. Luigi freute sich; lachend zog er auf den Stufen Sandalen und Socken aus.

Schlock-schlock-schlosch ... Dunkel schob sich das Wasser hin und her, schwappte blindlings in steinerne

Ecken und klatschte zurück. Der große quadratische Raum lag in leerem Halbdunkel, an jeder Seite der lose hängenden Tür drang ein wenig Sonnenlicht durch zwei schmale Schlitze herein. Hinter der Tür führten weitere Steinstufen direkt in die Fluten des breiten Kanals, des Rio San Polo. Hier hatten jahrhundertelang, bevor der Palazzo so tief eingesunken war, die Gondeln angelegt, die elegante Damen und Herren trockenen Fußes in den Salon mit dem Marmorfußboden brachten, in dem jetzt Luigi und Carlo im kniehohen Wasser herumwateten und einander bespritzten.

Der Hund stand auf einer der naßkalten Steinstufen und fror. Es war weniger die Kälte, die ihn zusammenschauern ließ als Nervosität und Langeweile. Er wußte nichts mit sich anzufangen. Vorbei waren die fröhlichen Tage mit ihrer guten festen Einteilung: täglich dreimal spazierengehen, morgens Milch und Zwieback, gegen sechs Uhr abends ein großer Napf mit Fleisch. Vorbei das alles. Heute war sein Leben ein gräßliches Durcheinander, und die Tage hatten jegliche Ordnung verloren.

Es war November, aber noch nicht kalt – nicht zu kalt jedenfalls für Luigi und Carlo und das beliebte Tauchspiel. Wer zuerst umfiel, hatte verloren, wurde aber stets belohnt durch Lachen und Applaus der anderen – das waren meist Roberta und die kleine Schwester Benita, die dann ebenfalls im Wasser stapften oder von der Treppe aus zuschauten.

»Eine Ratte!« schrie Luigi, um Carlo hereinzulegen, und gab ihm einen Stoß in die Kniekehlen. Mit hohlem Klatschen, das von den Mauern widerhallte und Luigi von oben bis unten naßspritzte, fiel Carlo rückwärts ins Wasser. Er kam auf die Füße, lachend und tropfnaß, und latschte auf die Treppe zu, wo der zitternde Hund stand.

»Du – da ist wirklich eine – eine richtige!« sagte Luigi und zeigte mit dem Finger.

»Ha-ha!« Carlo glaubte ihm nicht.

»Doch – da ist sie!« Luigi fuhr mit der Hand durch die Wasseroberfläche; er wollte das Wasser auf das ekle Tier zutreiben, das da zwischen ihm und der Treppe im Wasser paddelte.

»Angsthase!« jubelte Carlo und watete auf einen treibenden Stock zu. Luigi entriß ihm den Stock und versetzte damit der Ratte einen Hieb, der sie aber nicht richtig traf, denn er glitt von ihrem Rücken ab. Luigi schlug noch einmal zu.

»Halt sie doch am Schwanz fest!« schrie Carlo immer noch lachend.

»Hol mal'n Messer, die machen wir tot!« sagte Luigi mit vor Aufregung zurückgezogenen Lippen. Ihn schauderte bei dem Gedanken, daß die Ratte womöglich untertauchen und ihn in den Fuß beißen konnte, gefährlich beißen vielleicht –

Carlo platschte bereits die Stufen hinauf. Die Mutter war nicht in der Küche, er nahm ein Fleischmesser mit dreieckiger Schneide und lief damit zurück zu Luigi.

Luigi hatte der Ratte zwei weitere Hiebe versetzt; und als er jetzt das Messer in der Hand hielt, faßte er Mut, packte sie am Schwanz und wirbelte sie durch die Luft auf ein Marmorsims, das ihm bis zur Hüfte reichte.

»Ah-i-ih! Mach sie doch tot!« sagte Carlo.

Der Hund hob den Kopf und stieß ein langes Jaulen aus. Seine Leine hing zu Boden, er wollte die Treppe hinaufsteigen und konnte sich nicht entschließen, weil er nicht wußte, was er oben tun sollte.

Luigi stach jetzt ungeschickt zu; er hielt den Schwanz noch gepackt und wollte die Ratte in den Hals stechen, verfehlte ihn und traf ein Auge. Die Ratte wand sich, quiekte und entblößte die langen Vorderzähne. Luigi hatte jetzt Angst und wollte den Schwanz fahrenlassen; ein zweiter Hieb mit dem Messer sollte der Ratte den Kopf vom Körper trennen, doch er schnitt nur einen Vorderfuß ab.

»Ha-ha-ha!« Carlo klatschte in die Hände und spritzte mit Wasser um sich, wovon das meiste Luigi traf.

»Scheißratte!« schrie Luigi.

Sekundenlang rührte sich die Ratte nicht. Das Maul

stand offen, Blut floß aus dem rechten Auge, der rechte Hinterfuß lag mit gespreizten Zehen ungeschützt auf dem Stein, und Luigi schlug noch einmal mit dem Messer zu. Blitzschnell biß ihn die Ratte ins Handgelenk.

Luigi schrie auf und schüttelte den Arm. Die Ratte fiel hinab ins Wasser und begann wild und eilig fortzuschwimmen.

»Ooooh!« sagte Carlo staunend.

»Au – au!« Luigi stand noch immer unten, er schob den Arm im Wasser hin und her und untersuchte das Handgelenk. Es war nichts zu sehen als ein kleiner roter Punkt, wie ein Nadelstich. Er hatte vorgehabt, vor seiner Mutter als Held zu erscheinen, damit sie ihm dann die Wunde verband; das war nun nicht gut möglich. »Tut ganz schön weh!« beteuerte er und platschte durchs Wasser auf die Treppe zu, mit tränenden Augen, obgleich er keinen Schmerz spürte. »Mama – Mama!«

Die Ratte hielt sich, halb krabbelnd, halb schwimmend, mit dem Stumpf einer Vorderpfote und der anderen heilen Pfote an der bemoosten Mauer fest und hob dabei die Nase so hoch wie möglich. Ringsum färbte sich das Wasser rötlich vom Blut. Die Ratte war ein noch junges Männchen, fünf Monate alt und noch nicht ganz ausgewachsen. Sie war nie zuvor in diesem Hause gewesen, heute war sie auf der Straßenseite durch einen schmalen trockenen Gang in der Mauer hereingekommen. Es hatte nahrhaft gerochen, nach faulendem Fleisch oder so etwas. In der Mauer war ein Loch, und plötzlich war sie ins Wasser gefallen, es war so tief, daß sie schwimmen mußte. Nun galt es, einen Ausgang zu finden. Das linke Vorderbein und das rechte Hinterbein schmerzten, aber viel schlimmer war das Auge. Die Ratte suchte weiter, fand aber kein Loch und keine Mauerritze, und so klammerte sie sich schließlich mit den Zehen der rechten Vorderpfote an ein paar glitschige Moose und blieb dort halb betäubt und reglos hängen.

Erstarrt und durchgefroren ließ sie sich etwas später ins Wasser zurückfallen und begann von neuem zu paddeln. Daß der Wasserspiegel etwas zurückgegangen war, merkte sie nicht, denn sie mußte immer noch schwimmen. Jetzt wurde in der Mauer ein schmaler Lichtstrahl sichtbar; die Ratte schwamm darauf zu, drängte sich durch den Mauerspalt und hatte nun die nasse Höhle hinter sich. Sie war jetzt in einem Abflußrohr, ebenfalls halbdunkel, und hier fand sich ein Ausweg: ein Riß im Straßenpflaster. Die nächsten Stunden verbrachte die Ratte mit mehreren kurzen Ausflügen: zu einem Mülleimer, einem Torweg, in den Schatten eines Blumenkübels. Sie war – auf Umwegen – bestrebt, nach Hause zu kommen. Eine eigene Familie hatte sie noch nicht: man akzeptierte sie indessen mehr oder weniger gleichgültig in der Behausung mehrerer Rattenfamilien, in der sie auf die Welt gekommen war. Es war dunkel, als sie ihr Ziel erreichte: den Keller eines verlassenen Krämerladens. Eßbares gab es dort längst nicht mehr. Die hölzerne Kellertür war halb eingefallen, so daß die Ratten leicht hinein- und herausschlüpfen konnten; sie waren so zahlreich, daß keine Katze es dort unten mit ihnen aufgenommen hätte, denn sie hätte nicht mehr herausgekonnt.

Hier blieb die Ratte zwei Tage und kurierte ein wenig ihre Wunden aus. Niemand half ihr dabei oder kümmerte sich weiter um sie: weder die Eltern, die gar nichts mehr von ihrem Kind wußten, noch andere Verwandte. Aber es gab wenigstens etwas zu nagen, einen alten Kalbsknochen, verschimmelte Kartoffeln oder sonstige Dinge, die andere Tiere hergeschleppt hatten, um sie hier in Ruhe zu verzehren. Sehen konnte sie jetzt nur noch auf einem Auge, doch das machte sie schon jetzt wendiger, schneller beim Ergattern von Futterbröseln, hurtiger beim Entkommen, wenn Gefahr drohte.

Mit dieser Zeit der Ruhe und Erholung war es jäh vorbei, als eines Morgens ein starker Schlauch sturzartig große Wassermengen in den Keller fluten ließ. Die Holztür wurde eingetreten, und das Wasser schoß mit solcher Kraft in den Keller, daß junge Ratten in die Luft geschleudert wurden und an den Wänden zerschellten oder in der Sturzflut ertranken, während die älteren versuchten, an dem Mann mit dem Schlauch vorbeizuwetzen und die Stufen hinaufzuklettern, wo sie jedoch von Knüppeln erschlagen und von kräftigen Gummistiefeln totgetreten wurden.

Die verkrüppelte Ratte war unten geblieben und paddelte an der Mauer hin und her. Männer stapften die Stufen hinunter mit großen Netzen, die an Stangen befestigt waren, mit denen holten sie die toten Tiere heraus. Dann warfen sie Gift ins Wasser, das nun den Steinfußboden bedeckte; das Gift stank und schmerzte beim Atmen, und die Ratte suchte fieberhaft nach einem Ausweg und fand ganz hinten ein kleines Loch, gerade groß genug zum Durchschlüpfen. Hier waren schon mehrere Tiere entkommen, aber die hatte die Ratte nicht gesehen.

Es war nun Zeit zum Weiterziehen – von diesem Keller war nichts mehr zu erhoffen. Die Ratte hatte auch ihre Kräfte einigermaßen zurückgewonnen; sie kroch und lief und schonte die beiden Beinstümpfe. Noch vor Mittag entdeckte sie eine Gasse hinter einem Restaurant, wo einige Abfälle neben die Mülltonnen gefallen waren – ein paar Brotrinden und ein langer Knochen mit Fleisch dran lagen auf dem Kopfsteinpflaster. Ein Festmahl – vielleicht die beste Mahlzeit ihres Lebens. Als sie sich satt gefressen hatte, legte sie sich zum Schlafen in ein trockenes Abflußrohr, das für eine Katze zu eng gewesen wäre. Es war besser, sich am Tage nicht sehen zu lassen – sicherer war man bei Dunkelheit.

Die Tage vergingen. Die beiden Beinstümpfe schmerzten nun weniger, auch das Auge tat nicht mehr weh. Die Ratte kam zu Kräften und nahm sogar ein wenig an Gewicht zu; das graubraune Fell wurde dick und glatt. Das zerstörte Auge blieb halb geschlossen: es war eine graue, an den Rändern vom Messer etwas gezackte Wunde, aber es näßte und blutete nicht mehr. Ging die Ratte jetzt auf eine Katze los, so wich die meistens etwas zurück, und zwar – das spürte die Ratte – weil der Angreifer so furchterregend aussah mit den zwei Beinstümpfen und dem blinden Auge. Katzen hatten natürlich auch ihre Tricks, sie plusterten sich drohend auf, um größer auszusehen, und gaben dabei heisere Kehllaute von sich. Ein einziges Mal hatte ein räudiger alter gelbroter Kater, der nur ein Ohr hatte, versucht, die Zähne in den Nacken der Ratte zu schlagen. Sie hatte ihn sofort an einem Vorderbein gepackt und fest zugebissen, und der Kater war gar nicht zum Zuschlagen gekommen; er war froh gewesen, als sie ihn losließ, und war eilig auf eine Fensterbank gesprungen. Das hatte sich irgendwo in einem dunklen Garten abgespielt.

Es war nun spät im Jahr, und draußen wurde es kälter und nasser. Bei Tage sonnte sich die Ratte, wo immer es möglich war, an einem geschützten Plätzchen. Oft ging das nicht – ein dunkles Loch war immer sicherer. Nachts schlich sie durch die Gassen und suchte Futter. Und bei Tag wie bei Nacht galt es aufzupassen und auszuweichen, den Katzen und den drohend erhobenen Knüppeln in den Händen der Menschen. Einmal ging ein Mann mit einem Mülleimer auf sie los und ließ das Gefäß auf das Steinpflaster niederkrachen, wobei er den Schwanz der Ratte zwar nicht abschnitt, sondern nur einklemmte; doch seit dem Messerstich ins Auge hatte sie einen solchen Schmerz nicht erlebt.

Die Ratte wußte, wenn eine Gondel herankam. Sie kannte die Rufe der Gondolieri: ›Ho-ho!‹ oder: ›Ai-ai!‹, wenn sie mit dem Boot an eine Kurve kamen. Gondeln waren für die Ratte keine Gefahr; der Gondoliere stieß vielleicht mal mit dem Ruder nach ihr, aber das war so schlimm nicht gemeint. Er traf sie auch niemals, der Stoß ging immer daneben, und dann war die Gondel schon vorbei.

Eines Abends drang der Ratte ein Geruch nach Wurst in die Nase, er kam von einer festgemachten Gondel im engen Kanal, und die Ratte wagte sich an Bord. Der Gondoliere lag unter einer Decke und schlief; der nahrhafte Geruch kam aus dem Papier, das neben ihm lag. Darin fand die Ratte die Reste eines Wurstbrots, sie fraß sich satt und wühlte sich zum Schlafen in einen schmutzigen Lappen ein, der in der Ecke lag. Sanft schaukelte die Gondel hin und her. Schwimmen konnte die Ratte jetzt vorzüglich; sie war oft untergetaucht, wenn eine Katze den Mut gehabt hatte, sie bis in den Kanal zu verfolgen. Sie wußte, Katzen tauchten nicht gern.

Von einem dumpf stoßenden Geräusch erwachte die Ratte. Der Mann war aufgestanden und löste das Tau, und die Gondel schob sich vom Uferweg ab. Die Ratte war unbesorgt. Sollte der Mann sie sehen und auf sie losgehen, so sprang sie einfach über Bord und schwamm zur nächsten Steinmauer.

Die Gondel fuhr über den Canal Grande und bog in einen breiten Wasserarm zwischen mehreren großen Palästen ein, die jetzt in Hotels umgewandelt waren. Die Ratte roch den Duft von knusprigem Schweinebraten, frischgebackenem Brot und Orangenschale, dazu noch das schärfere Aroma von Schinken. Etwas später legte der Gondoliere an den Stufen eines Hauses an, stieg aus und schlug mit dem Metallring an die Tür. Die Ratte erspähte von Bord aus eine faulende Stelle in der Uferbefestigung, an der sie sich wohl festhalten konnte, sie tat einen Satz ins Wasser und schwamm darauf zu. Der Gondoliere hatte das Aufklatschen gehört, er stampfte auf die Uferstelle zu und schrie: »Ayeh!« Die Ratte fand es ratsam, hier nicht aus dem Wasser zu steigen; sie schwamm ein Stück weiter, fand einen anderen Durchschlupf und gelangte ans trockene Ufer. Der Gondoliere kehrte zu der Haustür zurück und schlug von neuem mit dem Ring dagegen.

An diesem Tag fand die Ratte ein Weibchen, und es kam zu einer kurzen angenehmen Begegnung im feuchten Gang hinter einem Kleiderladen. Kurz vorher hatte es geregnet. Beim Weiterwandern stieß die Ratte auf eine Fährte von Brotresten, Erdnüssen und Maiskörnern, die sie aber liegenließ, und gleich darauf fand sie sich auf einem großen offenen Platz. Das war die Piazza San Marco, wo sie noch nie gewesen war. Den weiten Platz in seiner ganzen Größe zu übersehen war unmöglich, aber etwas von der Weite spürte sie. Tauben – Tauben überall, noch nie hatte sie so viele gesehen; sie spazierten auf dem Pflaster umher, und die Menschen warfen ihnen Futter zu, viele segelten mit gespreizten Flügeln und Schwanzfedern über den Platz und landeten auf den Rücken anderer Tauben. Es roch nach Popcorn, und die Ratte wurde hungrig, doch sie wußte, sie mußte vorsichtig sein, es war ja noch heller Tag. Sie hielt sich in dem Winkel zwischen Gehweg und Häusermauern, jeden Moment bereit, in eins der Gäßchen unterzutauchen. Beim Weiterhumpeln ergriff sie eine Erdnuß und knabberte daran; die Schale ließ sie fallen, aber die Hälfte mit dem zweiten Stück Nuß hielt sie mit den Zähnen fest.

Viele Tische und Stühle, und Musik. Die Stühle waren zum großen Teil unbesetzt; wo Menschen saßen, trugen sie Mäntel. Hier lagen reichlich Brotkrumen, Rinden, sogar Schinkenstücke auf dem Steinboden zwischen den Stühlen herum.

Ein Mann, der mit seiner Frau an einem der Tische saß, lachte auf und zeigte auf die Ratte. »Sieh mal, Helen – eine Ratte! Am hellen Tag!«

»Oh – oh, wie gräßlich!« Die Frau war ganz erschrokken. Sie war fast sechzig und kam aus Massachusetts. Dann lachte sie ebenfalls – erleichtert, belustigt und nicht ganz ohne Furcht.

»Mein Gott, der hat einer die Füße abgeschnitten!« sagte der Mann flüsternd. »Und sie hat bloß noch ein Auge, schau mal!«

»Das müssen wir denen zu Hause erzählen!« sagte die Frau. »Gib mir mal den Fotoapparat, Alden.«

Er gab ihn ihr. »Nicht jetzt, Helen, da kommt gerade der Kellner.«

»Altro, Signore?« fragte der Kellner höflich.

»No, grazie. Ah, si! Un caffè latte, per piacere.«

»Alden – du –«

Ja, er wußte sehr wohl, er sollte nicht mehr als zwei Tassen Kaffee am Tag trinken, eine morgens, eine nachmittags. Er hatte nur noch wenige Monate zu leben. Aber der Anblick der Ratte hatte ihn sonderbar erregt und belustigt. Er sah ihr zu, wie sie unruhig in dem Wald von Stuhlbeinen, nur drei Schritt entfernt, mit dem gesunden Auge nach Futter suchte, die Nase am Boden; wie sie auf die Krumen zuschoß und die kleinen, bereits zerdrückten, liegenließ. »Mach jetzt, sonst ist sie weg«, sagte er zu seiner Frau.

Helen hob die Kamera. Die Ratte spürte die Bewegung – sie mochte feindselig sein – und blickte schnell auf.

Klick!

»Ich glaub', das ist gut geworden«, flüsterte Helen und lachte so glückselig, als habe sie soeben den Sonnenuntergang am Kap Sunion oder in Acapulco aufgenommen.

»Bei dieser Ratte –«, begann Alden ebenso leise, doch er unterbrach sich und nahm mit ganz leicht zitternden Fingern das Ende des Frankfurter Würstchens von dem Brot, das vor ihm lag, in die Hand und warf es der Ratte zu. Sie wich etwas zurück, stürzte dann darauf zu und hielt es fest; der verstümmelte Vorderfuß war auf die Beute gepreßt, während sie anfing zu kauen. Nach wenigen Augenblicken war das Stück Würstchen verschwunden, und die dicken Backen mahlten. »Das ist bei Gott ein tüchtiges Tier«, sagte Alden schließlich. »Stell dir mal vor, was es durchgemacht haben muß. Wie Venedig selber. Und kein Gedanke an Aufgeben. Enorm – findest du nicht?«

Helen lächelte ihm zu. Alden sah besser und glücklicher aus als in den letzten Wochen, und das freute sie. Sie war der Ratte geradezu dankbar. ›Man stelle sich vor: einer Ratte dankbar zu sein‹, dachte sie. Als sie wieder hinblickte, war die Ratte verschwunden. Alden lächelte ihr zu.

»Du, das wird ein extraschöner Tag für uns heute«, sagte er.

»Ja.«

Jeden Tag wurde die Ratte stärker und auch waghalsiger bei den Unternehmungen im Tageslicht, und immer besser verstand sie es, sich in acht zu nehmen, auch vor den Menschen. Erhob jemand einen Knüppel oder Besen oder eine Kiste mit der Absicht, die Ratte zu zerschmettern, so tat sie einen Sprung wie zum Angriff, worauf der Mann oder die Frau in den meisten Fällen zögerte oder zurückwich; und in diesem Augenblick gelang es der Ratte stets, in irgendeiner Richtung zu entwetzen, selbst an dem Menschen vorbei, wenn dort der Fluchtweg lag.

Es folgten noch mehrere Weibchen. Die Ratte konnte sich, wenn ihr der Sinn danach stand, unter allen die besten aussuchen, denn die anderen Männchen hatten Angst und ließen es auf einen Kampf niemals ankommen. Das böse Auge und der schwere rollende Gang wirkten so finster bedrohlich, als könne nur der Tod hier Sieger bleiben. Die Ratte war nun über sieben Monate alt, groß und schwer; wie ein alter Seebär rollte sie durch das Labyrinth der Gassen und Gänge, unbeirrt und sicher. Mütter schraken entsetzt zusammen und rissen ihre Kinder zurück. Größere Kinder lachten und zeigten auf das seltsame Tier. Räude befiel seinen Kopf und Bauch; wurde das Jucken zu quälend, so rollte es sich über die groben Pflastersteine oder sprang ins Wasser, auch wenn es sehr kalt war. Sein Gebiet reichte von der Rialtobrücke bis nach San Trovaso, mit allen Lagerhäusern des Ponte Lungo am Ufer des breiten Canale della Guidecca.

Der Palazzo Cecchini lag zwischen dem Rialto und der Landzunge mit den Lagerhäusern. Eines Tages kam Carlo vom Krämer mit einem großen Pappkarton nach Hause, der für den Dalmatiner Rupert bestimmt war. Der Hund war erkältet, und Carlos Mutter machte sich Sorgen. Carlo erblickte die Ratte, als sie sich gerade zwischen zwei Kisten mit Fisch und Eis, die vor einem Laden standen, herausdrängte. Das war die Ratte von damals! Genau dieselbe, bestimmt! Carlo erinnerte sich gut an die beiden verstümmelten Füße und das ausgestochene Auge. Er zögerte nur eine Sekunde, dann hatte er den Karton über die Ratte gestülpt und setzte sich darauf, vorsichtig, aber fest. Er hatte sie!

»He, Nunzio, komm mal her!« schrie er einem Freund zu, der gerade vorbeilief. »Ruf mal Luigi, er soll schnell herkommen. Ich hab'ne Ratte gefangen!«

»Eine Ratte!« Nunzio hielt einen großen Laib Brot unter dem Arm. Es war nach sechs, schon wurde es dunkel.

»Ja, eine ganz bestimmte Ratte. Los, hol Luigi!« schrie Carlo laut, denn die Ratte warf sich gegen die Seitenwände des Kartons. Gleich würde sie anfangen zu nagen.

Nunzio setzte sich in Trab.

Carlo rutschte von dem Karton herunter und drückte ihn fest in den Boden. Mit den Füßen trat er gegen die Seiten, damit die Ratte nicht erst anfing zu nagen. Mensch, was würde sein großer Bruder sagen ... Wenn er bloß das Vieh so lange halten konnte!

»Was machst du denn da, Carlo, geh da aus dem Weg!« rief der Fischhändler ihm zu.

»Ich hab' 'ne Ratte gefangen! Sie müßten mir ein Kilo Scampi dafür geben, daß ich eine von Ihren Ratten gefangen habe!«

»Von meinen Ratten?« Der Fischhändler hob drohend die Hand, aber er hatte keine Zeit, auf den Jungen einzugehen.

Jetzt kam Luigi angelaufen; er hielt ein Stück Holz in der Hand, das Querbrett einer Lattenkiste. »Hast du wirklich 'ne Ratte –?«

»Dieselbe wie damals, du! Der wir die Füße abgehauen haben, die ist es, Ehrenwort!«

Luigi grinste. Er legte die Hand fest auf den Karton und versetzte der Seitenwand einen kräftigen Tritt, dann hob er den Karton etwas an, die Latte in der erhobenen Hand.

Die Ratte schlüpfte heraus, und Luigi schlug ihr das Holz auf die Schultern. Das tat weh, und sie rang nach Luft. Ein zweiter Schlag traf sie in die Rippen. Die Beine ruderten hilflos, sie versuchte verzweifelt zu entkommen, aber sie kam nicht auf die Füße. Sie hörte das laute Lachen der beiden Jungen, die sie eilig in dem großen Karton fortschleppten.

»Wir schmeißen sie einfach runter, ins Wasser. Dann ersäuft sie«, schlug Carlo vor.

»Nein, ich will sie erst mal richtig sehen. Wenn wir'ne Katze hätten, das gäbe einen prima Kampf. Die schwarzweiße von –«

»Die kommt gar nicht mehr. Das Wasser steht unten ganz hoch. Komm, wir ersäufen sie!« Der dunkle Raum unten im Palazzo hatte für Carlo von jeher eine geheimnisvolle Anziehungskraft; er sah im Geist Gondeln an den Stufen anlegen und Fahrgäste abladen, die in dem gräßlichen Halbdunkel elend ertranken und deren Leichen auf dem Marmorboden liegenblieben und nur gefunden wurden, wenn das Wasser zurückging. Wer weiß, vielleicht wurde eines Tages das Erdgeschoß des Palazzo Cecchini eine ebenso finstere Attraktion wie die Gewölbe jenseits der Seufzerbrücke ... Die Jungen stiegen die Stufen zur Haustür hinauf und betraten den Palazzo, die hohe Eingangstür war nur angelehnt. Oben in der Küche drang eine bekannte Melodie aus dem Transistorradio, und sie hörten die Mutter mitsingen. Carlo schloß die Tür mit einem Fußtritt, und das hörte die Mutter.

»Kommt zum Essen, Luigi und Carlo!« rief sie laut. »Ihr wißt doch, wir wollen ins Kino!«

Luigi stieß einen Fluch aus und lachte dann. *»Subito, Mama!«* Er ging mit Carlo die Treppe hinunter, die ins Erdgeschoß führte.

»Habt ihr den Karton?« rief die Mutter.

»Si-sii! – Gib mal das Holz her!« sagte Luigi schnell. Er nahm das Brett in die Hand und hielt gleichzeitig den Karton schräg nach unten, er hatte nicht vergessen, wie ihn diese Ratte damals in die Hand gebissen hatte; die Angst saß noch in ihm. Jetzt fiel die Ratte ins Wasser. Es war tatsächlich dieselbe! Luigi erkannte die beiden Beinstümpfe. Sie ging sofort unter, den ungeschickten Hieb mit dem Brett fühlte sie kaum.

»Wo ist sie?« fragte Carlo. Er hatte sich nicht die Zeit genommen, Schuhe und Strümpfe auszuziehen, und stand jetzt auf der zweiten Steinstufe fußtief im Wasser.

»Da – sie kommt wieder hoch!« Luigi stand eine Stufe höher, das Brett in der Hand bereit zum Zuschlagen, wenn die Ratte zum Luftholen auftauchte. Suchend blickten die Jungen über das dunkle Wasser, das jetzt höher schwappte, weil draußen hinter der Kanaltür ein Motorboot vorbeifuhr.

»Laß uns reingehen und sie rausjagen!« sagte Carlo mit einem Blick auf seinen Bruder und stieg auch schon ins Wasser, das ihm jetzt bis zu den Knien reichte. Er trat heftig um sich, damit ihm die Ratte nicht nahe kam.

»Luigi!« schrie Mama von oben. »Bist du da unten? Du kannst was erleben, wenn du nicht sofort kommst!«

Mit offenem Mund wandte sich Luigi um, um zurückzurufen, und sah in diesem Moment, wie die Ratte unbeholfen die oberste Stufe der Treppe erklomm, die ins erste Stockwerk führte. »Mama mia!« flüsterte er entsetzt und zeigte mit dem Finger. »Sie ist nach oben gelaufen!«

Carlo, der das Tier nicht gesehen hatte, erfaßte die Lage sofort. Er hob die Augenbrauen und stieg schweigend die Stufen hinauf. Unmöglich konnten sie das ihrer Mutter berichten; sie mußten der nassen Spur folgen und das Tier aus dem Hause jagen. Darüber war kein Wort zu verlieren. Als sie die Eingangshalle erreichten, war die Ratte verschwunden. Sie suchten nach einer nassen Fährte, fanden aber nirgends Wassertropfen auf dem grauweißen Marmorboden. Zwei Türen, die in den Salon führten, standen offen, und die Tür der unteren Toilette war nur angelehnt. Die Ratte konnte sogar nach oben entwischt sein – alles war möglich.

»Kommt ihr endlich? Die Spaghetti sind aufgefüllt, beeilt euch doch!«

»Si-ssi, subito, Mama!« Luigi blickte Carlo an, wies auf seine nassen Füße und reckte den Daumen nach oben, eine Treppe höher, wo der Bruder seine Kleider hatte. Carlo schoß die Treppe hinauf.

Eilig warf Luigi noch einen Blick in die Toilette. Die Mutter durfte nicht wissen, was geschehen war. Wenn sie wüßte, daß eine Ratte oben im Hause war, würde sie heute abend das Haus nicht verlassen und ihnen auch nicht erlauben, ins Kino zu gehen. Luigi blickte suchend in einen der Salons, wo sechs Stühle um einen ovalen Tisch standen und andere Stühle und Tische an den Wänden aufgereiht waren. Er bückte sich, aber die Ratte war nirgends zu sehen.

Carlo kam, und sie gingen zusammen die paar Stufen hinunter in die Küche. Papa war mit seinen Spaghetti schon fast fertig. Es folgte Bistecca. Der dickliche Hund sah ihnen zu, die Schnauze lag auf den Pfoten, und er speichelte. Man hatte ihn wieder am Herd festgebunden. Unauffällig blickte sich Luigi in der Küche um, ob die Ratte irgendwo in der Ecke saß. Sie waren noch beim Essen, als Maria-Teresa, der Babysitter, eintraf, zwei Bücher unter dem Arm. Lächelnd knöpfte sie ihren Mantel auf und nahm das Kopftuch ab.

»Entschuldigung – ich bin zu früh gekommen«, sagte sie.

»Aber nein – setz dich her und iß ein Stück Kuchen!« Als Nachtisch hatte Mama einen großen Plattenkuchen mit Pfirsichscheiben belegt, dem die Siebzehnjährige mit dem Appetit der Jugend nicht widerstehen konnte. Sie setzte sich und aß. Auch Papa Mangoni ließ sich ein zweites Stück schmecken. Er nahm zu, ebenso wie Rupert.

Dann brach die Familie hastig auf, das Kleinste auf Papas Arm. Nach Papas Berechnung kamen sie bereits vier Minuten zu spät, auch wenn sie sich beeilten. Papa verzichtete ungern auf den Werbefilm, der vor dem Hauptprogramm gezeigt wurde; auch wollte er Freunde und Bekannte ausführlich begrüßen.

Den Fernsehapparat hatte man aus dem Schlafzimmer der Eltern in den Raum geschoben, wo Baby Antonio, zwei Monate alt, in seiner hohen Wiege lag, zugedeckt mit einer weißen Spitzendecke, die fast bis zum Boden ging. Die Wiege hatte Räder. Leise summend trat Maria-Teresa heran, sah, daß der Kleine schlief, und rollte die Wiege noch etwas weg vom Fernsehapparat in der Ecke;

dann schaltete sie ihn ein und stellte den Ton leise. Aber das Programm sah nicht interessant aus, sie setzte sich und schlug eins ihrer Bücher auf, einen Roman aus dem amerikanischen Westen des letzten Jahrhunderts.

Als Maria-Teresa ein paar Minuten später auf den Bildschirm sah, fing ihr Blick ein graues Etwas auf, das sich in der Zimmerecke bewegte. Hastig stand sie auf. Eine Ratte – eine große scheußliche Ratte! Sie trat einen Schritt nach rechts, um das Tier nach links zu scheuchen, wo die Tür offenstand; aber langsam und unbeirrt schob sich die Ratte näher. Sie hatte nur ein Auge, und der eine Vorderfuß war abgeschnitten. Maria-Teresa stieß einen Schrei aus und stürzte aus dem Zimmer. Keinesfalls wollte sie es mit der Ratte aufnehmen – Ratten waren ekelhafte Tiere, der Fluch von Venedig! Unten in der Halle stand das Telefon; eilig wählte sie die Nummer einer Café-Bar in der Nähe, wo ihr Freund als Kellner arbeitete.

»Cesare – kann ich Cesare sprechen?«

Cesare kam. Er hörte sich alles an und lachte.

»Kannst du nicht herkommen? Die Mangonis sind alle im Kino, ich bin ganz allein im Haus. Ich hab' solche Angst – am liebsten würd' ich weglaufen!«

»Okay, ich komme.« Cesare legte auf. Lachend schwang er eine Serviette über die Schulter und sagte zu dem Barmann: »Meine Freundin muß babysitten und hat eine Ratte im Haus gesehen, nun soll ich hinkommen und sie totschlagen.«

Lautes Gelächter. »Tolle Sache, Ces! Das wird wohl eine Weile dauern, was?« fragte augenzwinkernd ein Gast, und wieder lachten alle.

Cesare fragte seinen Chef nicht erst um Erlaubnis; der Palazzo Cecchini war, wenn man sich beeilte, nur eine Minute entfernt. Draußen hob er eine vier Fuß lange Eisenstange auf, die bei Lokalschluß vor die Tür gelegt wurde; sie hatte einiges Gewicht. Cesare lief und schlug im Geist schon auf die Ratte ein, die keinen Ausweg sah; er tötete sie und stellte sich vor, wie ihn Maria-Teresa mit zärtlichen Küssen belohnen würde. Doch bevor er das Biest in Angriff nahm, wollte er seine Kleine schnell noch in die Arme schließen und ihr ein paar tröstende Worte sagen; sicher zitterte sie vor Angst, wenn sie ihm jetzt gleich die Tür öffnete –

Maria-Teresa zitterte. Leichenblaß und tränenüberströmt sagte sie: »Die Ratte hat das Baby gefressen.«

»Was –!?«

»Oben –«

Cesare rannte, die Eisenstange in der Hand, die Treppe hinauf. Überall in dem konventionell möblierten Raum suchte er nach der Ratte, spähte unter das Doppelbett mit der langen Decke. Maria-Teresa war ihm gefolgt.

»Ich weiß nicht, wo sie ist. Sieh bloß das Baby an – wir müssen einen Arzt rufen! Ich – als ich mit dir telefonierte, ist es passiert!«

Cesare blickte in die Wiege und sah das fürchterlich rote blutige Kissen. Und das Kleine – seine Nase – mein Gott, es hatte gar keine Nase mehr! Das kleine Gesicht – Cesare murmelte ein Stoßgebet und wandte sich hastig zu Maria-Teresa um. »Lebt es noch?«

»Ich weiß nicht – doch, ja, ich glaube ja.«

Vorsichtig schob Cesare seinen Zeigefinger in das winzige Fäustchen. Das Baby zuckte zusammen und gab einen gurgelnden Laut von sich, als erschwere ihm Blut in den Luftwegen das Atmen.

»Du, müssen wir es nicht umdrehen? Auf die Seite legen, meine ich. Ich werde – ich werde jetzt erst mal anrufen. Kennst du die Nummer von irgendeinem Arzt hier?«

»Nein«, erwiderte Maria-Teresa verzagt. Sie wußte, was ihr bevorstand, sie war schuld an dem schrecklichen Geschehen. Anstatt Cesare anzurufen, hätte sie erst mal die Ratte aus dem Zimmer jagen müssen.

Cesare hatte vergeblich versucht, einen Arzt zu erreichen, dessen Namen er kannte und dessen Telefonnummer er im Buch nachschlug. Jetzt rief er das Zentralkrankenhaus von Venedig an, und man sagte ihm, es werde sofort jemand kommen. Es dauerte auch nicht lange, bis das Krankenhausboot kam und etwa fünfzig Meter entfernt am Canal Grande anlegte; Cesare und Maria-Teresa hörten das Geräusch des starken Motors. Maria-Teresa hatte inzwischen das Gesicht des Babys vorsichtig mit einem Waschlappen gekühlt, um ihm vor allem die Atmung zu erleichtern. Die Nase war weg, man sah ein Stück des Knochens durch die dünne Haut schimmern.

Zwei junge Ärzte erschienen und gaben dem Kleinen zwei Spritzen, wobei sie immer wieder »*Orribile!*« vor sich hinmurmelten. Maria-Teresa wurde angewiesen, eine Wärmflasche zu füllen. Cesares sonst so frisches Gesicht sah fahlblaß aus; ihm war elend zumute, und er ließ sich auf einen der steifen Stühle fallen. Vorbei der Traum von der zärtlichen Umarmung; er konnte sich kaum auf den Beinen halten. Die Ärzte wickelten das Baby mit der Wärmflasche in eine Wolldecke und fuhren auf dem Boot zurück ins Krankenhaus.

Langsam erholte sich Cesare. Er stieg in die Küche hinunter und fand nach einigem Suchen eine halbe Flasche Strega, aus der er zwei Gläser füllte. Noch immer hielt er die Augen offen nach der Ratte, aber er sah sie nicht. Die Mangonis mußten nun bald nach Hause kommen, und er wäre weiß Gott jetzt lieber woanders, sogar an seinem Arbeitsplatz; aber er mußte Maria-Teresa beistehen, das würde auch der Chef einsehen. Wo das Baby beinahe umgekommen oder womöglich jetzt schon tot war –

Um zwanzig Minuten vor elf kam die Familie nach Hause, und unverzüglich setzte das Pandämonium ein. Mama schrie. Alle redeten gleichzeitig. Mama lief nach oben, um die blutige Wiege zu betrachten, und schrie von neuem. Papa rief das Krankenhaus an. Cesare machte sich mit den ältesten drei Brüdern und einer der Schwestern daran, das ganze Haus abzusuchen, bewaffnet mit leeren Weinflaschen, Messern, einem Schemel und einem Feuerhaken. Cesare hielt seine Eisenstange gepackt. Keiner fand eine Ratte, nur wurden verschiedene Möbel bei der Suche leicht angeschlagen.

Maria-Teresa bat völlig zerknirscht um Verzeihung

und erhielt sie. Papa zeigte Verständnis dafür, daß sie ihren Freund, der in der Nähe war, zu Hilfe gerufen hatte. Aus dem Krankenhaus erfuhren sie, das Kleine habe eine Überlebenschance von fünfzig zu fünfzig, aber könnte bitte die Mutter sofort kommen?

Die Ratte war längst entkommen, und zwar durch die breite Abflußröhre im Küchenfußboden. Sie hatte einen Sprung von drei Metern riskiert und war im Rio San Polo gelandet. Das war kein Problem; sie schwamm mit kräftigen Stößen sowohl der beiden unversehrten wie der zwei anderen Beine und vor allem mit der ihr eigenen eisernen Willenskraft bis zum nächsten Mauervorsprung und kletterte hinauf, ohne daß ihr schwindlig wurde. Oben schüttelte sie sich. Noch hatte sie den Blutgeschmack auf der Zunge. Sie war eigentlich nur aus Angst über das Baby hergefallen, und dann auch aus Wut, weil sie aus dem verdammten Haus keinen Ausweg finden konnte. Es hatte sich gewehrt, das Kleine, und mit den schwachen Fäustchen nach Kopf und Rücken der Ratte geschlagen. Einen lebenden Menschen anzufallen, einen mit dem gleichen Geruch wie die großen, das war ein seltener Genuß für die Ratte. Das zarte Fleisch hatte ihrem Bauch wohlgetan und sie mit neuer Lebenskraft erfüllt.

Mit ihrem rollenden Gang setzte sie jetzt in der Dunkelheit ihren Weg fort; hin und wieder hielt sie an, um ein Stück Abfall zu beriechen oder mit einem Blick nach oben in den Wind zu schnüffeln. Ihr Ziel war der Rialto, da konnte sie bei Nacht gefahrlos über die Brücke kommen und dann irgendwo nahe San Marco, wo es so viele Restaurants gab, zunächst ihr Quartier aufschlagen. Die Nacht war sehr dunkel, und das bedeutete Sicherheit. Ihre Kräfte schienen noch zu wachsen, als sie so dahinschunkelte und mit dem Bauch fast den feuchten Steinboden berührte. Eine neugierige Katze wagte es, näher zu kommen und sie zu mustern. Die Ratte starrte einen Augenblick zurück und sprang. Die Katze tat einen Satz in die Luft und verschwand.

Der Mann, der Bücher im Kopf schrieb

E. Taylor Cheever schrieb seine Bücher im Kopf, nie auf Papier. Als er starb, mit zweiundsechzig, hatte er vierzehn Romane geschrieben und einhundertsiebenundzwanzig Charaktere geschaffen, an die wenigstens er sich deutlich erinnerte.

Das war so gekommen: Mit dreiundzwanzig schrieb Cheever einen Roman, den er *Die ewige Herausforderung* nannte und der von vier Londoner Verlagen abgelehnt wurde. Cheever, damals Redakteur bei einer Zeitung in Brighton, zeigte sein Manuskript drei oder vier befreundeten Journalisten und Kritikern, und alle, fand Cheever, äußerten sich ebenso brüsk wie die Londoner Verleger in ihren Briefen. »Charaktere sitzen nicht ... gekünstelter Dialog ... Thematik verschwommen ... Du wolltest ja eine offene Antwort: also ich glaube nicht, daß dies eine Chance hat, veröffentlicht zu werden, selbst wenn du nochmal drübergehst ... Am besten vergißt du's und schreibst was Neues ...« Zwei Jahre lang hatte Cheever seine ganze freie Zeit für den Roman aufgewendet und dabei das Mädchen, das er heiraten wollte, Louise Welldon, beinahe verloren, weil er sich kaum noch um sie gekümmert hatte. Dennoch heiratete er Louise wenige Wochen nach der Flut von Ablehnungen seines Romans. So blieb wenig übrig von der Aura des Triumphs, von der umgeben er die Braut heimzuholen und den Weg der Ehe zu beschreiten gedacht hatte.

Cheever hatte ein kleines Privateinkommen, und Louise hatte noch mehr. Cheever brauchte keinen Job. Er hatte sich vorgestellt, den Job bei der Zeitung aufzugeben (nachdem sein erstes Buch erschienen war), weitere Bücher zu schreiben und Buchkritiken und vielleicht eine Bücherspalte in der Brightoner Zeitung und später dann bei der *Times* und beim *Guardian*. Er versuchte, als Rezensent beim *Beacon* in Brighton anzukommen, aber von irgendwelchen festen Abmachungen war keine Rede. Außerdem wollte Louise in London wohnen.

Sie kauften ein Haus in Cheyne Walk und schmückten es mit Möbeln und Teppichen, die ihre Angehörigen ihnen geschenkt hatten. Cheever plante mittlerweile ein neues Buch, es sollte bis in alle Einzelheiten richtig und fertig sein, noch bevor er das erste Wort zu Papier brachte. Er behielt alles für sich, sagte Louise nie etwas über Titel oder Thematik und sprach mit ihr auch nie über die Charaktere – dabei hatte Cheever seine Charaktere klar vor sich, samt Hintergrund, Motivation, Geschmack und Aussehen bis zur Farbe ihrer Augen. Sein nächstes Buch würde eine eindeutig bestimmte Thematik haben. Charaktere mit Fleisch und knappe, treffende Dialoge.

Stundenlang saß er jeweils in seinem Arbeitszimmer im Haus im Cheyne Walk: gleich nach dem Frühstück ging er hinauf und blieb dort bis Mittag, kam nach dem Essen zurück und saß wieder bis zum Tee oder Abendessen am Schreibtisch, wie jeder andere Schriftsteller. Er schrieb aber kaum etwas, nur ein gelegentliches ›1877 + 53 und 1939 – 83‹, um das Alter oder das Geburtsjahr bestimmter Figuren festzuhalten. Beim Nachdenken summte er gerne vor sich hin. Das Buch hieß *Der Spielverderber* (kein anderer Mensch auf der Welt kannte den Titel), und er brauchte vierzehn Monate, bis es ausgedacht und im Geist geschrieben war. Inzwischen war Everett junior geboren worden. Cheever wußte genau, wie er das Buch anlegen wollte, die ganze erste Seite war seinem Gedächtnis so eingeprägt, als sehe er sie gedruckt. Er wußte, es würde zwölf Kapitel haben, und er wußte, was drin stand. Er memorierte ganze Dialogfolgen und konnte sie jederzeit abrufen. Cheever meinte, er würde kaum vier Wochen brauchen, um das Buch zu tippen. Er hatte eine neue Schreibmaschine, ein Geschenk von Louise zu seinem letzten Geburtstag.

»Ich bin soweit – endlich«, sagte Cheever eines Morgens mit ungewohnter Fröhlichkeit.

»Oh, Lieber, wie schön!« sagte Louise. Sie war taktvoll und fragte ihn nie, wie er mit der Arbeit vorankam, sie spürte, daß er das nicht mochte. Während Cheever die *Times* durchblätterte und die erste Pfeife stopfte, bevor er nach oben verschwinden würde, ging Louise in den Garten und schnitt drei gelbe Rosen, die sie in eine Vase stellte und in sein Zimmer brachte. Dann zog sie sich still zurück.

Cheevers Arbeitszimmer war freundlich und bequem, mit einem großzügigen Schreibtisch, guter Beleuchtung, Nachschlagewerken und Wörterbüchern in Griffnähe und einem grünen Ledersofa, auf dem er, wenn er Lust hatte, zwischendurch ein Schläfchen machen konnte. Das Fenster ging auf den Garten hinaus. Cheever bemerkte die Rosen auf dem kleinen Rolltisch neben dem Schreibtisch und lächelte anerkennend. *Seite eins, Erstes Kapitel,* dachte Cheever. Das Buch sollte Louise gewidmet sein. *Meiner Frau Louise.* Klar und simpel. *Es war an einem grauen Dezembermorgen, als Leonard . . .*

Er hielt inne und zündete sich eine neue Pfeife an. Ein Bogen war in die Schreibmaschine eingespannt, aber zuerst kam die Titelseite, und er hatte noch nichts geschrieben. Ganz plötzlich, um 10.15 Uhr, verspürte er Langeweile – bedrückende, lähmende Langeweile. Er kannte das Buch auswendig, es stand im Geist fertig vor ihm, wozu es da noch schreiben?

Die Vorstellung, jetzt wochenlang auf die Tasten einzuhämmern, längst vertraute Worte auf zweihundertzweiundneunzig Seiten (das war seine Schätzung) festzuhalten, erfüllte ihn mit Schrecken. Er fiel auf das grüne Sofa und nickte ein. Um elf wachte er auf, erfrischt und anderen Sinnes: das Buch war schließlich fertig, und nicht nur fertig, sondern ausgefeilt und poliert. Warum nicht statt dessen was Neues anfangen?

Die Idee zu einem Roman über einen Waisenjungen auf der Suche nach seinen Eltern hatte Cheever schon bald vier Monate mit sich herumgetragen. Er begann, sich drumherum einen Roman vorzustellen. Er blieb den ganzen Tag am Schreibtisch sitzen, summte vor sich hin, starrte auf die Zettel, die fast alle leer waren, und tippte mit dem Radiergummi-Ende des gelben Bleistifts auf die Tischplatte. Er war mitten im Schöpfungsprozeß.

Als er den Waisenjungen-Roman, der umfangreich geworden war, zu Ende gedacht und abgeschlossen hatte, war sein Sohn fünf Jahre alt.

»*Schreiben* kann ich die Bücher immer noch«, sagte Cheever zu Louise. »Das Wichtigste ist die Gedankenarbeit.«

Louise war enttäuscht, aber sie zeigte es nicht. »Dein Vater ist *Schriftsteller*«, sagte sie zu Everett. »Er schreibt Romane. Schriftsteller brauchen nicht zur Arbeit zu gehen wie andere Leute. Sie können zu Hause arbeiten.«

Der kleine Everett war jetzt im Kindergarten, und die Kinder hatten ihn gefragt, was sein Vater machte. Als Everett dann zwölf war, verstand er die Situation und fand sie ausgesprochen lächerlich, besonders als seine Mutter erzählte, der Vater habe sechs Bücher geschrieben. Unsichtbare Bücher. Damals begann Louise ihre Haltung Cheever gegenüber zu ändern: aus Toleranz und Laissez-faire wurden Respekt und Bewunderung. Sie tat das bewußt, und zwar hauptsächlich, um Everett ein Beispiel zu geben. Es gab Konventionen, an denen sie festhielt, und wenn ein Sohn den Respekt vor seinem Vater verlor, dann – glaubte sie – würde der Charakter des Sohns, ja der ganze Haushalt, zerfallen.

Als Everett fünfzehn war, amüsierte ihn die Arbeit seines Vaters nicht länger; er war verlegen und peinlich berührt, wenn ihn Freunde besuchten.

»Romane? Sind sie gut? Kann ich mal einen sehen?« fragte Ronnie Phelps, ebenfalls fünfzehn und Everetts bewundertes Vorbild. Everett hatte es geschafft, ihn für die Weihnachtsferien zu sich einzuladen, und damit einen irren Coup gelandet, nun lag ihm daran, daß alles glatt ging.

»Ach weißt du, er zeigt sie nicht gern – er behält sie alle bei sich, in seinem Zimmer«, sagte Everett.

»Sieben Romane. Komisch – ich hab noch nie von ihm gehört. Bei welchem Verlag ist er denn?«

Everett war die ganze Zeit so angespannt, daß auch Ronnie sich nicht wohl fühlte und nach drei Tagen zu seinen Eltern nach Kent fuhr. Everett aß nichts mehr und blieb in seinem Zimmer hocken, wo seine Mutter ihn zweimal in Tränen fand. Cheever wußte nichts von alledem. Louise schirmte ihn ab gegen jede häusliche Unruhe und Störung. Aber die Ferien dauerten noch fast vier Wochen, und Everett war so deprimiert, daß Louise ihrem Mann eine Schiffsreise vorschlug, vielleicht zu den Kanarischen Inseln.

Zunächst war Cheever entsetzt. Er mochte keine Ferien, brauchte keine, das behauptete er immer wieder. Aber nach vierundzwanzig Stunden fand er, eine Kreuzfahrt sei eine gute Idee. »Ich kann ja trotzdem arbeiten«, meinte er.

An Bord lag Cheever stundenlang im Liegestuhl, manchmal mit Bleistift, manchmal ohne, und arbeitete an seinem achten Roman. Während zwölf Tagen machte er freilich keinerlei Notizen. Louise lag neben ihm; wenn er seufzte und die Augen schloß, wußte sie, daß er sich eine Atempause gönnte. Gegen Ende des Tages schien er manchmal ein Buch in der Hand zu halten und durchzublättern, dann – wußte sie – schmökerte er in seinen früheren Werken, die er alle auswendig kannte.

»Ha-ha«, lachte Cheever vor sich hin, wenn ihn eine Passage amüsierte. Dann kam er zur nächsten Stelle, schien zu lesen und murmelte: »Mm-hm, nicht schlecht, nicht schlecht.«

Everett, dessen Liegestuhl an der anderen Seite seiner Mutter stand, riß sich jeweils hoch und stapfte mit grimmiger Miene davon, wenn er seinen Vater so zufrieden grunzen hörte. Für Everett war die Kreuzfahrt überhaupt ein mäßiger Erfolg, es gab niemanden in seinem Alter außer einem Mädchen, und Everett erklärte seinen Eltern und dem freundlichen Decksteward ausdrücklich, er habe nicht den Wunsch, es kennenzulernen.

Die Lage besserte sich, als Everett nach Oxford ging. Jedenfalls nahm er seinem Vater gegenüber wieder eine amüsierte Haltung ein. Dank dem Vater sei er in Oxford ziemlich populär, meinte Everett. »Nicht jeder hat einen lebenden Limerick zum Vater«, sagte er seiner Mutter. »Soll ich dir mal einen aufsa-«

»Everett, bitte«, sagte seine Mutter kalt, und das Grinsen verschwand von seinem Gesicht.

Als Cheever Ende Fünfzig war, zeigten sich die ersten Anzeichen des Herzleidens, an dem er sterben sollte. Er schrieb fleißig weiter in seinem Kopf, doch der Arzt riet ihm, die Arbeitszeit einzuschränken und jeden Tag zweimal richtig auszuspannen. Es war ein neuer Arzt, ein Herzspezialist, und Louise hatte ihm erklärt, worin die Arbeit ihres Mannes bestand.

»Er denkt sich einen Roman aus«, sagte Louise. »Das kann selbstverständlich genauso anstrengend sein wie das Schreiben.«

»Selbstverständlich«, stimmte der Arzt zu.

Als für Cheever das Ende kam, war Everett achtunddreißig und hatte selbst zwei Kinder im Teenager-Alter. Everett war Zoologe geworden. Everett, seine Mutter und fünf, sechs Verwandte standen im Krankenzimmer versammelt, wo Cheever unter dem Sauerstoffzelt lag. Cheever murmelte etwas, und Louise beugte sich zu ihm.

»... Asche zu Asche«, hörte sie Cheever sagen. »Zurücktreten ... keine Fotografen, bitte ... ›Neben Tennyson‹?« (dies mit leiser, hoher Stimme) »... der menschlichen Phantasie als Denkmal ...«

Everett hörte auch zu. Nun schien sein Vater eine vorbereitete Rede zu halten. *Eine Laudatio,* dachte Everett.

»... kleinen Winkel, wo ein dankbares Volk seiner gedenken ... Rums! ... Vorsicht!«

Everett krümmte sich plötzlich, von einem Lachkrampf geschüttelt. »Sein Begräbnis – er begräbt sich selbst in der *Westminster Abbey!*«

»Everett!« sagte seine Mutter. »Ruhe!«

»Ha-ha-ha!« Everetts Spannung brach aus in wieherndes Gelächter, er taumelte aus dem Zimmer, und im vergeblichen Versuch, die Lippen zusammenzupressen und sich zu beherrschen, sank er auf eine Bank in der Halle. Was die Sache noch komischer machte, war der Umstand, daß, mit Ausnahme seiner Mutter, keiner im Raum die Situation verstehen konnte. Sie wußten, daß sein Vater Bücher im Kopf schrieb, aber die Sache mit dem Dichterwinkel in der Westminster Abbey hatten sie nicht mitgekriegt.

Kurz danach hatte Everett sich gefaßt und ging ins Krankenzimmer zurück. Sein Vater summte vor sich hin, wie er es oft beim Arbeiten getan hatte. War er immer noch bei der Arbeit? Everett sah, wie sich die Mutter tief hinunter beugte und lauschte. Irrte er sich, oder war es wirklich ein Hauch von *Land of Hope and Glory,* der da aus dem Sauerstoffzelt drang?

Es war vorüber. Als sie, einer nach dem andern, das Zimmer verließen, war es Everett, als müßten sie sich jetzt gleich zur Leichenfeier im Hause seiner Eltern versammeln – aber nein, die Beisetzung hatte doch noch gar nicht stattgefunden. Die Suggestionskraft seines Vaters war wirklich erstaunlich.

Etwa acht Jahre später war Louise an Grippe mit nachfolgender Lungenentzündung erkrankt und lag im Sterben. Everett war bei ihr, in ihrem Schlafzimmer in Cheyne Walk. Sie sprach von seinem Vater und daß ihm nie der Ruhm und Respekt zuteil geworden waren, die ihm gebührten.

»... erst ganz zuletzt«, sagte Louise. »Er ist im Dichterwinkel begraben, Everett ... das darf man nicht vergessen ...«

»Ja, Mutter«, sagte Everett, beeindruckt, nahe daran, es zu glauben.

»Für die Frauen ist dort natürlich kein Platz – sonst könnte ich zu ihm«, hauchte sie.

Und Everett verschwieg ihr, daß sie zu ihm kommen würde, im Familiengrab in Brighton. Aber stimmte das auch? Konnte man nicht noch eine Nische finden, im

Dichterwinkel? *Brighton,* sagte Everett zu sich, als die Wirklichkeit zu bröckeln begann. *Brighton,* Everett nahm sich zusammen. »Ich bin mir nicht so sicher, Mami«, sagte er. »Vielleicht läßt es sich einrichten – wir wollen sehen.«

Sie schloß die Augen, und auf ihren Lippen setzte sich ein sanftes Lächeln fest, das gleiche zufriedene Lächeln, das Everett gesehen hatte, als sein Vater unter dem Sauerstoffzelt lag.

Das Netzwerk

Das Telefon – zwei Apparate, Modell ›Prinzess‹, einer lila, einer gelb – klingelte ungefähr alle dreißig Minuten in Frans' kleiner Wohnung. Es klingelte so oft, weil Fran seit etwa einem Jahr die inoffizielle Mutter Oberin des Netzwerks war.

Das Netzwerk war eine Gemeinschaft von Freunden in New York, die sich gegenseitig moralisch aufrichteten, indem sie einander anriefen, ihrer Freundschaft versicherten und ihrer Solidarität inmitten eines Meeres von Feinden, Nicht-Freunden, potentiellen Dieben, Vergewaltigern und Halsabschneidern. Natürlich kamen sie auch häufig zusammen, viele hatten die Hausschlüssel von anderen und konnten sich gegenseitig Gefälligkeiten erweisen – Katzen füttern, Hunde spazierenführen, Blumen gießen. Aber das wichtigste war, daß sie einander vertrauen konnten. Das Netzwerk konnte das, und für einen aus der Gruppe hatten sie eine Lebensversicherung zu seinen Gunsten durchgeboxt, allen möglichen Schwierigkeiten zum Trotz. Einer konnte Hi-Fi und Fernsehapparate reparieren. Ein anderer war Arzt.

Fran war nichts Besonderes, sie war Sekretärin und Buchhalterin, aber sie hatte immer schon Zeit gehabt für andere, man konnte sich stets bei ihr ausweinen, und überdies arbeitete sie im Augenblick nicht und hatte daher noch mehr Zeit als sonst. Vor zehn Monaten hatte sie eine Gallenblasenoperation gehabt, unmittelbar gefolgt von einer Darmverwachsung, die ihrerseits eine Operation nach sich zog, und dann hatte sich das alte Bandscheibenleiden gemeldet, was diesmal ein Stützkorsett bedeutete, das Fran aber nicht immer trug. Sie war achtundfünfzig und auch an ihren besten Tagen nicht mehr so flink.

Sie war unverheiratet und seit siebzehn Jahren bei Consolidated Edison in der Kundendienst- (und Mahn-)

Abteilung angestellt. Con Ed war großzügig mit Krankengeld und hatte auch eine gute Krankenhaus-Zusatzversicherung. Con Ed hielt die Stelle für sie offen, und Fran hätte ihre Arbeit jetzt wiederaufnehmen können, eigentlich schon seit zwei Monaten, aber sie fand es herrlich, frei und zu Hause zu sein. Und vor allem war es so nett, jederzeit den Hörer aufnehmen zu können, sobald das Telefon klingelte.

»Hallo? – Ach, du bist's, Freddie! Wie geht's *dir* denn?« Fran saß zusammengekauert am Telefon und sprach mit halblauter Stimme, als fürchte sie, daß jemand mithörte. Dabei barg sie den leichten Hörer in beiden Händen, als sei er ein kleines pelziges Tierchen oder die Hand des Freundes, mit dem sie gerade sprach. »Ja, ja, mir geht's gut. Und dir geht's auch wirklich gut, ja?«

»Oh, ja. Und dir auch?« Alle im Netzwerk hatten Frans Gewohnheit angenommen, sich bei jedem Gespräch zweimal zu vergewissern, daß es dem andern auch gutgehe. Freddie war Werbezeichner und hatte ein Atelier mit Wohnung auf der West 34th Street.

»Ja, alles bestens. Sag mal, hast du letzte Nacht die Polizeisirene gehört? Nein, nicht Feuerwehr, es war Polizei«, betonte Fran.

»Wann?«

»So um zwei Uhr früh. Junge, die waren dem vielleicht hinterher! Mindestens sechs Wagen, alle die Seventh runtergerast. Hast du nichts gehört?«

Nein, Freddie hatte nichts gehört, und man ließ das Thema fallen. Gedämpft sprach Fran weiter. »Sieht nach Regen aus, schade, ich muß noch was einkaufen . . .«

Als sie aufgelegt hatten, redete Fran zu sich selber weiter. »Wo war ich –? Ach ja, der Pullover – einmal gespült, muß aber noch mal . . . Müll in den Müllschlucker . . .« Sie spülte den Pullover im Waschtisch im Bad, drückte ihn aus und hatte ihn gerade an einem aufblasbaren Gummibügel über der Badewanne aufgehängt, als das Telefon klingelte. Fran nahm den Hörer im Ankleideraum auf, der zwischen Bad und Eßecke lag, es war Marj (fünfundvierzig Jahre alt, gutbezahlte Einkäuferin bei Macy).

»Oh, Marj, Tag – du, bleib mal dran, bitte, ich geh rüber ins Wohnzimmer zum andern Apparat.«

Fran legte den Hörer auf den Frisiertisch und ging hinüber ins Wohnzimmer. Sie ging leicht vornüber gebeugt und hinkte, das hatte sie sich seit der Krankheit angewöhnt. Obwohl sie jetzt allein war, blieb die Gewohnheit haften, wie Fran merkte; um so besser, denn zweimal im Monat schickte Con Ed ihren Versicherungsagenten, der die Krankheitsfälle des Personals kontrollierte und Fran fragte, wann sie die Arbeit wohl wieder aufnehmen könne. »Hallo, Marj, wie geht's?«

Der nächste Anruf kam von einem Versandgeschäft für Sportartikel an der East 42nd Street, von dem Fran irgendwo mal gehört hatte. Die Firma bot ihr eine Stellung in der Buchhaltung an, Antritt am kommenden Montag, mit einem Gehalt von zweihundertzehn Dollar netto pro Woche, ohne Kranken- und Altersversicherung.

Fran erschrak. Wie kamen die Leute zu ihrem Namen? Sie suchte doch gar keine Arbeit.

»Danke, vielen Dank«, sagte sie liebenswürdig. »Sehr freundlich, aber ich nehme meine Arbeit bei Con Ed wieder auf, sobald ich ganz auf dem Damm bin.«

»Meines Wissens bieten wir Ihnen ein besseres Gehalt«, meinte die angenehme weibliche Stimme. »Vielleicht überlegen Sie sich unseren Vorschlag. Wir haben unsere Quote erreicht, und jetzt hätten wir gern noch jemand wie Sie bei uns.«

Fran war geschmeichelt, aber das Gefühl verflog schnell. Ob man ihr bei Con Ed die Stelle doch nicht offenhielt? Hatte Con Ed diese Firma auf Fran aufmerksam gemacht, um das Krankengeld nicht weiterzahlen zu müssen, das fast so hoch wie ihr Gehalt war?

»Nein, vielen Dank«, sagte Fran, »ich glaube, ich bleibe doch lieber bei Con Ed. Man ist dort immer so nett zu mir gewesen.«

»Nun, wenn Sie meinen . . .«

Ein unbehagliches Gefühl beschlich Fran, nachdem sie aufgelegt hatte. Bei Con Ed anzurufen und geradeheraus zu fragen, was los war, dazu fehlte ihr der Mut. Angestrengt überlegte sie, wie das letzte Gespräch mit dem Versicherungsagenten verlaufen war. Zu dumm – sie hatte an dem Tag vergessen, daß er sich für halb fünf Uhr bei ihr angesagt hatte, und der Versicherungsmensch hatte unten in der Halle fast eine Stunde auf sie warten müssen, und sie war quietschvergnügt reingekommen, zusammen mit ihrer Freundin Connie, die abends als Kellnerin arbeitete und deshalb manchmal am Tag frei war. Sie waren zu einer Nachmittagsvorstellung im Kino gewesen. Als Fran den Inspektor in der großen Halle stehen sah (Möbel gab es dort unten keine, die waren alle gestohlen, obgleich sie mit Ketten an der Wand befestigt gewesen waren), fiel sie ins Hinken zurück und ging vornübergeneigt auf ihn zu. Sie sagte ihm, sie glaube, sie mache Fortschritte, aber einem Achtstundentag, einer Fünftagewoche fühle sie sich noch nicht gewachsen. Er hatte ein kleines Buch bei sich, in dem sie unterschreiben mußte als Beweis dafür, daß er bei ihr gewesen war. Er war ein Schwarzer, aber ganz nett. Er hätte viel übler sein können, fiese Bemerkungen und so, aber der hier war anständig.

Fran fiel jetzt auch ein, daß sie am selben Abend Harvey Cohen getroffen hatte, der bei ihr im Haus wohnte, und Harvey erzählte ihr, der Inspektor habe ihn in der Halle angeredet und gefragt, was er von Miss Covaks Gesundheitszustand wisse. Harvey sagte, er habe ›reichlich dick aufgetragen‹ und berichtet, daß Miss Covak immer noch hinke, sie schaffe es manchmal bis zum nächsten Lebensmittelladen, weil sie ganz einfach müsse, da sie ja allein wohne, aber sie sähe nicht so aus, als könne sie schon wieder regelmäßig arbeiten. Harvey, du bist ein Goldstück, dachte Fran. Juden wußten eben, wie man so was machte. Köpfchen. Fran hatte sich sehr herzlich bei Harvey bedankt und es auch so gemeint.

Ja, so war das – aber was zum Teufel war nun passiert?

Sie wollte mal Jane Brixton deswegen anrufen. Jane hatte was im Kopf, war mehr als zehn Jahre älter als Fran (sie war eine pensionierte Lehrerin), und Fran war immer viel ruhiger nach einem Gespräch mit Jane. Jane hatte eine wunderbare große Wohnung in der West 11th Street, voll antiker Möbel.

»Ha, ha«, lachte Jane leise, nachdem sie Frans Geschichte gehört hatte. Fran hatte sie in allen Einzelheiten erzählt, auch die Bemerkung der Frau, daß die Sportartikelfirma ihre Quote erreicht habe.

»Na klar«, sagte Jane heiter, »das heißt, daß sie die vorgeschriebene Anzahl Schwarzer eingestellt haben und jetzt unbedingt ein paar Weiße dazwischenschieben wollen, solange sie noch können.« Jane sprach mit leicht südlichem Akzent, obwohl sie aus Pennsylvania kam.

So ungefähr hatte sich Fran das auch gedacht.

»Wenn du noch nicht anfangen willst mit der Arbeit, dann tu's auch nicht«, sagte Jane. »Das Leben ist –«

»Eben, wir haben doch alle mal drüber gesprochen, das Geld, das ich jetzt kriege, hab' ich ja schließlich selber eingezahlt, jahrelang. Auch die Krankenhausbeiträge. Du, Jane – du könntest mir nicht eine Bescheinigung oder so was ausstellen, daß du mir ein paar Rückenmassagen gegeben hast?«

»Nun – ich bin ja nicht zugelassen, weißt du. Eine Bescheinigung von mir würde dir wohl nichts nützen.«

»Ja, da hast du recht.« Fran hatte sich vorgestellt, daß ein weiteres Zeugnis dieser Art ihre Arbeitsunfähigkeit noch unterstreichen könnte.

»Ich hoffe, du kommst Samstag auch zu Marjs Party –«

»Na klar. Übrigens, mein Neffe ist gerade hier, er wohnt bei mir. Eigentlich ist er der Sohn meines Neffen, aber das spielt ja keine Rolle. Ich bring' ihn mit.«

»Dein Neffe! Wie alt ist er? Wie heißt er?«

»Greg Kaspars. Er ist zweiundzwanzig, kommt aus Allentown. Möchte in New York arbeiten, als Möbeldesigner oder so. Er will jedenfalls mal sein Glück versuchen.«

»Mein Gott, wie aufregend! Ist er nett?«

Jane lachte wie eine ältliche Tante. »Ich denke schon. Sieh ihn dir mal an.«

Sie legten auf, und Fran seufzte beim Gedanken, zweiundzwanzig zu sein und in der Weltstadt New York ihr Glück zu versuchen. Sie schaltete den Fernsehapparat ein. Er war alt und taugte nicht viel, der Bildschirm war auch kleiner als heute üblich, aber sie hatte keine Lust, Geld auszugeben für einen neuen Apparat. Das einzige Programm mit einem anständigen Empfang war furchtbar, eine Quizsendung, alles abgekartet natürlich. Wie konnten sich erwachsene Menschen so aufführen, wenn es fünfzig Dollar oder einen Kühlschrank zu gewinnen gab! Sie schaltete aus und ging ins Bett, nachdem sie Decke und Kissen vom Sofa genommen und das schwere Metallgestell auseinandergeklappt hatte, auf dem das fertige Bett lag, bereit zum Hineinkriechen. Die Kissen lagen in einer halbkreisförmigen Vertiefung, die obenauf gepolstert war, was einen dekorativen Vorsprung oder sogar einen Sitz am Ende des Sofas abgab, wenn das Sofa als solches verwendet wurde. Lang ausgestreckt blätterte sie in ihrer neuesten Ausgabe des *National Geographic*, sah sich aber nur die Bilder an, weil immer noch ab und zu das Telefon klingelte und den Gedankenfluß unterbrach, wenn sie einen der Artikel zu lesen versuchte. Frans älterer Bruder war Tierarzt in San Francisco und schickte ihr zu jedem Geburtstag ein Jahresabonnement für das *National Geographic.*

Sie machte das Licht aus und war gerade eingeschlafen, als das Telefon wieder klingelte. Sie langte im Dunkeln nach dem Hörer – es machte ihr nichts aus, geweckt zu werden. Es war Verie (eigentlich Vera), eine andere Freundin aus dem Netzwerk, welche verkündete, sie sei total fertig und deprimiert.

»Ich hab' heute mein Portemonnaie verloren«, sagte sie.

»*Was?* Wie denn?«

»Ich war gerade fertig im Supermarkt, und nachdem

ich bezahlt und mein Wechselgeld eingesteckt hatte, legte ich das Portemonnaie einen Augenblick auf den Ladentisch – ich mußte doch meine Sachen einpacken – und als ich es mitnehmen wollte, war es weg. Ich könnte mir denken, daß der Kerl hinter mir – ach, ich weiß nicht.«

Fran stellte rasch einige Fragen. Nein, Verie hatte niemand weglaufen sehen, auf dem Fußboden lag es nicht und hinter den Tisch konnte es auch nicht gerutscht sein (es sei denn, die Verkäuferin hatte es genommen), aber es war immerhin möglich, daß es der Mann direkt hinter ihr war, einer von jenen Leuten (weißen), die Verie einfach nicht beschreiben konnte, weil er weder besonders ehrlich noch unehrlich aussah, aber jedenfalls hatte sie mindestens siebzig Dollar verloren. Fran floß über vor Mitgefühl.

»Es tut gut, darüber zu reden, nicht?« sagte sie sanft im Dunkeln. »Das ist doch das Wichtigste im Leben, die Kommunikation ... ja ... ja ... darauf kommt's doch schließlich an, die Kommunikation. Ist es nicht so?«

»Ja, und daß man Freunde hat«, fügte Verie mit etwas weinerlicher Stimme hinzu.

Fran war noch tiefer gerührt. »Verie – ich weiß – es ist schon spät«, murmelte sie, »aber willst du nicht herkommen? Du könntest hier schlafen, das Bett ist groß genug. Wenn es dir irgendwie helfen –«

»Nein, lieber nicht, ich danke dir, Fran, aber ich muß morgen arbeiten, wieder Geld verdienen.«

»Du kommst doch zu Marjs Party, ja?«

»Ja, natürlich, am Samstag.«

»Du, ich hab' vorhin mit Jane gesprochen. Sie bringt ihren *Neffen* mit – oder den Sohn ihres Neffen.« Und Fran erzählte Verie alles, was sie über ihn wußte.

Es war zu schön, am Samstag abend bei Marj alle die vertrauten Gesichter wiederzusehen: Freddie, Richard, Verie, Helen, Mackie (dick und fröhlich, Geschäftsführer eines Schallplattenladens an der Madison Avenue; er konnte jedes elektronische Gerät reparieren) und seine Frau Elaine, die etwas schielte und genauso herzlich war wie er. Toll, einander mit Umarmungen und freundlichen ›Wie geht's?‹ begrüßen zu können. Doch das Besondere an dieser Party war für Fran die Tatsache, daß jemand Neues und Junges da war – Janes Neffe.

Etwas förmlich schob sie sich, leicht hinkend, zum Ende des langen Bartisches vor, wo Jane sich mit einem jungen Mann in Cordhosen und Rollkragenpullover unterhielt. Er hatte dunkles gewelltes Haar und ein leicht amüsiertes Lächeln – wohl eine Form von Verteidigung, dachte Fran.

»Hallo, Fran. Hier – das ist Greg«, sagte Jane. »Fran Covak, Greg, eine aus unserer Bande.«

»Abend, Fran.« Greg streckte seine Hand aus.

»Wie geht's, Greg? Schön, einen Verwandten von Jane kennenzulernen! Wie gefällt Ihnen New York?« fragte Fran.

»Ich war schon mal hier.«

»Ja, natürlich. Aber jetzt wollen Sie hier arbeiten, wie ich höre.« Eilig ging Fran im Geist die Bekannten durch, die Greg vielleicht nützlich sein konnten. Richard – er war Designer, aber mehr fürs Theater. Marj – vielleicht kannte sie jemand in der Möbelabteilung bei Macy, der Greg mit jemand zusammenbringen konnte, der –

»Hallo, Fran! Wie geht's meiner Süßen?« Jeremys Arm legte sich um ihre Taille, spielerisch gab er ihr einen Klaps auf dem Hintern. Jeremy war etwa fünfundfünfzig und hatte eine weiße Mähne.

»Jeremy! Fabelhaft siehst du aus!« sagte Fran entzückt. »Dieses violette Hemd ist ja Spitze!«

»Wie geht's deinem Rücken?« fragte Jeremy.

»Danke, besser. Braucht eben Zeit. Hier – hast du Greg schon kennengelernt? Janes Neffe.«

Nein, Jeremy hatte ihn noch nicht kennengelernt, und Fran stellte sie einander vor.

»Was haben Sie für Pläne – ich meine für Ihre Arbeit, Greg?« fragte sie dann.

»Ach, ich möchte heute abend nicht über meine Arbeit sprechen«, sagte Greg mit ausweichendem Lächeln.

»Nun, ich dachte bloß –«, wandte sich Fran Jane zu, ernst und deutlich sprechend, aber ebenso sanft wie am Telefon – »wir kennen doch so viele Leute, da können wir sicher für Greg etwas tun. Ich meine, ihn mit Leuten aus der Branche zusammenbringen, weißt du. Sie sind doch Möbeldesigner, nicht wahr, Greg?«

»Ja. Also wenn Sie meine Lebensgeschichte hören wollen: ich habe etwas über ein Jahr für einen Kunsttischler gearbeitet. Alles Handarbeit, da habe ich natürlich auch selber ein paar Designs gemacht. Schränke zum Beispiel, nach speziellen Angaben.«

Fran betrachtete seine Hände und sagte: »Sie sind bestimmt stark. Ist er nicht nett, Jeremy?«

Jeremy nickte und kippte seinen Scotch.

»Laß nur, Fran«, sagte Jane. »Ich werd' mal mit Marj ein paar Worte reden wegen Greg, irgendwann heute abend.«

Fran strahlte. »Genau was ich gedacht hab'! Jemand bei Macy –«

»Ich möchte nicht bei Macy arbeiten«, sagte Greg freundlich, aber bestimmt. »Ich bin gern unabhängig.«

Fran lächelte ihm mütterlich zu. »An Arbeit *bei* Macy hatten wir auch gar nicht gedacht, Greg. Lassen Sie uns nur machen.«

Gegen elf gab es etwas Musik und Tanz, aber nicht so laut, daß es die Nachbarn gestört hätte. Marjs Wohnung lag im vierzehnten (eigentlich im dreizehnten) Stock eines supereleganten Apartmentblocks in den East Forties; das Haus hatte einen Pförtner rund um die Uhr. Bei Fran saß nur von sechzehn Uhr bis Mitternacht ein Pförtner unten; es war daher nicht ganz ungefährlich für sie, nach Mitternacht nach Hause zu kommen, denn dann mußte sie selber die Haustür unten aufschließen. Als sie daran dachte, fiel ihr Susie ein, die sie nicht mehr gesehen hatte seit ihrem gräßlichen Erlebnis vor drei Wochen im East Village.

Fran fand Susie in einem Nebenzimmer, wo sie auf der breiten Couch saß und sich mit Richard und Verie unterhielt. Susie war etwa vierunddreißig, groß, schlank und hübsch. Zuerst mußte Fran natürlich ein paar Worte zu Verie sagen, wegen des verlorenen Portemonnaies.

»Ach, ich will gar nicht mehr daran denken«, meinte Verie. »Ist ja leider nichts Neues. Immer dieselbe Schweinerei. Wir sind von lauter Schweinen umgeben.«

»Hört! Hört!« sagte Richard. »Nicht alle sind Schweine. Es gibt ja immer noch *uns*!«

»Ganz recht«, sagte Fran, bereits beduselt, da sie selten Alkohol trank und ihr von dem, was sie getrunken hatte, warm ums Herz war. »Ich sagte schon neulich zu Verie, das Wichtigste im Leben ist die Kommunikation mit Menschen, die man liebhat, stimmt doch, nicht?«

»Stimmt«, sagte Richard.

»Wißt ihr, als Verie mich anrief wegen des Portemonnaies –« Fran sah, daß ihr niemand zuhörte, und wandte sich jetzt direkt an Susie.

»Susie, Liebste, hast du dich ein bißchen erholt? Ich habe dich noch gar nicht gesehen seit der gräßlichen Sache im East Village, aber ich hab' natürlich davon gehört.«

Von allen Freunden im Netzwerk telefonierte Susie vielleicht am wenigsten; Fran hatte nicht mal einen Bericht aus erster Hand erhalten, sondern alles nur von Verie und Jeremy erfahren.

»Ach, mir geht's wieder ganz gut«, sagte Susie. »Sie dachten erst, meine Nase sei gebrochen, war sie aber nicht. Bloß die Stelle auf dem Kopf haben sie ausrasiert, aber das ist kaum noch zu sehen, das wächst schon wieder.«

Sie neigte ein wenig den hübsch frisierten Kopf, damit Fran die Stelle sehen konnte, die tatsächlich von den rotbraunen Haarwellen fast verdeckt wurde.

Fran schauderte. »Wie viele Stiche?«

»Acht, glaub' ich«, sagte Susie lächelnd.

Susie hatte damals eine Freundin mit dem Wagen nach Hause gebracht; als beide vor der Haustür standen und die Freundin den Schlüssel aus der Tasche zog, wurden sie von einem großen Schwarzen überfallen. Sie waren gefangen zwischen Haus- und Windfangtür, der Kerl nahm ihnen Geld, Armbanduhren und Ringe ab (»Zum Glück ließen sich die Ringe leicht abziehen«, hatte Susie, Jeremys Bericht zufolge, gesagt, wie Fran sich erinnerte, »sonst schneiden sie einen manchmal die Finger ab, und der Kerl da hatte ein Messer«), dann hatte der Schwarze ihnen befohlen, sich auf den Boden zu legen, da er die Absicht hatte, sie zu vergewaltigen, aber Susie war ziemlich groß und begann, sich nach Leibeskräften zu wehren. Die Freundin schrie wie besessen, bis jemand im Haus sie hörte und rief, er hole die Polizei; daraufhin zog der Schwarze (»vermutlich weil er sah, daß das Spiel aus war«, hatte Jeremy gesagt) einen schweren Gegenstand aus der Tasche und haute Susie damit auf den Kopf. Blut war überall rumgespritzt, auf die Wände und bis zur Decke, drum waren die Stiche nötig gewesen. Fran fand es fabelhaft, daß eine von *ihnen* sich, unbewaffnet, zum Kampf gegen die Barbaren gestellt hatte.

»Ich möchte nicht mehr daran denken«, sagte Susie zu Frans staunendem Gesicht. »Ich nehme jetzt aber Judostunden – wir müssen ja schließlich hier leben.«

»Aber nicht ausgerechnet im East Village«, wandte Fran ein. »Du weißt doch, da gibt's wirklich alles, Schwarze, Puertoricaner, Spanier, das ganze Gesocks. Da bringt man niemand mehr nach Hause mitten in der Nacht!«

Inzwischen hatten alle dem kalten Buffet mit dem enormen gekochten Schinken, Roastbeef und Kartoffelsalat reichlich zugesprochen. Fran war beduselter denn je, als sie in einem von Marjs zwei (und diese Eleganz!) Schlafzimmern auf dem Bett saß, zusammen mit anderen vom Netzwerk. Sie unterhielten sich über New York und das, was sie, abgesehen vom Geld, hier festhielt. Richard kam aus Omaha, Jeremy aus Boston. Fran war an der Ecke Seventh Avenue/53rd Street geboren – »bevor all die Hochhäuser gebaut wurden«, sagte sie. Für sie war ihr Geburtsort (heute ein Büroblock) das Herz der Stadt, aber es gab natürlich noch andere Herzen der Stadt, wenn man so wollte: West 11th Street, Gramercy Park oder

Yorkville. New York war aufregend und gefährlich und dauernd im Wandel begriffen, zum Guten und zum Schlechten. Aber selbst in Europa mußten sie zugeben, daß New York heute der künstlerische Mittelpunkt der Welt war. Ein Jammer, daß die großzügige Sozialfürsorge den Abschaum Amerikas anlockte – und keineswegs nur Neger und Puertoricaner, sondern Schmarotzer jeder Sorte. Amerikas Zielsetzungen waren gut, man denke nur an die Verfassung, die allem, selbst Nixon, zu trotzen vermochte. Daß Amerika richtig *angefangen* hatte, stand außer Zweifel ...

Als Fran am nächsten Morgen erwachte, wußte sie nicht mehr genau, wie sie nach Hause gekommen war, nur daß die liebe gute Susie sie in ihrem Cadillac hergefahren hatte (Susie war Fotomodell und verdiente sehr gut), und soweit sie sich erinnerte, war auch Verie mit im Wagen gewesen. In der Tasche ihres Anzugs, den sie gestern nicht mehr in den Schrank gehängt, sondern nur über einen Stuhl gelegt hatte, fand sie einen Zettel: ›Fran, Liebes, ich rufe Carl bei Tricolor an, wegen Greg, sei also ganz beruhigt. Jane hab' ich Bescheid gesagt. Gruß, Richard.‹

»Wie reizend von Richard! Ich wußte, ihm würde was einfallen«, sagte sie leise zu sich selbst und lächelte. Das Telefon klingelte. Fran ging, noch im Pyjama, auf den Apparat zu und sah, daß die Uhr auf dem kleinen Tisch zwanzig nach neun zeigte.

»Hallo, du – Jane hier. Greg bringt dir den Braten vorbei, so gegen elf, ist das recht?«

»Ja, ja, ich bin hier. Vielen Dank, Jane.« Undeutlich erinnerte sich Fran an den versprochenen Braten. Die Freunde versorgten sie immer noch mit Essen, wie in den ersten schlimmen Tagen, als sie nicht selber einkaufen konnte. »Du, ich fand Greg furchtbar nett. Wirklich, der hat Charakter.«

»Er ist heute morgen mit einem Freund von Richard verabredet.«

»Ja, Tricolor, ich weiß. Ich drück' ihm den Daumen.«

»Marj hat auch jemand, bei dem er vorsprechen soll. Nicht direkt bei Macy, soviel ich weiß«, berichtete Jane.

Sie unterhielten sich noch eine Weile über die Party; als sie aufgelegt hatten, goß sich Fran eine Tasse Pulverkaffee auf und füllte ein Glas mit Orangensaft aus der Dose. Sie klappte ihr Bett zusammen, zog sich an und murmelte dabei vor sich hin.

»Hab' ich die Arthritispillen schon genommen – nein, muß ich noch . . . bißchen aufräumen. Ach was, sieht ja ganz ordentlich aus . . .«

Inzwischen klingelte natürlich das Telefon zwei-, dreimal und verzögerte all diese Tätigkeiten; und als sie wieder auf die Uhr sah, war es schon elf Uhr fünf, und unten läutete es an der Haustür.

Sicher war das Greg. Fran drückte auf den Summer, der unten die Haustür öffnete. Eine Gegensprechanlage zur Haustür gab es nicht. Als es an ihrer Wohnungstür läutete, spähte sie durch das Guckloch und sah, daß es Greg war.

»Greg?«

»Ja, ich bin's«, sagte Greg, und Fran öffnete die Tür.

Greg trug einen schweren roten Kochtopf mit Deckel. »Jane hat alles im Topf gelassen, damit Sie den Bratensaft mitkriegen.«

»Wunderbar, Greg. Vielen Dank.« Fran nahm ihm den Topf ab. »Ihre Tante ist eine fabelhafte Bratenköchin, wissen Sie, sie legt das Fleisch über Nacht in Marinade ein.« Sie stellte den Topf in die schmale kleine Küche. »Nehmen Sie doch Platz, Greg. Tasse Kaffee?«

»Nein, nein, danke schön. Ich hab' gleich eine Verabredung.« Mit verschränkten Händen wanderte er durchs Wohnzimmer und schaute alles an.

»Da wünsche ich Ihnen viel Glück für heute, Greg. Ich hätte Sie gern bei mir untergebracht, wissen Sie, das hatte ich Jane auch gesagt. Klingt albern – schließlich hat sie eine viel größere Wohnung. Aber wenn Sie gerade mal in diesem Waldzipfel sind – eine Freundin von mir wohnt ganz in der Nähe, bei der könnte ich immer unterkommen. Dann könnten Sie hier übernachten. Gar kein Problem.«

»Ich wäre froh, Sie würden mich nicht alle wie ein kleines Kind behandeln«, sagte Greg. »Ich nehme mir ein möbliertes Zimmer. Ich bin gern selbständig.«

»Ja, natürlich. Ich verstehe. Ganz *normal* so.« Aber sie verstand ihn eigentlich nicht. Sich so von seinen *Freunden* lossagen? »Ich betrachte Sie auch gar nicht als Kind, wirklich nicht.«

»Da muß ja jeder ersticken. Hoffentlich nehmen Sie es mir nicht übel, daß ich das sage. Aber dieser Klüngel – ich meine die Gruppe, gestern abend.«

Das höfliche Selbstschutzlächeln auf Frans Gesicht wurde noch breiter. Sie hätte fast gesagt, *Na schön, dann versuch's doch allein,* aber sie beherrschte sich und kam sich deswegen sehr wohlerzogen und überlegen vor. »Ja, ich weiß, Sie sind ein großer Junge, Greg.«

»Auch kein Junge. Ich bin erwachsen.«

Zur Bestätigung oder zum Abschied nickte Greg ihr zu und ging zur Tür. »Wiedersehen, Fran – ich hoffe, der Braten schmeckt Ihnen.«

»Viel Glück!« rief sie ihm nach und hörte noch, daß er die Treppen hinunterlief – sechs Stockwerke.

Zwei Tage vergingen. Dann rief Fran bei Jane an und erkundigte sich, wie Greg zurechtkomme.

Jane kicherte. »Nicht gerade glänzend. Er ist ausgezogen –«

»Ja, er sagte mir, daß er das wollte.« Fran hatte natürlich Jane angerufen, um zu sagen, wie gut der Braten geschmeckt habe, aber sie hatte nicht erwähnt, daß Greg ihr von seinem Vorhaben erzählt hatte.

»Na ja, und am selben Abend ist er ausgenommen worden – vorgestern abend war das.«

»Ausgenommen?« fragte Fran entsetzt. »Ist er verletzt?«

»Nein, zum Glück nicht. Es war –«

»Wo ist es passiert?«

»Ungefähr Ecke Twentythird und Third, um ein Uhr nachts, sagt er. Er kam gerade aus einer der Bars, wo man auch frühstücken kann. Betrunken war er nicht, das weiß ich, er trinkt ja kaum ein Glas Bier. Und als er da auf dem Weg zu seinem Zimmer war –«

»Wo ist denn sein Zimmer?«

»Irgendwo an der East Nineteenth. Da sind zwei Männer auf ihn losgesprungen und haben ihm die Jacke über den Kopf gezogen, weißt du, haben ihn auf den Gehsteig gesetzt, wie sie es immer mit älteren Leuten machen, und dann haben sie ihm alles Geld abgenommen, das er bei sich hatte. Es waren aber zum Glück nur zwölf Dollar, sagt er.« Wieder lachte Jane leise auf.

Aber Fran schmerzte es tief in ihrem Innern, als sei diese gemeine Erniedrigung einem Mitglied ihrer eigenen Familie angetan worden.

»Man kann nur hoffen, daß er eine Lehre daraus zieht«, sagte sie. »So spät nachts darf man auch als starker junger Mann nicht allein auf der Straße sein.«

»Er sagt, er hat sich gewehrt; das hat ihm ein paar gestauchte Rippen eingebracht. Aber das Schlimmste ist, er hat sich geweigert, den Mann aufzusuchen, mit dem Marj seinetwegen gesprochen hatte – ebenfalls ein Einkäufer, der allerhand Kunsttischler und solche Leute kennt. Greg hätte bestimmt gut bezahlte Arbeit bekommen können – wenigstens als Lackierer oder so.«

Für Fran war das unfaßbar. »So wird nie was aus ihm werden«, prophezeite sie feierlich.

Fran rief Jeremy an und erstattete Bericht. Jeremy war ebenso erstaunt wie sie, daß Greg von Marjs Starthilfe keinen Gebrauch machen wollte.

»Der Junge muß noch viel lernen«, meinte Jeremy. »Gut, daß er diesmal nur ein paar Dollar bei sich hatte. Wird ihm vielleicht nicht noch mal passieren, wenn er sich in acht nimmt.«

Fran beteuerte, genau das habe sie auch Jane gesagt. Ihr Herz, unerfüllt von Mutterschaft, litt Höllenqualen, seit Jane von dem Ereignis berichtet hatte.

»Ich kenne ein paar Maler in SoHo«, überlegte Jeremy weiter. »Die frag' ich mal, ob sie einen Kunsttischler brauchen. Weißt du, wo ich ihn erreichen kann, falls sich was ergibt?«

»Nein, ich nicht, aber Jane weiß es bestimmt. Er wohnt irgendwo an der East Nineteenth.«

Sie legten auf. Fran hatte ein paar Besorgungen zu machen; sie brachte den Scheck für ihr Krankengeld zur Bank und kaufte in der Delikatessenabteilung des Supermarktes einiges ein. Als sie zurückkam, klingelte das Telefon, und sie kam gerade noch hin, bevor sie fand, daß es eigentlich aufhören müßte. Richard war am Apparat.

»Die Leute bei Tricolor hatten nichts für Greg«, sagte er. »Tut mir leid, aber mir wird schon was anderes einfallen. Wie geht's ihm denn, hast du was gehört?«

Fran erstattete ausführlich Bericht. Sie saß auf dem Sofa, rauchte eine Zigarette und sprach lange und eindringlich in den gelben Hörer, erläuterte ihre Philosophie, daß man nichts unversucht lassen und sich nie zu gut für etwas fühlen dürfe. »Ich will nicht sagen, daß Greg aufgeblasen ist – er ist bloß noch sehr unreif . . .« Er *mußte* einfach unter die kollektiven Fittiche der Gruppe kommen, sie durften nicht zulassen, daß er ihnen einfach entschlüpfte, oder besser, entflog, ins sichere Verderben. »Vielleicht solltest du mal mit ihm reden, Richard, von Mann zu Mann, du weißt schon? Vielleicht würde er eher auf dich hören als auf Jane . . .«

Als am Freitag die Putzfrau für zwei Stunden kam und die Wohnung saubermachte, meldete sich Fran bei Jane an, um den Bratentopf zurückzubringen. Sie liebte Janes Wohnung an der West Eleventh Street mit den schönen blankpolierten knorrigen Möbeln, den vielen Büchern und dem richtigen Kamin. Jane hatte Tee gemacht und meinte, die zweite Tasse könnten sie eigentlich mit Wodka würzen. Als Fran nach Greg fragte, legte Jane den Finger an die Lippen.

»Psst, er ist da drinnen«, flüsterte sie und zeigte auf eine Schlafzimmertür.

»Geht's ihm wieder gut?«

»Er ist noch ein bißchen durcheinander. Ich glaub', er

möchte niemand sehen«, sagte Jane mit stillem Lächeln. Sie erklärte, daß Greg gestern abend, als er nach dem Kino in sein Zimmer zurückkehrte, feststellen mußte, daß man bei ihm eingebrochen und seine sämtlichen Sachen gestohlen hatte, die Reiseschreibmaschine, seine Kleider, Schuhe – alles.

»Wie furchtbar!« flüsterte Fran und beugte sich vor.

»Ich glaube, das Schlimmste für ihn ist, daß sie das Kästchen mit den Manschettenknöpfen seines Vaters mitgenommen haben. Mein Neffe – Gregs Vater – ist vor zwei Jahren gestorben, weißt du. Ein Ring war da auch noch drin – von seiner Freundin in Allentown. Es hat ihn schwer getroffen.«

»Ja, das versteh' ich –«

»Es ist auch wirklich ein Jammer, weil ich ihm noch vorgeschlagen hatte, alles irgendwie Wertvolle hier bei mir zu lassen. Hier im Haus ist noch nie eingebrochen worden – toi-toi-toi.«

»Hat er denn – was will er jetzt machen?«

»Er versucht's weiter, das weiß ich. ›Zerschunden zwar, doch ungebrochen‹.«

»Wir müssen ihm helfen, das ist klar.«

Jane sagte nichts, aber Fran sah, daß sie auch nachdachte. Jane stand auf und holte die Wodkaflasche.

»Ich denke, die Sonne steht tief genug«, meinte sie lächelnd, mit einem Blick auf die Flasche.

Was für ein Glück war es doch, Freunde wie Jane zu haben, dachte Fran.

Das Telefon klingelte. Der Apparat stand neben dem Kamin, und Fran hörte Jeremys etwas heisere Stimme fragen, ob Jane wisse, wo er Greg erreichen könne.

»Er ist hier, aber ich glaube, er schläft. Er hatte einen harten Tag. Kann ich ihm was ausrichten?«

Dann sprach Jeremy, Jane nahm einen Beistift zur Hand und fing an zu lächeln. »Vielen, vielen Dank, Jeremy. Das hört sich ja geradezu ideal an. Ich werd's ihm gleich sagen, wenn er aufwacht.« Als sie aufgelegt hatte, sagte sie zu Fran: »Jeremy hat festgestellt, daß Paul Ridley in SoHo jemand braucht, der ihm eine Menge Regale aufstellt, gleich jetzt, eine ganze Wand voll. Du weißt ja, wie groß die Ateliers dort unten sind. Scheint mir genau das richtige für Greg.«

»Der gute alte Jeremy!«

»Und Ridley – der ist momentan groß im Geschäft. Das führt dann bestimmt zu anderen Sachen – alles freelance, so will Greg ja am liebsten arbeiten.«

»Hoffentlich lehnt er es nicht ab, bloß weil es von uns kommt«, murmelte Fran.

»Ha! Vielleicht hat er was gelernt. Durch Schaden wird man klug, das gilt auch für die Jungen.« Jane strich sich das lange, ergrauende Haar aus der Stirn und griff nach ihrem Wodkaglas.

Fran fühlte sich plötzlich sehr – anständig, das war das einzige Wort, das ihr einfiel. Und stark. Und fest. Und alles nur, weil es Menschen wie Jane gab, alles nur wegen der *Kommunikation.* Glücklich strahlend machte sie sich auf den Heimweg und fuhr mit dem Bus die Eighth Avenue hinauf. Die Untergrundbahn ratterte genau unter dem Gehsteig vor ihrem Wohnblock durch, eine U-Bahn-Station war ganz in der Nähe, aber Fran fuhr nie mit der U-Bahn, die Autobusse waren sicherer und sauberer. Oft nahm sie eine Tageskarte, drei Fahrten für siebzig Cent statt einen Dollar zehn, gültig zwischen zehn und sechzehn Uhr, also außerhalb der Stoßzeit. Einmal in der Woche war auch der Eintritt zum Museum of Modern Art frei, man konnte dann spenden, soviel man wollte, oder auch gar nichts.

Fran zwang sich, zwei Tage zu warten, bevor sie Jane anrief und fragte, wie es Greg ergangen sei.

»Hat alles wunderbar geklappt«, sagte Jane in ihrer gedehnten Sprechweise. »Er hat Arbeit für die nächsten sechs Wochen und ist vergnügt wie ein Osterhase. Die ungezwungene Atmosphäre dort unten gefällt ihm besonders, und die Leute da scheinen ihn auch zu mögen.«

Fran lächelte. »Du, sag ihm – du mußt ihm meine herzlichen Glückwünsche ausrichten, Jane, tust du das? Egal ob ihm dran liegt, sag's ihm jedenfalls, ja?« Sie lachte vor Freude.

Die gute Nachricht heiterte sie richtig auf und zerstreute auch ihre leise Sorge wegen des schwarzen Versicherungsinspektors, der morgen vormittag um elf kommen wollte. Er war zwar bei Columbia Fire Insurance angestellt, aber die Columbia Fire arbeitete offenbar für Con Ed. Gregs Erfolg gab Fran eine geballte Ladung Selbstvertrauen.

Am nächsten Morgen legte sich Fran wieder ihr Hinken zu, ließ den schwarzen Inspektor in ihre sauber aufgeräumte Wohnung ein und bot ihm sogar eine Tasse Kaffee an.

»Braucht eben seine Zeit«, sagte sie dann, »aber der Arzt meinte, es gehe den Umständen entsprechend gut. Glauben Sie mir, Inspektor, ich melde mich sofort bei Con Ed, sobald ich wieder arbeiten kann. Das ewige Nichtstun macht weiß Gott keinen Spaß.«

Mit dem System arbeiten, dachte sie, lehn dich nicht auf dagegen, laß es für dich arbeiten. Das Geld, das ich kriege, habe ich alles selber einbezahlt, jahrelang, warum soll ich es nicht jetzt brauchen, wer weiß, ob ich lang genug lebe, um ...

»Okay, Miss Covak, würden Sie dann bitte hier unterschreiben? Dann werd ich mich wieder auf den Weg machen. Freut mich, daß es Ihnen besser geht.«

Diese Erleichterung, wieder allein zu sein! Das Telefon klingelte. Verie. Fran erzählte ihr von Greg. Dann machte sie sich daran, eine Kommode aus- und aufzuräumen, was sie schon seit Monaten vorgehabt hatte. Um sechs klingelte es an der Wohnungstür, und als Fran durch das Guckloch spähte, sah sie Buddy, den schwarzen Portier, wie üblich mit Schirmmütze und in Hemdsärmeln.

»Blumen für Sie, Miss Covak.«

Fran öffnete. »Blumen?«

»Ja, genau. Eben abgegeben worden. Ich wollt' sie Ihnen gleich raufbringen. Geburtstag?«

»Nein.« Fran suchte im vorderen Schrank in den Manteltaschen nach fünfzig Cents für Buddy und fand zwei Vierteldollar.

»Danke schön, Buddy. Hübsch, nicht?« Durch das grüne Seidenpapier waren rosa Blüten zu erkennen.

»Wiedersehen«, sagte Buddy.

An den Blumen steckte ein kleiner Umschlag mit einer Karte. Fran sah, daß sie von Greg unterschrieben war, bevor sie das übrige gelesen hatte. »Tut mir leid, daß ich etwas kurz angebunden war. Ich weiß Ihre Freundschaft zu schätzen. Auch die Ihrer Freunde. Alles Gute. Greg«.

Eilig stellte Fran die langstieligen Gladiolen in der größten Vase, die sie hatte, auf den kleinen Glastisch vor dem Sofa und stürzte zum Telefon, um Jeremy anzurufen. Jeremy war zu Hause.

»Jeremy!« sagte Fran atemlos. »Ich glaube, Greg gehört jetzt richtig zu uns . . . ja, ist das nicht fabelhaft?«

Immer dies gräßliche Aufstehen

Eddies Gesicht war wütend und leer zugleich, als wäre er mit den Gedanken woanders. Er starrte auf seine zweijährige Tochter Francy, die als heulendes Häufchen neben dem Doppelbett saß. Francy war auf das Bett zugetorkelt, dagegengeprallt und umgefallen.

»Jetzt kümmerst *du* dich mal um sie!« sagte Laura. Sie stand da, den Staubsauger noch in der Hand. »Ich hab' hier zu tun.«

»Du hast sie geschlagen, also kümmer *du* dich um sie, verdammt noch mal!« Eddie rasierte sich am Küchenausguß.

Laura ließ den Staubsauger fallen, ging ein paar Schritte auf Francy, deren Backe blutete, zu, überlegte es sich anders, drehte um, zog die Schnur heraus und begann sie aufzuwickeln, um den Staubsauger wegzustellen. Sollte die Wohnung eben ein Saustall bleiben heute abend, ihr war das egal.

Die anderen drei Kinder, Georgie fast sechs, Helen vier, Stevie drei, sahen ihr mit nassen, matt lächelnden Mündern zu.

»'ne Platzwunde ist das, Herrgott noch mal!« Eddie hielt der Kleinen ein Handtuch unter die Backe. »Das muß genäht werden, da kannste Gift drauf nehmen. Guck dir das an! Wie hast du *das* geschafft?«

Laura sagte nichts, wenigstens nicht zu dieser Frage. Sie fühlte sich ausgelaugt. Die Jungens – Eddies Kumpel – kamen um neun heut abend zum Pokern, und damit es was zu futtern gab um Mitternacht, mußte sie mindestens zwanzig Leberwurst- und Schinkenbrote machen. Eddie hatte den ganzen Tag geschlafen und war jetzt um sieben erst dabei, sich anzuziehen.

»Also bringst du sie jetzt ins Krankenhaus oder was?« fragte Eddie. Sein Gesicht war halb verdeckt vom Rasierschaum.

»Wenn ich sie wieder bringe, denken die, *du* bist es immer, der sie verhaut – ist ja auch meistens so.«

»Nu komm mir bloß nicht mit der Scheiße, nicht diesmal«, sagte Eddie. »Und ›die‹, wer sind denn überhaupt ›die‹? Die können uns mal!«

Zwanzig Minuten später war Laura im Warteraum des St.-Vincent-Krankenhauses in der West 11th Street. Auf einem der Stühle sitzend, lehnte sie den Kopf zurück und schloß halb die Augen. Es warteten noch sieben andere Leute, und die Schwester hatte ihr gesagt, es könne eine halbe Stunde dauern, aber sie wolle versuchen, sie früher dranzunehmen, da die Kleine leicht blute. Laura hatte sich ihre Geschichte zurechtgelegt: Die Kleine war gegen den Staubsauger gefallen und mußte auf das Verbindungsventil geprallt sein, wo ein Zughebelverschluß war. Da Laura sie damit an der Backe getroffen hatte, als sie den Staubsauger plötzlich zur Seite riß, weil Francy dran rumzerrte, nahm Laura an, die Verletzung hätte auch entstehen können, wenn Francy dagegengefallen wäre. Das schien einleuchtend.

Es war das dritte Mal, daß sie Francy ins St. Vincent brachte, das vier Straßen entfernt war von ihrer Wohnung in der Hudson Street. Erst eine gebrochene Nase (Eddies Schuld, Eddies Ellbogen), dann leichte Blutungen aus dem Ohr, die nicht aufhören wollten, und beim drittenmal, da hatten sie sie nicht von sich aus gebracht, hatte Francy einen gebrochenen Arm gehabt. Weder Eddie noch Laura hatte gewußt, daß Francy einen gebrochenen Arm hatte. Woher auch? Es war nichts zu sehen gewesen. Aber um die Zeit herum hatte Francy ein blaues Auge gehabt, weiß der Himmel woher oder warum, und auf einmal war eine Fürsorgerin aufgetaucht. Eine Nachbarin mußte die Fürsorgerin auf sie gehetzt haben, und Laura war sich zu neunzig Prozent sicher, daß es die alte Mrs. Covini unten im Erdgeschoß gewesen war. Der Arsch gehörte der abgerissen. Mrs. Covini war eine von diesen kurzen, dicken, schwarzgekleideten italienischen Mammas, die das ganze Leben lang Kinder um sich herum hatten und Nerven aus Stahl und die von morgens bis abends die Kinder drückten und küßten, als ob sie Geschenke vom Himmel wären und was ganz Seltenes auf dieser Erde. Und nie gingen diese Mrs. Covinis zur Arbeit, das war Laura schon lange aufgefallen. Laura arbeitete fünf Abende die Woche als Bedienung in einem Eßladen weiter zur Stadtmitte hin, an der Sixth Avenue. Das, und dazu das Aufstehen früh um sechs, um Eddie seine Spiegeleier mit Speck zu machen, ihm die Brotbüchse zu packen, die Kinder abzufüttern, die dann schon auf waren, und danach den ganzen Tag mit ihnen fertig zu werden – das reichte ja wohl, um einen Ochsen müde zu machen, oder? Na, jedenfalls hatten sie es Mrs. Covinis Schnüffelei zu verdanken, daß man ihnen dieses Ungeheuer – gut und gern eins achtzig war die groß – dreimal auf den Hals gehetzt hatte. Passenderweise hieß sie Mrs. Crabbe. »Vier Kinder, da haben Sie allerhand zu tun . . . Pflegen Sie irgendwelche Verhütungsmittel zu benutzen, Mrs. Regan?« Ach, alles Quatsch. Sie bewegte den Kopf über der geraden Rückenlehne des Stuhles hin und her und stöhnte, ihr war genauso zumute wie in der Schule, wenn sie ein Problem in Algebra vor sich hatte, das sie zu Tode langweilte. Sie und Eddie waren praktizierende Katholiken. Wenn sie allein gewesen wäre, hätte sie vielleicht mit der Pille angefangen, aber Eddie wollte nichts davon wissen, und damit hatte sich's. Wenn sie allein gewesen wäre – das war komisch, denn allein hätte sie sie nicht gebraucht. Jedenfalls hatte die alte Crabbe daraufhin die Schnauze gehalten, was das betraf, und Laura hatte eine gewisse Genugtuung dabei empfunden. Wenigstens ein paar Rechte und Freiheiten hatten sie und Eddie noch.

»Der nächste?« Lächelnd bat die Schwester sie herein.

Der junge Assistenzarzt pfiff durch die Zähne. »Wie ist denn das passiert?«

»Sie ist hingefallen. Gegen den Staubsauger.«

Der Geruch des Desinfektionsmittels. Nähen, Francy, die im Warteraum halb geschlafen hatte, war bei der Betäubungsspritze wach geworden und brüllte während der ganzen Geschichte. Der Arzt gab Francy etwas zum Lutschen. Ein leichtes Beruhigungsmittel in Zuckerguß, sagte er. Dann murmelte er etwas zu einer Schwester.

»Was sind das für blaue Flecken?« fragte er Laura. »An den Armen.«

»Och, da hat sie sich bloß gestoßen. In der Wohnung. Sie kriegt immer gleich blaue Flecken.« Das war doch nicht etwa derselbe Arzt, bei dem Laura vor drei oder vier Monaten gewesen war?

»Können Sie einen Augenblick warten?«

Die Schwester kam zurück, und sie und der Arzt blickten auf eine Karte, die die Schwester hielt.

Die Schwester sagte zu Laura: »Soviel ich weiß, kommt jetzt ab und zu eine unserer Fürsorgerinnen bei Ihnen vorbei, Mrs. Regan?«

»Ja.«

»Haben Sie einen Termin mit ihr?«

»Ja, ich glaub' schon. Ich hab' das zu Hause auf einem Zettel.« Laura log.

Am Montag darauf, abends um Viertel vor acht, wurden sie von Mrs. Crabbe überrascht. Eddie war gerade nach Hause gekommen und hatte sich eine Dose Bier aufgemacht. Er war Bauarbeiter, und in den Sommermonaten, wenn es lange hell war, machte er fast jeden Tag Überstunden. Wenn er nach Hause kam, ging er immer zuerst zum Ausguß, rieb sich mit einem Handtuch ab, machte eine Dose Bier auf und setzte sich an den Küchentisch mit der Wachstuchdecke.

Laura hatte die Kinder schon um sechs abgefüttert und versuchte gerade, sie ins Bett zu bugsieren, als Mrs. Crabbe auftauchte. Eddie hatte geflucht, als er sie durch die Tür kommen sah.

»Tut mir leid, wenn ich hier so reinplatze . . .« So sah sie aus. »Wie ging's denn so inzwischen?«

Francys Gesicht war noch verbunden, und der Verband war feucht und mit Ei bekleckert. Die im Krankenhaus hatten gesagt, sie sollten den Verband dranlassen und nicht anrühren. Eddie, Laura und Mrs. Crabbe saßen am Küchentisch, und es wurde ein längerer Vortrag draus.

»... Sie sind sich doch wohl im klaren, daß Sie beide die kleine Francy als Ventil für Ihre schlechte Laune benutzen. Manche Leute trommeln mit den Fäusten an die Wand oder streiten miteinander, aber Sie und Ihr Mann neigen dazu, die kleine Francy zu verprügeln. Ist es nicht so?« Ein falsches freundliches Lächeln lächelnd, blickte sie vom einen zum andern.

Eddie machte ein finsteres Gesicht und zerquetschte ein Heft Streichhölzer in der Faust. Laura wand sich stumm. Laura wußte, was die Frau meinte. Vor Francys Geburt hatten sie Stevie immer verwamst, ein bißchen zu oft vielleicht. Verdammt noch mal, sie hatten wirklich kein drittes Kind gewollt, schon gar nicht in so einer kleinen Wohnung, genau wie die Frau jetzt sagte. Und Francy war das vierte.

»... Wenn Sie sich aber beide klarmachen können, daß Francy nun mal *da* ist ...«

Laura war froh, daß sie offenbar nicht vorhatte, wieder von Geburtenkontrolle zu reden. Eddie sah aus wie kurz vorm Explodieren, er schlürfte sein Bier, als schämte er sich, damit erwischt worden zu sein, als hätte er aber dennoch ein Recht, es zu trinken, wenn er Lust dazu hatte, weil dies hier schließlich seine Wohnung war.

»... eine größere Wohnung vielleicht? Größere Zimmer. Das würde die Belastung Ihrer Nerven erheblich verringern ...«

Eddie sah sich gezwungen, über ihre Finanzlage zu sprechen. »Ja, verdienen tu' ich ganz gut – Nieten und Schweißen. Facharbeiter. Aber wissen Sie, wir haben auch Ausgaben. Ich möcht' mich nicht nach 'ner größeren Wohnung umsehen müssen. Jedenfalls jetzt nicht.«

Mrs. Crabbe hob den Blick und sah sich um. Ihr schwarzes Haar lag in ordentlichen Wellen, fast wie eine Perücke. »Ein schöner Fernseher. Haben Sie den gekauft?«

»Ja, und wir sind noch am Abzahlen. Das ist nur *eins* von den Dingen«, sagte Eddie.

Laura saß gespannt da. Da war noch Eddies Hundertfünfzig-Dollar-Armbanduhr, die sie abzahlten, glücklicherweise hatte Eddie sie jetzt nicht um (er trug seine billige), die gute trug er nicht, wenn er arbeiten ging.

»Und das Sofa und die Sessel, sind die nicht neu ... Haben Sie die gekauft?«

»Ja«, sagte Eddie und rutschte zurück in seinem Sessel. »Die Wohnung hier ist als möbliert vermietet, wissen Sie, aber Sie hätten das da mal sehen sollen –« Er machte eine höhnische Handbewegung in Richtung Sofa.

Hier mußte Laura ihm beistehen. »Was die hier hatten, war ein altes rotes Plastikding. Nicht mal sitzen konnte man da drauf.« Der Arsch hat einem wehgetan, hätte Laura noch sagen mögen.

»Wenn wir mal in 'ne größere Wohnung umziehn, haben wir wenigstens das da«, sagte Eddie und deutete mit dem Kopf auf die Sofa-und-Sessel-Garnitur.

Das Sofa und die Sessel waren mit Plüsch bezogen, beige mit einem blaßrosa und blauen Blumenmuster. Kaum drei Monate waren die Sachen im Haus, und schon hatten die Kinder alles mit Kakao und Orangensaft vollgekleckert. Es war Laura unmöglich gewesen, die Kinder von den Möbeln fernzuhalten. Dauernd schrie sie sie an, sie sollten auf dem Fußboden spielen. Aber der wunde Punkt war, daß das Sofa und die Sessel noch nicht bezahlt waren, und darum ging es Mrs. Crabbe, und ja nicht etwa darum, ob die Leute es gemütlich hatten oder die Wohnung nach was aussah.

»Fast abgezahlt. Letzte Rate kommt nächsten Monat«, sagte Eddie.

Das war nicht wahr. Es fehlten noch vier oder fünf Monate, weil sie mit zwei Raten im Rückstand waren, und der Mann von dem Laden in der 14th Street war kurz davor gewesen, die Sachen wieder abzuholen.

Jetzt hielt die alte Tülle natürlich eine Rede über die Mehrkosten bei Ratenkäufen. Immer gleich alles auf einmal zahlen, denn wenn man dazu nicht in der Lage war, konnte man sich die Sache eben nicht leisten, nicht wahr? Laura kochte vor Wut, genau wie Eddie, aber das Wichtigste bei diesen Schnüfflern war, so zu tun, als wäre man ganz ihrer Meinung. Dann kamen sie vielleicht nicht wieder.

»... Wenn das mit der kleinen Francy so weitergeht, müssen wir gesetzlich einschreiten, und das wollen Sie doch sicher nicht. Wir müßten Ihnen Francy dann wegnehmen und anderswo in Obhut geben.«

Die Vorstellung war Laura ganz angenehm.

»Wohin? Wohin geben?« fragte Georgie. Er hatte eine Pyjamahose an und stand in der Nähe des Tisches.

Mrs. Crabbe beachtete ihn nicht. Sie wollte gehen.

Eddie stieß einen Fluch aus, als sie aus der Tür war, und ging sich noch ein Bier holen. *»Eine gottverdammte Einmischung ins Privatleben!«* Er trat die Kühlschranktür zu.

Laura platzte los vor Lachen. »Das alte Sofa! Weißt du noch? *Mein Gott!*«

»Schade, daß es nicht da war, sie hätte sich drauf den Hintern brechen können.«

Als Laura in jener Nacht gegen zwölf ein schweres Tablett mit vier Superburgers und vier Bechern Kaffee trug, fiel ihr etwas ein, woran sie seit fünf Tagen nicht hatte denken mögen. Unglaublich, daß sie ganze fünf Tage nicht daran gedacht hatte. Jetzt war es so gut wie sicher. Eddie würde an die Decke gehen.

Am nächsten Morgen Punkt neun rief Laura unten vom Zeitungsladen aus Dr. Weebler an. Sie sagte, es sei dringend, und bekam einen Termin um Viertel nach elf. Als sie aus dem Haus ging, war Mrs. Covini unten im Flur gerade dabei, jenen Teil des weiß gekachelten Fußbodens zu schrubben, der direkt vor ihrer Tür war. Das brachte bestimmt Unglück, daß sie die Covini jetzt sah, dachte Laura. Sie und Mrs. Covini sprachen nicht mehr miteinander.

»Ich kann Ihnen nicht einfach so eine Abtreibung machen«, sagte Dr. Weebler achselzuckend und mit seinem widerlichen Lächeln, das zu besagen schien: ›Ausbaden müssen *Sie* es. Ich bin ein Arzt, ein Mann.‹ Er sagte: »So was läßt sich doch verhüten. Abtreibungen sollten gar nicht nötig sein.«

Dann geh' ich eben zu einem andern Arzt, dachte Laura mit wachsendem Zorn, aber ihr Gesicht blieb freundlich und höflich. »Schaun Sie, Doktor Weebler, mein Mann und ich sind praktizierende Katholiken, das hab' ich Ihnen schon gesagt. Wenigstens mein Mann ist es, und – Sie wissen doch. So was passiert eben. Ich hab' aber schon vier. Geben Sie Ihrem Herzen einen Stoß.«

»Seit wann wünschen denn praktizierende Katholiken Abtreibungen? Nein, Mrs. Regan, aber ich kann Ihnen einen andern Arzt nennen.«

Und dabei hieß es, Abtreibungen seien kein Problem mehr in New York. »Wenn ich das Geld zusammenkriege – was kostet es?« Dr. Weebler war billig, deswegen gingen sie zu ihm.

»Das ist keine Geldfrage.« Der Arzt war unruhig. Es warteten draußen noch andere Leute auf ihn.

Laura war sich ganz sicher, aber sie sagte: »Sie machen doch bei andern Frauen Abtreibungen, warum dann nicht bei mir?«

»*Wer –?* Wenn die Gesundheit einer Frau gefährdet ist, das ist was anderes.«

Laura erreichte nichts, und dieses erfolglose Unternehmen kostete sie $ 7.50, zahlbar auf der Stelle. Nur ein neues Rezept für Nembutal (32 mg) konnte sie noch aus ihm herausholen. An diesem Abend sagte sie Eddie, was los war. Lieber gleich sagen als aufschieben. Aufschieben war scheußlich, das wußte sie aus Erfahrung, denn die verdammte Sache kam einem doch alle halbe Stunde wieder hoch.

»Herrgott noch mal!« sagte Eddie, fiel rückwärts aufs Sofa und zerquetschte dabei die Hand von Stevie, der auch auf dem Sofa war und seine Hand in dem Moment ausgestreckt hatte, als Eddie zusammensackte.

Stevie brüllte los.

»Hör doch auf, das hat dich doch nicht umgebracht!« sagte Eddie zu Stevie. »So, und was nun. Was nun?«

Was nun. Laura versuchte tatsächlich zu denken, *was nun.* Was zum Henker konnte sie anderes tun als auf eine Fehlgeburt hoffen, zu der es dann doch nie kam. Die Treppe runterfallen oder so was, aber das hatte sie sich nie getraut. Bis jetzt wenigstens nicht. Stevies Gebrüll war wie eine schreckliche Hintergrundmusik. Wie in einem Horrorfilm. »Halt die Klappe, Stevie!« Da fing Francy an zu schreien. Laura hatte sie noch nicht gefüttert.

»Ich sauf mir einen an«, verkündete Eddie. »Schnaps ist keiner da, nehm' ich an.«

Er wußte, es war keiner da. Es war nie welcher da, er wurde zu schnell ausgetrunken. Eddie wollte in die Kneipe. »Willst du nicht erst was essen?« fragte Laura.

»Nee.« Er zog einen Pullover an. »Ich will den ganzen Scheiß mal vergessen. Für'n *Weilchen* wenigstens.«

Zehn Minuten später, nachdem sie Francy etwas hineingestopft hatte (Kartoffelbrei, eine Flasche mit Sauger, weil's nicht so eine Schweinerei gab wie bei einer Tasse) und den andern Kindern eine Schachtel kandierte Feigen hingestellt hatte, tat Laura dasselbe, nur daß sie weiter unten in der Hudson Street in eine Kneipe ging, von der sie wußte, daß er dort nicht verkehrte. Heute war einer ihrer zwei freien Abende, das traf sich gut. Sie trank zwei Whisky-sours und dazu eine Flasche Bier, und dann fing ein netter Mann ein Gespräch mit ihr an und lud sie zu zwei weiteren Whisky-sours ein. Beim vierten fühlte sie sich ganz toll, sogar irgendwie geachtet und wichtig, wie sie da auf dem Barhocker saß und ab und zu einen Blick auf ihr Spiegelbild hinter den Flaschen warf. Wär es nicht herrlich, noch mal ganz von vorn anzufangen? Keine Ehe, kein Eddie, keine Kinder? Was ganz Neues, einen reinen Tisch.

»Ich hab' Sie was gefragt – sind Sie verheiratet?«

»Nein«, sagte Laura.

Aber sonst sprach er nur vom Fußball. Er hatte heute

eine Wette gewonnen. Laura träumte vor sich hin. Ja, sie hatte mal geheiratet, Liebe und all das. Sie hatte gewußt, Eddie würde nie das große Geld machen, aber anständig leben, das mußte doch allemal drin sein, nicht wahr, und sie hatte weiß Gott keine irrwitzigen Ansprüche, wo ging dann das ganze Geld hin? Die Kinder. Da war das Loch. Zu dumm, daß Eddie katholisch war, und wenn man einen Katholiken heiratet . . .

»He, Sie hörn mir ja gar nicht zu!«

Laura träumte entschlossen weiter. Vor allem hatte sie *wirklich* einmal einen Traum gehabt, einen Traum von Liebe und Glück und davon, wie sie für Eddie und sich ein gemütliches Zuhause schaffen würde. Jetzt wurde sie von Außenstehenden schon *in ihren eigenen vier Wänden* angegriffen. Mrs. Crabbe, die so gut Bescheid wußte darüber, wie es ist, wenn man um fünf Uhr früh von einem schreienden Kind aus dem Schlaf gerissen wird, oder wenn Stevie oder Georgie einem ins Gesicht pieken, nachdem man grade zwei Stunden geschlafen hat und einem jeder Knochen wehtut. Da konnte es schon passieren, daß sie oder Eddie mal zuschlugen. Immer dies gräßliche Aufstehenmüssen. Laura merkte, daß ihr beinah die Tränen kamen, und sie begann, dem Mann zuzuhören, der immer noch vom Fußball redete.

Er wollte sie nach Hause bringen, also ließ sie ihn. Sie war so beschwipst, daß sie seinen Arm auch ganz gut brauchen konnte. An der Haustür sagte sie dann, sie wohne bei ihrer Mutter, drum müsse sie alleine hochgehn. Er fing an, frech zu werden, aber sie gab ihm einen Schubs und konnte die Haustür hinter sich zuschnappen lassen. Laura war noch nicht ganz im dritten Stock, als sie Schritte auf der Treppe hörte und dachte, der Kerl müsse irgendwie reingekommen sein, aber es war dann Eddie.

»Na, wie geht's 'n so?« sagte Eddie munter.

Die Kinder waren in den Kühlschrank eingefallen. Das taten sie ungefähr einmal im Monat. Eddie rieß Georgie zurück und machte den Kühlschrank zu, dann rutschte er auf ein paar grünen Bohnen aus und wäre fast hingefallen. »Herrgott noch mal, sieh dir das an, das *Gas!*« sagte Eddie.

Alle Gashähne waren aufgedreht, und als Laura das sah, roch sie das Gas, überall Gas. Eddie drehte die Hähne zu und machte ein Fenster auf.

Georgies Heulen steckte die andern an.

»Halt die Klappe, halt die Klappe!« brüllte Eddie. »Was is'n los, verdammt, haben sie Hunger? Hast du sie nicht gefüttert?«

»Natürlich hab' ich sie gefüttert!« sagte Laura.

Eddie prallte gegen den Türrahmen, sackte, indem seine Füße seitwärts unter ihm wegrutschten, mit Zeitlupenkomik zusammen und landete mit dem Hintern schwer auf dem Boden. Die vierjährige Helen lachte laut und klatschte. Stevie kicherte. Eddie verfluchte den gesamten Haushalt und schmiß seinen Pullover zum Sofa, aber daneben. Laura zündete sich eine Zigarette an. Sie war immer noch angesäuselt von ihren Whisky-sours, und sie genoß es.

Klirrend zersprang Glas auf dem Badezimmerboden, und sie zog lediglich die Augenbrauen hoch und inhalierte. Muß Francy hinlegen und anschnallen, dachte Laura und ging unsicher auf Francy zu, um es zu tun. Francy saß wie eine schmutzige Lumpenpuppe in einer Ecke. Ihr Kinderbett stand im Schlafzimmer, ebenso das Doppelbett, in dem die anderen drei Kinder schliefen. Das gottverdammte Schlafzimmer war wirklich ein Zimmer zum Schlafen, dachte Laura. Nichts wie Betten im ganzen Raum. Sie zog Francy an ihrem umgebundenen Lätzchen hoch, und genau in dem Augenblick machte Francy ihr Bäuerchen, und ein Schubs Geronnenes ergoß sich über Lauras Handgelenk.

»Uch!« Laura ließ das Kind fallen und schüttelte angeekelt die Hand.

Francy war mit dem Kopf auf den Boden geschlagen und gab nun einen langen Schrei von sich. Laura ließ am Ausguß Wasser über ihre Hand laufen, wobei sie Eddie zur Seite schubste, der bereits nackt bis zum Gürtel war und sich rasierte. Eddie rasierte sich abends, um morgens etwas länger schlafen zu können.

»Du bist besoffen«, sagte Eddie.

»Na und?« Laura ging zurück zu Francy und schüttelte sie, um sie abzustellen. »Sei still, um Himmels willen! Was heulst du überhaupt?«

»Gib ihr ein Aspirin. Und nimm du selber auch 'n paar«, sagte Eddie.

Laura sagte ihm, was er selber tun könne. Wenn Eddie heute nacht was von ihr wollte, konnte er sich einen abreißen. Sie würde wieder in die Kneipe gehen. Aber sicher. Der Laden hatte bis drei Uhr morgens auf. Laura merkte, daß sie Francy ein Kissen aufs Gesicht drückte, um mal für einen Augenblick Ruhe zu haben, und sie dachte wieder daran, was Mrs. Crabbe gesagt hatte: Francy sei zur Zielscheibe geworden – Zielscheibe? Zum Ventil für sie beide. Doch, das stimmte schon, sie schlugen Francy mehr als die andern, aber Francy schrie auch mehr. Laura ließ dem Gedanken die Tat folgen und gab Francy eine schallende Ohrfeige. So machte man's doch, wenn jemand einen hysterischen Anfall hatte, dachte sie. Francy verstummte auch, für zwei Schrecksekunden, und schrie dann um so lauter.

Die Leute unter ihnen klopften an die Decke. Laura stellte sie sich mit einem Besenstiel vor. Trotzig stampfte sie dreimal auf den Fußboden.

»Hör mal, wenn du den Balg nicht sofort *ruhig* kriegst . . .«, sagte Eddie.

Laura stand am Kleiderschrank und zog sich aus. Sie streifte ein Nachthemd über und stieß die Füße in ein Paar alte braune Mokassins, die sie als Hausschuhe benutzte. Im Klo hatte Eddie gerade das Glas zerbrochen, das sie beim Zähneputzen brauchten. Laura stieß ein paar Scherben mit dem Fuß beiseite, zu müde, das heute abend noch aufzukehren. Aspirin. Sie nahm ein Fläschchen herunter, und es rutschte ihr aus den Fingern, bevor sie den Deckel abschrauben konnte. Krach, und überall Tabletten auf dem Fußboden. Gelbe Tabletten.

Das Nembutal. Zu dumm, aber das konnte sie alles morgen noch zusammenkehren. Die Tabletten behalten, nicht wegschmeißen. Laura nahm zwei Aspirin.

Eddie schrie, fuchtelte mit den Armen und scheuchte die Kinder zum anderen Doppelbett. Das war sonst Lauras Aufgabe, und sie wußte, daß Eddie das jetzt machte, weil er nicht wollte, daß sie die ganze Nacht in der Wohnung herumtobten und ihn störten.

»Und wenn ihr nicht allesamt im Bett bleibt, dann *knallt's!*«

Bum-bum-bum, klopfte es wieder von unten.

Laura fiel ins Bett und erwachte beim Klingeln des Weckers. Eddie stöhnte, kam langsam hoch und stand auf. Laura kostete die letzten paar Sekunden aus, bis sie das ›Rums‹ hörte, mit dem Eddie den Kessel aufsetzte. Den Rest machte sie, Pulverkaffee, Orangensaft, Spiegeleier mit Speck, warmen Haferbrei für die Kinder. Sie ging in Gedanken den gestrigen Abend durch. Wieviel Whisky-sours? Fünf vielleicht, und nur ein Bier. Und dann zwei Aspirin – das müßte gehen.

»He, was ist denn mit Georgie?« schrie Eddie. »He, was is'n hier los im Klo?«

Laura kroch aus dem Bett. Sie erinnerte sich. »Ich kehr's gleich zusammen.«

Georgie lag vor der Klotür auf dem Fußboden, und Eddie stand über ihn gebeugt.

»Ist das nicht Nembutal?« sagte Eddie. »Georgie muß welche davon gegessen haben! Und guck dir Helen an!«

Helen lag im Badezimmer auf dem Boden, neben der Dusche.

Eddie schüttelte Helen und schrie sie an, sie solle aufwachen. »Mein Gott, die sind ja völlig hinüber!« Er schleifte Helen an einem Arm heraus, hob Georgie auf und trug ihn zum Ausguß. Er hielt Georgie unter dem Arm wie einen Sack Mehl, machte ein Geschirrtuch naß und klatschte es ihm auf Gesicht und Kopf. »Meinst du, wir sollen einen Arzt holen? Herrgott im Himmel, nu beweg dich ein bißchen, ja! Gib mir Helen rüber.«

Laura tat es. Dann zog sie ein Kleid an. Die Hauslatschen behielt sie an. Sie mußte Weebler anrufen. Nein, das Krankenhaus, das war näher. »Weißt du noch die Nummer vom Saint Vincent?«

»Nein«, sagte Eddie. »Wie bringt man Kinder zum Erbrechen? Überhaupt jeden zum Erbrechen? Senf, nich'?«

»Ja, ich glaube.« Laura ging hinaus. Sie fühlte sich immer noch beschwipst, und fast wäre sie auf der Treppe ausgerutscht. Wär doch gut, dachte sie, als ihr einfiel, daß sie schwanger war, aber das klappte natürlich erst, wenn man schon ziemlich weit war.

Sie hatte keinen Dime bei sich, aber der Mann vom Zeitungsladen sagte, er vertraue ihr, und gab ihr einen Dime aus seiner eigenen Tasche. Er machte gerade auf, denn es war früh. Laura suchte sich die Nummer heraus und stellte dann in der Zelle fest, daß sie die Hälfte vergessen hatte. Sie würde sie noch mal raussuchen müssen. Der Mann vom Zeitungsladen beobachtete sie, weil sie gesagt hatte, es sei ein Notfall und sie müsse ein Krankenhaus anrufen. Laura nahm den Hörer ab und wählte, was sie von der Nummer noch wußte. Dann legte sie den rechten Zeigefinger auf den Haken (den der Mann nicht sehen konnte), weil sie wußte, daß es nicht die richtige Nummer war, doch da der Mann sie beobachtete, fing sie an zu sprechen. Der Dime rutschte in die Rückgabe, und sie ließ ihn liegen.

»Ja bitte. Ein Notfall.« Sie gab ihren Namen und die Adresse an. »Schlaftabletten. Wir werden wohl eine Magenpumpe brauchen ... Danke, Wiedersehn.«

Dann ging sie wieder hoch in die Wohnung.

»Sie sind immer noch völlig weg«, sagte Eddie. »Wieviel Tabletten fehlen denn, was meinst du? Schau mal nach.«

Stevie schrie nach seinem Frühstück. Francy brüllte, weil sie immer noch in ihrem Gitterbett angeschnallt war.

Laura schaute auf den Fliesen im Badezimmer nach, aber sie konnte unmöglich schätzen, wieviel Tabletten fehlten. Zehn? Fünfzehn? Sie hatten einen Zuckerüberzug, deswegen hatten sie den Kindern geschmeckt. Sie fühlte sich leer, verängstigt und erschöpft. Eddie hatte den Kessel aufgesetzt, und sie tranken Pulverkaffee, im Stehen. Eddie sagte, Senf sei keiner da (Laura erinnerte sich, daß sie den Rest für all die Schinkenbrote aufgebraucht hatte), und jetzt versuchte er, Georgie und Helen etwas Kaffee einzuflößen, aber es schien nichts in sie hineinzugehen, und alles lief ihnen nur übers Gesicht.

»Kehr den Mist da weg, damit Stevie nicht auch noch was abkriegt«, sagte Eddie mit einer Kopfbewegung zum Klo. »Wann kommen die denn? Ich muß langsam los. Der Vorarbeiter is'n Scheißer, das hab' ich dir schon erzählt, bei dem darf keiner zu spät kommen.« Er fluchte, als er seine Brotbüchse nahm und sah, daß sie leer war, und scheppernd landete sie im Ausguß.

Noch immer in Trance fütterte Laura Francy am Küchentisch (sie hatte schon wieder ein blaues Auge, wo zum Henker kam *das* denn her?), fing an, Stevie mit Cornflakes und Milch zu füttern (warmen Haferbrei wollte er nicht mehr), ließ Stevie dann alleine essen, worauf er prompt sein Schüsselchen auf die Wachstuchdecke kippte. Georgie und Helen schliefen noch auf dem Doppelbett, wo Eddie sie hingelegt hatte. *Na, die vom St. Vincent kommen ja,* dachte Laura.

Aber sie kamen nicht. Sie drehte am kleinen Transistor, bis irgendeine Tanzmusik ertönte. Dann wechselte sie Francy die Windel. Deswegen hatte sie so gebrüllt, die Windel war naß. Laura hatte von dem Geschrei heute morgen fast nichts gehört. Stevie war zu Georgie und Helen hinübergetapst und versuchte sie wachzustupsen. Im Klo kippte Laura den Kindertopf aus, wusch ihn aus, kehrte die Glasscherben und Tabletten zusammen und pickte die Tabletten aus dem Kehrblech. Sie legte die Tabletten auf eine freie Stelle auf einer der Glasplatten im Medizinschränkchen.

Um zehn ging Laura hinunter in den Zeitungsladen, gab dem Mann das Geld zurück und mußte die Nummer vom Krankenhaus noch einmal heraussuchen. Diesmal wählte sie richtig, bekam Verbindung, sagte, was los war, und fragte, warum noch niemand gekommen sei.

»Um sieben haben Sie angerufen? Komisch. Ich war doch hier. Wir schicken sofort einen Krankenwagen.«

Im Delikatessengeschäft kaufte Laura vier Liter Milch und andere Babynahrung und ging dann wieder nach oben. Sie fühlte sich ein bißchen weniger müde, aber nicht viel. Ob Georgie und Helen noch atmeten? Sie mochte überhaupt nicht hineingehen und nachsehen. Sie hörte den Krankenwagen ankommen. Laura leerte gerade ihre dritte Tasse Kaffee. Sie warf einen Blick in den Spiegel, aber sich selber mochte sie auch nicht ansehen. Je aufgelöster sie aussah, um so besser vielleicht. Zwei Männer in Weiß kamen herauf und gingen sofort zu den beiden Kindern. Sie hatten Stethoskope. Sie murmelten, dann wurden sie lauter. Einer drehte sich um und fragte: »*Was* haben sie genommen?«

»Schlaftabletten. Sie haben das Nembutal erwischt.«

»Der hier ist ja kalt. Haben Sie das nicht gemerkt?«

Er meinte Georgie. Der eine wickelte die Kinder in Decken vom Bett ein, der andere bereitete eine Spritze vor. Er gab jedem Kind eine Spritze in den Arm.

»Vor zwei bis drei Stunden brauchen Sie uns nicht anzurufen«, sagte der eine.

Der andere sagte: »Laß, die steht noch unter Schock. Trinken Sie mal 'ne Tasse heißen Tee, junge Frau, und legen Sie sich hin.« Sie eilten davon. Die Ambulanz heulte Richtung Krankenhaus.

Das Heulen wurde aufgenommen von Francy, die dastand, ihre dicken kleinen Beine nicht weiter auseinander als sonst, während Pipi aus dem Windelklumpen dazwischen tropfte. Alle Gummihöschen lagen noch dreckig in der Schüssel unter dem Ausguß, eine Arbeit, die Laura gestern abend hätte erledigen müssen. Sie ging zu Francy und gab ihr eine Ohrfeige, damit sie eine Minute lang mal still war, und Francy fiel um. Dann gab Laura ihr einen Tritt in den Bauch, etwas, was sie bislang noch nie getan hatte. Francy lag da, endlich mal still.

Mit großen Augen und offenem Mund starrte Stevie herüber, als wüßte er nicht, ob er lachen oder weinen sollte. Laura schleuderte die Schuhe von den Füßen und ging sich ein Bier holen. Natürlich war keins da. Laura kämmte sich und ging dann runter ins Delikatessengeschäft. Als sie zurückkam, saß Francy dort, wo sie vorher gelegen hatte, und war wieder am Schreien. Noch mal die Windel wechseln? Ihr ein dreckiges Gummihöschen drüberziehn? Laura machte ein Bier auf, trank etwas, dann wechselte sie die Windel, nur um irgendwas zu tun. Immer noch mit dem Bier neben sich, füllte sie den Ausguß mit Seifenwasser und steckte die sechs Gummihöschen hinein, ebenso zwei ausgespülte, aber schmutzige Windeln.

Um zwölf klingelte es, und es war Mrs. Crabbe, die verdammte Schnüffelnase, ungefähr so willkommen wie die Bullen.

Diesmal war Laura frech. Sie unterbrach die Ziege jedesmal, wenn sie etwas sagte. Mrs. Crabbe fragte, wie die Kinder denn an die Schlaftabletten gekommen seien. Und wann hatten sie sie gegessen?

»Ich möchte wissen, warum ein Mensch sich derartige Einmischungen gefallen lassen muß!« schrie Laura.

»Ist Ihnen klar, daß Ihr Sohn tot ist? Innere Blutungen von Glassplittern.«

Laura stieß einen von Eddies Lieblingsflüchen aus.

Da ging die alte Hexe, und Laura trank ihr Bier, drei Dosen. Sie hatte Durst. Als es wieder klingelte, reagierte sie nicht, aber dann wurde laut an die Tür geklopft. Nach ein paar Minuten war Laura das zu blöd, und sie ging aufmachen. Es war wieder die alte Crabbe, diesmal mit zwei Männern in Weiß, der eine hatte eine Tasche. Laura wehrte sich, aber sie verpaßten ihr eine Zwangsjacke. Sie brachten sie in ein anderes Krankenhaus, nicht ins St. Vincent. Da wurde sie von zwei Leuten festgehalten, während ein dritter ihr eine Spritze gab. Von der Spritze ging sie fast k.o., aber nicht ganz.

Und so kam sie einen Monat später zu ihrer Abtreibung. Das freudigste Ereignis, das ihr je widerfahren war.

Sie mußte in dem Laden – Bellevue – die ganze Zeit bleiben. Als sie den Seelenputzern erzählte, daß sie die Ehe satt habe, ihre Ehe, schienen sie ihr zu glauben und sie zu verstehen, doch schließlich gaben sie zu, daß ihre ganze Behandlung darauf angelegt sei, sie in diese Ehe zurückzuführen. Die drei Kinder – Helen war wieder gesund – waren in der Zwischenzeit in so einem kostenlosen Pflegeheim. Eddie war gekommen und hatte Laura besuchen wollen, aber sie wollte ihn nicht sehen, und gottlob hatte niemand sie gezwungen. Laura wollte eine Scheidung, aber sie wußte, daß Eddie nie einwilligen würde. Er war der Meinung, daß es Scheidungen ganz einfach nicht gab. Laura wollte frei sein, unabhängig und allein. Sie wollte auch die Kinder nicht sehen.

»Ich will ein neues Leben anfangen«, sagte sie zu den Psychiatern, die ebenso lästig geworden waren wie Mrs. Crabbe.

Die einzige Möglichkeit, aus dem Laden rauszukommen, war, ihnen was vorzumachen, merkte Laura, und so fing sie langsam an, sich gefügig zu zeigen. Sie dürfe gehen, sagten sie, aber nur, wenn sie zu Eddie zurückginge. Immerhin erreichte sie von einem Arzt eine schriftliche Erklärung – sie bestand darauf, es schriftlich zu bekommen –, die besagte, daß sie keine Kinder mehr haben dürfe, was praktisch hieß, daß sie das Recht hatte, die Pille zu nehmen.

Eddie gefiel das nicht, auch wenn es eine ärztliche Verordnung war. »Das is' doch keine Ehe«, sagte Eddie.

Eddie hatte eine Freundin gefunden, während Laura in Bellevue war, und manchmal kam er abends nicht nach Hause und ging dann von da zur Arbeit, wo er eben schlief. Laura nahm sich für einen Tag einen Detektiv und fand so den Namen und die Adresse der Frau heraus. Dann reichte Laura die Scheidung wegen Ehebruchs ein, ohne Alimentsforderungen, richtig Women's Lib. Eddie bekam die Kinder, wogegen Laura nichts hatte, denn ihm lag mehr an den Kindern als ihr. Laura nahm eine Ganztagsstelle in einem Warenhaus an, was ein bißchen hart war, da sie so viele Stunden auf den Beinen sein mußte, aber alles in allem nicht so hart wie das, was sie hinter sich hatte. Sie war erst fünfundzwanzig und sah ganz gut aus, wenn sie sich die Zeit nahm, ihr Gesicht zurechtzumachen und sich hübsch zu kleiden. Und gute Aufstiegsmöglichkeiten gab es in ihrem Job auch.

»Ich fühl' mich jetzt so friedlich«, sagte Laura zu einer neuen Freundin, der sie ihre Vergangenheit erzählt hatte. »Ich fühl' mich anders, als hätt' ich schon hundert Jahre gelebt, und dabei bin ich noch ganz schön jung ... Heiraten? Nein, nie wieder.«

Sie wachte auf und merkte, daß alles ein Traum gewesen war. Na ja, nicht *alles*. Das Erwachen ging langsam, nicht so plötzlich wie sonst, wenn man morgens die Augen aufmachte und sah, was man wirklich vor sich hatte. Der Arzt hatte ihr zwei Sorten von Tabletten verschrieben. Jetzt kam es ihr so vor, als seien das Schwindeltabletten gewesen, die bewirkten, daß die Welt rosig aussah und daß sie selbst fröhlicher wurde – der Zweck des ganzen war, daß sie wieder zurück in den alten Pferch ging, wie ein betäubtes Schaf. Sie merkte, daß sie am Ausguß stand, in der Hudson Street, und ein Geschirrtuch in den Händen hatte. Es war Morgen. Zehn Uhr zweiundzwanzig nach der Uhr am Bett. Aber sie *war* doch in Bellevue gewesen, oder? Und Georgie war gestorben, denn jetzt waren in der Wohnung nur Stevie und Helen und Francy. Es war September, wie sie an der Zeitung sah, die auf dem Küchentisch lag. Und – wo war es? Das Stück Papier, das der Arzt unterschrieben hatte?

Wo bewahrte sie es auf, in ihrer Brieftasche? Sie sah nach, und da war es nicht. Sie machte den inneren Reißverschluß ihrer Handtasche auf. Auch da nicht. Aber sie hatte es gehabt. Oder? Einen Augenblick überlegte sie, ob sie schwanger sei, aber es war nichts zu sehen. Dann, wie gezogen von einer geheimnisvollen Kraft, einer hypnotischen Kraft, ging sie zu einem abgewetzten braunen Lederkästchen, in dem sie Halsketten und Armbänder verwahrte. In diesem Kasten lag ein altes, angelaufenes Zigarettenetui aus Silber, gerade groß genug für vier Zigaretten, und darin war ein zusammengefaltetes Stück Papier, frisch und weiß. Das war es. Sie hatte es.

Sie ging ins Badezimmer und blickte in das Medizinschränkchen. Wie sahen sie aus? Da war etwas, auf dem Ovral stand. Das mußte es sein, es klang irgendwie nach Ei. Nun, die nahm sie jedenfalls, das Fläschchen war halb leer. Und Eddie ärgerte sich. Sie erinnerte sich jetzt. Aber er mußte sich damit abfinden, da gab's nichts.

Doch seine Freundin hatte sie nicht mit einem Detektiv aufgespürt. Die Stelle in dem Warenhaus hatte sie nicht gehabt. Komisch – sie hatte alles genau vor Augen, den Job, wie sie bunte Halstücher und Strumpfwaren verkaufte, sich schminkte, um toll auszusehen, und wie sie neue Freunde gewann. Hatte Eddie eine Freundin gehabt? Laura war sich einfach nicht sicher. Wie dem auch sei, mit der Pille mußte er sich jetzt abfinden, und das war wenigstens ein kleiner Triumph für sie. Aber der entschädigte sie nicht ganz für das, womit sie sich abfinden mußte. Francy schrie. Vielleicht war es Zeit, sie zu füttern.

Laura stand in der Küche, biß sich auf die Unterlippe, dachte, daß sie Francy jetzt füttern mußte – nach dem Essen war sie immer etwas ruhiger –, und dachte, sie würde anfangen müssen, ernsthaft nachzudenken, jetzt, da sie denken konnte, jetzt, da sie richtig wach war. Mein Gott, das Leben konnte doch nicht einfach immer so weitergehn, nicht? Den Job in dem Eßladen hatte sie bestimmt verloren, also würde sie sich einen neuen suchen müssen, denn mit Eddies Lohn alleine kamen sie nicht durch. *Francy füttern.*

Es klingelte an der Haustür. Laura zögerte kurz, dann drückte sie auf den Summer. Sie hatte keine Ahnung, wer es war. Francy schrie. »Ja doch, *ja!*« schnappte Laura und ging zum Kühlschrank.

Es klopfte an der Tür.

Laura machte auf. Es war Mrs. Crabbe.

Die Sekunden abwägenden Schweigens beim Scrabble-Spiel wurden vom Plastikrascheln der Katzentür unterbrochen: Portland Bill kam wieder herein. Niemand achtete darauf. Michael und Gladys Herbert waren im Vorsprung, Gladys noch etwas besser als ihr Mann. Die Herberts spielten oft Scrabble und kannten alle Kniffe. Colonel Edward Phelps, ein Nachbar und guter Freund, hielt einigermaßen Schritt, und seine amerikanische Nichte Phyllis, neunzehn Jahre alt, hatte gut gespielt, aber in den letzten zehn Minuten das Interesse verloren. Es war bald Teezeit. Der Colonel war schläfrig und sah auch so aus. »Quack«, sagte er nachdenklich und drückte den Zeigefinger auf den Schnurrbart à la Kipling. »Schade – ich hatte an ›earthquake‹ gedacht.«

»Wenn du ›quack‹ hast, Onkel Eddie«, sagte Phyllis, »wie willst du dann ›quake‹ daraus machen?«

Wieder machte der Kater ein Geräusch bei der Tür, diesmal anhaltender, und den schwarzen Schwanz und das getigerte Hinterteil schon im Haus bewegte er sich jetzt rückwärts und zog etwas durch die ovale Plastikklappe. Was er hereingeschleppt hatte, sah weißlich aus und war gut zehn Zentimeter lang.

»Schon wieder 'n Vogel«, sagte Michael, ungeduldig auf Eddies nächsten Zug wartend, um selber etwas Raffiniertes anzubringen, bevor ihm jemand zuvorkam.

»Sieht aus wie noch 'n Gänsefuß«, sagte Gladys, die kaum hinsah. »Ääh.«

Der Colonel bequemte sich endlich und fügte dem Wort SUM ein P hinzu. Jetzt war Michael dran und entlockte Phyllis einen Seufzer der Bewunderung, als er INI an GEM anhängte und das N davon für ein DAWN verwendete.

Portland Bill warf seine Beute in die Luft, und sie plumpste auf den Teppich.

»Mausetot, Taube, so was«, bemerkte der Colonel, der dem Kater am nächsten saß, aber nicht die besten Augen hatte. »Rübe«, sagte er Phyllis zuliebe. »Runkel. Oder eine komisch geformte Karotte«, fügte er hinzu, guckte und gluckste. »Ich hab' schon die verrücktesten Formen von Karotten gesehen. Einmal –«

»Das hier ist weiß«, sagte Phyllis und stand auf, um nachzusehen, da Gladys vor ihr dran war. Phyllis, in Slacks und Pullover, beugte sich vor, die Hände auf den Knien. »Allmählich-Oh! Onkel Eddie!« Sie richtete sich auf und hielt sich den Mund zu, als habe sie etwas Schreckliches gesagt.

Michael Herbert hatte sich halb aus seinem Stuhl erhoben. »Was ist los?«

»Es sind *Menschenfinger!*« sagte Phyllis. »Schaut!«

Alle schauten, kamen langsam und ungläubig vom Kartentisch heran. Der Kater sah stolz hinauf zu den Gesichtern der vier Menschen, die hinunterschauten. Gladys hielt den Atem an.

Die beiden Finger waren leichenweiß und gedunsen, ohne eine Spur von Blut selbst an der Fingerwurzel, die noch ein paar Zentimeter dessen aufwies, was einmal die Hand gewesen war. Was das Ding unzweifelhaft als den dritten und vierten Finger einer Menschenhand kennzeichnete, waren die beiden Nägel, gelblich und kurz, klein wirkend, weil das Fleisch so angeschwollen war.

»Was sollen wir machen, Michael?« Gladys war praktisch, ließ aber gern ihren Mann Entscheidungen treffen.

»Das ist mindestens zwei Wochen tot«, murmelte der Colonel, der einige Erfahrungen aus dem Krieg hatte.

»Kann es von einem Krankenhaus in der Nähe stammen?« fragte Phyllis.

»Krankenhaus, das solche Amputationen macht?« erwiderte ihr Onkel mit leisem Lachen.

»Das nächste Krankenhaus ist zwanzig Meilen von hier«, sagte Gladys.

»Laß es ja nicht Edna sehen.« Michael warf einen Blick auf seine Uhr. »Wir müssen natürlich, glaub' ich –«

»Daran dachte ich gerade. Ich –« Michaels Zögern wurde unterbrochen von Edna, der Haushälterin und Köchin, die eben in einer entfernten Ecke des großen Wohnraums gegen die Tür stieß. Das Tablett mit dem Tee war da. Unauffällig bewegten sich die anderen auf den niedrigen Tisch vor dem Kamin zu, während Michael Herbert wie von ungefähr stehenblieb. Die Finger lagen direkt hinter seinen Schuhen. Michael zog eine Pfeife aus der Jackentasche, spielte damit herum und blies in den Stiel. Seine Hände zitterten ein wenig. Mit einem Fuß bugsierte er Portland Bill etwas weiter weg.

Edna verteilte endlich Teller und Servietten und sagte dann: »Guten Appetit!« Sie war eine Frau aus dem Ort, Mitte Fünfzig, eine verläßliche Seele, doch ihre Gedanken waren meistens bei Kindern und Enkelkindern – Gott sei Dank, unter diesen Umständen, dachte Michael. Sie erschien morgens um halb acht auf ihrem Fahrrad und verließ das Haus, wann sie wollte, es mußte nur etwas zum Abendessen im Haus sein. Die Herberts waren nicht pingelig.

Gladys sah unruhig zu Michael hinüber. »Geh doch *weg,* Bill!«

»Müssen was damit machen, erstmal«, murmelte Michael. Entschlossen trat er an den Zeitungskorb neben dem Kamin, schüttelte eine Seite der *Times* heraus und ging zurück zu den Fingern, die sich Portland Bill gerade wieder schnappen wollte. Michael kam ihm zuvor und bedeckte die Finger mit dem Zeitungspapier. Die anderen hatten sich nicht hingesetzt. Michael forderte sie mit einer Handbewegung dazu auf, schloß das Zeitungspapier um die Finger, rollte und faltete es zusammen. »Was wir tun müssen, meine ich«, sagte Michael, »ist, die Polizei benachrichtigen. Es kann ja sein, daß irgendwo was – faul ist.«

»Oder vielleicht ist es«, begann der Colonel und schüttelte seine Serviette zurecht, »aus einem Krankenwagen oder einem Abfallbehälter rausgefallen? Vielleicht war irgendwo ein Unfall.«

»Oder sollen wir es einfach dabei bewenden lassen – und es irgendwo loswerden?« sagte Gladys. »Ich brauch' jetzt erst mal Tee.« Sie hatte Tee eingeschenkt und begann jetzt ihren schluckweise zu trinken.

Niemand hatte eine Antwort auf ihren Vorschlag. Es war, als seien die drei anderen betäubt oder als hypnotisierten sie sich gegenseitig durch ihre bloße Präsenz und erwarteten voneinander vage eine Reaktion, die nicht kam.

»Loswerden – wo?« fragte Phyllis. »Auf den Müll? *Vergraben«,* fügte sie hinzu, als beantworte sie die eigene Frage.

»Ich glaube, das wäre nicht recht«, sagte Michael.

»Michael, trink doch erst mal Tee«, sagte seine Frau.

»Irgendwo müssen wir es aber hintun – über Nacht.« Michael hielt immer noch das kleine Päckchen in der Hand. »Außer wenn wir die Polizei jetzt gleich anrufen. Es ist schon fünf und außerdem Sonntag.«

»Ist das in England der Polizei nicht egal, ob es Sonntag ist oder nicht?« fragte Phyllis.

Michael ging auf den Schrank neben der Eingangstür zu mit der Absicht, das Ding obendrauf zu legen, neben einige Hutschachteln, aber der Kater folgte ihm, und Michael wußte, daß der Kater, wenn der Anreiz groß genug war, hinaufspringen konnte.

»Ich glaube, ich hab' genau das Richtige«, sagte der Colonel, erfreut über seinen Einfall, aber äußerlich gelassen, falls Edna noch einmal erschien. »Gestern hab' ich in der High Street ein Paar Pantoffeln gekauft, die Schachtel hab' ich noch. Die hol' ich mal, wenn's erlaubt ist.« Er ging auf die Treppe zu, wandte sich dann um und sagte halblaut: »Wir machen einen Bindfaden drum. So kann der Kater nicht dran.« Der Colonel stieg die Treppe hinauf.

»Aufbewahren – bei wem im Zimmer?« fragte Phyllis mit nervösem Kichern.

Die Herberts antworteten nicht. Michael stand immer noch und hielt das Ding in der rechten Hand. Portland

Bill saß da, die weißen Vorderpfoten hübsch nebeneinander, betrachtete Michael und wartete, was dieser damit tun werde.

Colonel Phelps kam mit seinem weißen Schuhkarton herunter. Das kleine Päckchen paßte gut hinein, und Michael ließ den Colonel den Karton halten, während er in die Toilette bei der Eingangstür ging, um sich die Hände abzuspülen. Als Michael zurückkam, strich Portland Bill immer noch herum und gab ein hoffnungsvolles »Miauu?« von sich.

»Fürs erste legen wir's mal ins Buffet«, sagte Michael und nahm Eddie den Karton ab. Der Karton war zumindest einigermaßen sauber, fand Michael und stellte ihn neben einen Stapel großer und selten benutzter Eßteller, dann schloß er die Schranktür, in der ein Schlüssel steckte. Phyllis biß in einen Keks und sagte: »Der eine Finger hatte eine Einkerbung, hab' ich bemerkt. Wenn da ein Ring drin ist, hätte man vielleicht einen Anhaltspunkt.«

Michael tauschte einen Blick mit Eddie, der leicht nickte. Die Kerbe hatten sie alle bemerkt. Stillschweigend kamen die Männer überein, sich später darum zu kümmern.

»Noch Tee, meine Liebe«, sagte Gladys und füllte Phyllis' Tasse nach.

»M-wiau«, sagte der Kater in enttäuschtem Ton. Er saß jetzt vor dem Buffet und blickte über die Schulter.

Michael wechselte das Thema: sie sprachen über den Fortschritt der Renovierungsarbeiten im Hause des Colonel. Die Schlafzimmer im ersten Stock wurden frisch gestrichen, das war der Hauptgrund, warum der Colonel und seine Nichte bei den Herberts zu Besuch waren. Aber das war ganz uninteressant, verglichen mit Phyllis' Frage an Michael: »Sollten Sie nicht nachfragen, ob in der Gegend hier jemand verschwunden ist? Die Finger könnten ja von einem *Mord* stammen.«

Gladys schüttelte leicht den Kopf und sagte nichts. Warum hatten Amerikaner immer so gewalttätiges Zeug im Kopf? Immerhin, was konnte eine Hand so abgetrennt haben? Eine Explosion? Eine Axt?

Ein heftiges Kratzen brachte Michael auf die Füße.

»Bill, hör sofort auf!« Michael ging auf den Kater zu und scheuchte ihn weg. Bill hatte versucht, die Schranktür zu öffnen.

Sie blieben nicht so lange beim Tee sitzen wie sonst. Michael stand neben dem Buffet, während Edna abräumte.

»Wann siehst du dir den Ring an, Onkel Eddie?« fragte Phyllis. Sie trug eine runde Brille und war ziemlich kurzsichtig.

»Meine Liebe, ich glaube, Michael und ich sind uns noch nicht ganz im klaren, was wir tun sollen«, sagte ihr Onkel.

»Kommen Sie, Phyllis, wir gehen rüber in die Bibliothek«, sagte Gladys. »Sie wollten ja noch Fotos ansehen, hatten Sie gesagt.«

Das hatte Phyllis allerdings gesagt. Es gab da Fotos von Phyllis' Mutter und von dem Haus, in dem ihre Mutter geboren war und in dem Onkel Eddie jetzt lebte. Eddie war fünfzehn Jahre älter als ihre Mutter. Phyllis wünschte jetzt, sie hätte nicht darum gebeten, die Fotos zu sehen, denn die Männer unternahmen jetzt irgendwas mit den *Fingern,* und das hätte Phyllis gern mit angesehen. Schließlich sezierte sie im zoologischen Labor ja auch Frösche und Hundshaie. Aber bevor sie aus New York abreiste, hatte ihre Mutter sie ermahnt, auf ihre Manieren zu achten und nicht ›plump und unsensibel‹ zu sein, das waren die normalen Adjektive ihrer Mutter für Amerikaner. Phyllis saß also da und besah sich pflichtbewußt Fotos, die mindestens fünfzehn bis zwanzig Jahre alt waren.

»Komm, wir nehmen es mit in die Garage«, sagte Michael zu Eddie. »Ich hab' da nämlich eine Werkbank.«

Über einen Kiesweg gingen die beiden Männer in die Doppelgarage, wo Michael hinten eine Werkstatt hatte mit Hämmern und Sägen, Meißeln und elektrischen Bohrern, plus einem Vorrat an Hölzern und Brettern für Reparaturen im Haus, oder wenn er mal Lust hatte, etwas zu machen. Michael war freier Journalist und Buchrezensent, aber manuelle Arbeit machte ihm Spaß. Hier fühlte er sich irgendwie wohler mit dem gräßlichen Karton. Er konnte ihn auf die handfeste Werkbank stellen, wie ein Chirurg, der einen Körper bereitlegte, oder eine Leiche.

»Verdammt, kannst du dir einen Reim darauf machen?« fragte Michael, der das Zeitungspapier nur am einen Rand festhielt, so daß die Finger herauskollerten und auf das abgeschabte Holz der Werkbank plumpsten, diesmal mit der Handflächenseite nach oben. Das weiße Fleisch war an der Schnittfläche gezackt, und im starken Strahl der Lampe, die über der Werkbank hing, sahen sie zwei kleine Teilchen des Mittelhandknochens, die – ebenfalls gezackt – aus dem Fleisch hervorstanden. Mit der Spitze eines Schraubenziehers drehte Michael die Finger um, drehte dann die Schraubenzieherspitze und spreizte das Fleisch so weit, daß er einen Schimmer von Gold sehen konnte.

»Goldring«, sagte Eddie. »Aber es war ein Arbeiter oder so was, meinst du nicht? Sieh mal die Fingernägel – kurz und dick, und noch etwas Erde darunter – jedenfalls schmutzig.«

»Ich dachte gerade – wenn wir es der Polizei melden, müssen wir dann nicht alles so lassen, wie es ist? Und nicht versuchen, den Ring anzusehen?«

»Willst du es denn der Polizei melden?« fragte Eddie lächelnd und zündete sich eine kleine Zigarre an. »Willst du dir denn was aufhalsen?«

»Aufhalsen? Ich sag denen, die Katze hat es hereingeschleppt. Was soll ich mir denn damit aufhalsen? – Der Ring macht mich neugierig. Vielleicht gibt uns der einen Anhaltspunkt.«

Colonel Phelps warf einen Blick auf die Garagentür, die Michael zugemacht, aber nicht abgeschlossen hatte. Auch ihn machte der Ring neugierig. Wenn es die Hand eines Gentleman gewesen wäre, dachte Eddie, dann hätten sie sie wohl schon der Polizei übergeben. »Gibt's hier noch viele Landarbeiter in der Gegend?« überlegte der Colonel. »Denke schon.«

Nervös zuckte Michael die Achseln. »Was meinst du zu dem Ring?«

»Laß uns mal nachsehen.« Heiter stieß der Colonel eine Rauchwolke aus und betrachtete Michaels Werkzeuggestell.

»Ich weiß, was wir brauchen.« Michael langte nach einem Stanley-Messer, das er normalerweise zum Schneiden von Pappe benutzte, schob die Klinge mit dem Daumen heraus und hielt mit den Fingerspitzen den verquollenen Rest des Handballens fest. Er machte einen Schnitt erst oberhalb und dann unterhalb des Ringes.

Eddie Phelps beugte sich vor, um ihm zuzusehen. »Überhaupt kein Blut. Ausgeblutet. Genau wie damals im Krieg.«

Ist doch nur ein Gänsefuß, sagte sich Michael, um nicht ohnmächtig zu werden. Michael wiederholte die Schnitte auf der Fingeroberseite. Am liebsten hätte er Eddie gefragt, ob er die Sache zu Ende bringen wollte, aber Michael meinte, das wäre vielleicht feige.

»Ach du liebes bißchen«, murmelte Eddie, wenig hilfreich.

Michael mußte ein paar Streifen Fleisch abschneiden und dann mit beiden Händen fest zupacken, um den Ehering loszukriegen. Es war eindeutig ein Ehering, schlicht, aus Gold, nicht sehr dick oder breit, aber passend für einen Mann. Michael spülte den Ring unter dem Kaltwasserhahn am Ausguß links von ihm ab. Als er ihn dann nahe an die Lampe hielt, wurden die Initialen lesbar: *W. R. – M. T.*

Eddie sah genauer hin. »Da haben wir unseren Anhaltspunkt!«

Michael hörte, wie der Kater an der Garagentür kratzte, dann kam ein Miau-u. Michael legte die drei Fleischstreifen, die er abgeschnitten hatte, in einen Stofffetzen, wickelte ihn zusammen und sagte zu Eddie, er werde gleich zurück sein. Er öffnete die Garagentür, entmutigte Bill mit einem »Sch-scht!« und stopfte das Päckchen in einen Mülleimer, dessen Verschluß eine Katze nicht öffnen konnte. Michael hatte sich einen Plan zurechtgelegt, den er Eddie vorschlagen wollte, aber als er zurückkam, – Eddie war wieder dabei, den Ring zu untersuchen –, war er zu mitgenommen, um zu sprechen. Er hatte etwas von ›diskretem Rumhorchen‹ sagen wollen. Statt dessen sagte er mit hohl gewordener Stimme: »Komm, laß es genug sein – wenn uns nicht heute abend noch eine glänzende Idee kommt. Den Karton lassen wir hier. Die Katze kann nicht rein.«

Selbst auf seiner Werkbank wollte Michael den Karton nicht stehenlassen. Er legte den Ring zu den Fingern und stellte den Karton oben auf die Plastikkanister, die an der Wand standen. Seine Werkstatt war sogar rattensicher, bisher jedenfalls. Nichts konnte hereinkommen und an dem Karton herumnagen.

Als Michael abends ins Bett kam, sagte Gladys: »Wenn wir es der Polizei nicht melden, müssen wir es einfach wo vergraben.«

»Ja«, sagte Michael vage. Es kam ihm irgendwie kriminell vor, Menschenfinger zu vergraben. Er hatte Gladys von dem Ring erzählt. Die Initialen hatten ihr auch nichts gesagt.

Colonel Edward Phelps schlief ganz friedlich ein, nachdem er sich daran erinnert hatte, daß er 1941 sehr viel Schlimmeres gesehen hatte.

Phyllis hatte beim Dinner ihren Onkel und Michael mit Fragen nach dem Ring gelöchert. Vielleicht wurde morgen schon alles geklärt und stellte sich – irgendwie – als einfach und harmlos heraus. Trotzdem, sie hatte damit eine prima Story, die sie ihren Kollegen im College erzählen konnte. Und ihrer Mutter! So war das also im ruhigländlichen England!

Da der nächste Tag ein Montag und damit die Post geöffnet war, beschloß Michael, bei Mary Jeffrey nachzufragen; sie arbeitete dort gleichzeitig als Postangestellte und Lebensmittelhändlerin. Michael kaufte ein paar

Briefmarken und fragte dann nebenbei: »Übrigens, Mary, ist letzthin mal jemand vermißt worden, hier in der Gegend?«

Mary, ein waches Mädchen mit schwarzen welligen Haaren, sah erstaunt aus. »Vermißt – wie meinen Sie das?«

»Verschwunden«, sagte Michael und lächelte.

Mary schüttelte den Kopf. »Nein, nicht, daß ich wüßte. Warum fragen Sie?«

Michael hatte versucht, sich darauf vorzubereiten. »Ich hab' irgendwo in der Zeitung gelesen, daß Leute manchmal – einfach verschwinden, sogar in kleinen Dörfern wie diesem hier. Verlieren sich, ändern den Namen oder so was. Und keiner weiß, wo sie hingehen.« Michael verlor sich jetzt ebenfalls. Nicht sehr geschickt, aber er hatte die Frage gestellt.

Er ging die Viertelmeile nach Haus zurück und wünschte, er hätte den Mut gehabt, Mary zu fragen, ob jemand in der Gegend die linke Hand verbunden trage, oder ob sie von einem solchen Unfall gehört habe. Mary hatte Freunde, die jeweils in die Kneipe am Ort gingen. Mary wußte vielleicht schon jetzt von einem Mann mit einer verbundenen Hand, aber Michael konnte ihr nicht gut erzählen, daß die fehlenden Finger in seiner Garage lagen.

Die Frage, was mit den Fingern zu tun sei, wurde für diesen Vormittag beiseite gelassen, denn die Herberts hatten mit einer Fahrt nach Cambridge aufgewartet; danach sollte ein Mittagessen im Hause eines Universitätsdozenten folgen, mit dem die Herberts befreundet waren. Undenkbar, das abzusagen, weil man etwas mit der Polizei zu tun hatte; so tauchten also an diesem Morgen die Finger in der Unterhaltung nicht mehr auf. Während der Fahrt wurde von allem möglichen anderen gesprochen. Bevor sie nach Cambridge losfuhren, hatten Michael und Gladys und Eddie beschlossen, in Phyllis' Gegenwart nicht mehr über die Finger zu reden, sondern die Sache möglichst einschlafen zu lassen. Am Mittwoch nachmittag, übermorgen, sollten Eddie und Phyllis sich verabschieden, und bis dahin mochte der Fall aufgeklärt oder in den Händen der Polizei sein.

Gladys hatte Phyllis auch sanft ermahnt, ›die Sache mit der Katze‹ im Hause des Dozenten nicht zu erwähnen, was sie denn auch nicht tat. Alles verlief gut und heiter, und gegen vier waren die Herberts und Eddie und Phyllis zurück im Hause Herbert. Edna sagte Gladys, sie habe eben bemerkt, daß nicht genug Butter im Haus sei, und da sie einen Kuchen im Ofen habe ... Worauf Michael, der mit Eddie im Wohnzimmer war und dies hörte, sich erbot, zum Kaufmann zu gehen.

Michael kaufte die Butter, zwei Päckchen Zigaretten, eine Schachtel Toffees, die hübsch aussah, und Mary bediente ihn, wie immer bescheiden und höflich. Er hatte Neuigkeiten von ihr erhofft. Michael hatte das Kleingeld eingesteckt und ging nun zur Tür, als Mary ausrief: »Oh, Mr. Herbert!«

Michael wandte sich um.

»Grad heute mittag hab ich von jemand gehört, der verschwunden ist«, sagte Mary und lehnte sich über den Tresen zu Michael hinüber. Sie lächelte jetzt. »Bill Reeves – der wohnt doch auf dem Grundstück von Mr. Dickenson. Er hat da ein kleines Haus. Arbeitet auf dem Land – oder hat da gearbeitet.«

Michael kannte Bill Reeves nicht, aber er wußte natürlich, wo das Dickensonsche Grundstück lag, ein enormer Besitz im Nordwesten des Dorfs. Bill Reeves' Initialen paßten zu den Buchstaben W. R. auf dem Ring. »Ja? Und der ist verschwunden?«

»Vor ungefähr zwei Wochen, sagt Mr. Vickers. Mr. Vickers hat doch die Tankstelle nahe bei dem Grundstück von Dickenson. Er kam heute rein, und ich dachte, ich könnte ihn ja mal fragen.« Wieder lächelte sie, befriedigt über ihren Beitrag zu Michaels kleiner Denkaufgabe.

Michael kannte die Tankstelle und wußte einigermaßen, wie Vickers aussah. »Interessant. Weiß Mr. Vickers denn, warum er verschwand?«

»Nein. Mr. Vickers sagt, es ist ein Rätsel. Bill Reeves' Frau hat auch vor ein paar Tagen das Haus verlassen, aber da wissen alle, daß sie nach Manchester gegangen ist, zu ihrer Schwester.«

Michael nickte. »Na, na. Sehen Sie, so was kann sogar hier passieren, was? Leute verschwinden.« Er lächelte und ging hinaus.

Als nächstes sollte man jetzt wohl Tom Dickenson anrufen, dachte Michael, und fragen, was er wußte. Michael nannte ihn nicht beim Vornamen, er hatte ihn nur ein paarmal bei politischen Versammlungen im Ort und dergleichen getroffen. Dickenson war etwa dreißig, verheiratet, hatte geerbt und führte jetzt das Leben eines Großgrundbesitzers, wie sich Michael erinnerte. Die Familie gehörte zur Wollindustrie, besaß Fabriken im Norden und war seit Generationen hier ansässig.

Als er nach Hause kam, bat Michael Eddie zu sich nach oben in sein Arbeitszimmer, forderte Phyllis, trotz ihrer Neugierde, aber nicht zum Mitkommen auf. Michael berichtete Eddie, was Mary ihm erzählt hatte vom Verschwinden eines Landarbeiters namens Bill Reeves vor zwei Wochen. Eddie fand auch, sie könnten Dickenson anrufen.

»Die Initialen auf dem Ring könnten Zufall sein«, sagte Eddie. »Du sagst ja, die Dickensons wohnen fünfzehn Meilen von hier.«

»Ja, aber ich denke doch, ich ruf' ihn mal an.« Michael sah die Nummer nach im Telefonbuch auf seinem Schreibtisch. Es gab zwei Nummern. Er versuchte es mit der ersten.

Ein Dienstbote antwortete, oder jedenfalls jemand, der sich wie ein Dienstbote anhörte; er fragte nach Michaels Namen und sagte dann, er werde Mr. Dickenson rufen. Michael wartete eine gute Minute. Eddie wartete ebenfalls.

»Hallo, Mr. Dickenson. Ich bin einer Ihrer Nachbarn, Michael Herbert . . . Ja, ich weiß, das haben wir – ja, ein paarmal. Schauen Sie, ich hab' da eine Frage, die Ihnen vielleicht etwas abwegig vorkommt, aber – ich hörte, daß Sie einen Arbeiter oder Pächter namens Bill Reeves auf Ihrem Grundstück hatten?«

»Ja-a?« erwiderte Tom Dickenson.

»Und wo ist er jetzt? Ich frage, weil mir gesagt wurde, er sei vor zwei Wochen verschwunden.«

»Ja, das stimmt. Warum fragen Sie?«

»Wissen Sie, wo er hingegangen ist?«

»Keine Ahnung«, erwiderte Dickenson. »Hatten Sie irgendwie mit ihm zu tun?«

»Nein. Können Sie mir sagen, wie seine Frau mit Vornamen heißt?«

»Marjorie.«

Das paßte zu dem ersten Buchstaben. »Und wissen Sie zufällig ihren Mädchennamen?«

Tom Dickenson lachte. »Leider nicht, nein.«

Michael blickte zu Eddie hinüber, der ihn beobachtete. »Wissen Sie, ob er einen Ehering trug?«

»Nein. Ich hab' ihn nie sonderlich beachtet. Warum?«

Ja, warum? Michael rutschte hin und her. Wenn er jetzt Schluß machte mit dem Gespräch, dann hatte er nicht viel erfahren. »Weil – ich hab' was gefunden, das vielleicht einen Anhaltspunkt gibt in bezug auf Bill Reeves. Ich nehme doch an, er wird gesucht, wenn niemand weiß, wo er ist.«

»Ich suche ihn nicht«, sagte Tom Dickenson leichthin. »Ich bezweifle auch, daß seine Frau ihn sucht. Sie ist vor einer Woche ausgezogen. Darf ich fragen, was Sie gefunden haben?«

»Das möchte ich lieber nicht am Telefon sagen. Könnte ich vielleicht zu Ihnen kommen? Oder Sie zu uns?«

Nach einem Augenblick des Schweigens sagte Dickenson: »Also ehrlich gesagt, Reeves interessiert mich nicht. Ich glaube nicht, daß er Schulden hinterlassen hat, soviel ich weiß, das will ich ihm zugute halten. Aber wenn ich offen sein darf: es ist mir egal, was aus ihm geworden ist.«

»Aha, so. Dann entschuldigen Sie bitte die Störung, Mr. Dickenson.«

Sie legten auf.

Michael wandte sich zu Eddie Phelps und sagte: »Das meiste hast du wohl mitgekriegt. Dickenson ist nicht interessiert.«

»Tja – man kann wohl nicht erwarten, daß er sich Gedanken macht über einen verschwundenen Arbeiter. Sagte er nicht, daß die Frau auch fort ist?«

»Ich dachte, das hätte ich dir gesagt. Sie ist nach Manchester, zu ihrer Schwester, hat mir Mary gesagt.« Michael nahm eine Pfeife aus dem Ständer auf dem Schreibtisch und begann sie zu stopfen. »Die Frau heißt Marjorie. Paßt zu der Initiale auf dem Ring.«

»Stimmt«, sagte der Colonel. »Aber es gibt 'ne Menge Marys und Margarets auf der Welt.«

»Ihren Mädchennamen wußte Dickenson nicht. Hör mal, Eddie, da uns Dickenson nicht weiterhilft, meine ich, wir sollten nun doch die Polizei anrufen und die Sache hinter uns bringen. Ich weiß, ich bring's nicht über mich, das – Ding zu begraben. Es würde mir im Traum erscheinen. Ich würde immer denken, daß vielleicht ein Hund es ausgräbt, auch wenn's nur noch Knochen sind oder nicht einmal mehr das. Die Polizei müßte die Suche mit noch jemand außer mir beginnen, und mit einer Spur, die nicht mehr so frisch wäre.«

»Du denkst immer noch, daß etwas faul ist? Ich hab' da eine einfachere Idee«, sagte Eddie mit betonter Gelassenheit und Logik. »Gladys sagt, zwanzig Meilen von hier ist ein Krankenhaus, ich nehme an in Colchester. Wir könnten dort anfragen, ob sie in den letzten beiden Wochen oder so einen Unfall hatten, mit dem Verlust des dritten und vierten Fingers einer linken männlichen Hand. Den Namen müssen sie ja haben. Es sieht doch nach einem Unfall aus, und zwar einem, wie er nicht alle Tage vorkommt.«

Michael wollte sich eben dazu bereit erklären – die Polizei konnte man dann immer noch anrufen –, als das Telefon klingelte. Michael nahm ab und stellte fest, daß Gladys unten bereits abgenommen hatte und mit einem

Mann sprach, der sich wie Dickenson anhörte. »Ich nehm's, Gladys.«

Tom Dickenson sagte hallo zu Michael und dann: »Ich habe – ich dachte, wenn Sie mich tatsächlich gern sprechen würden –«

»Ja, sehr gerne.«

»Ich würde lieber mit Ihnen allein sprechen, wenn das geht.«

Michael versicherte ihm, das ginge, und Dickenson sagte, er könne in etwa zwanzig Minuten herüberkommen. Mit einem Gefühl der Erleichterung legte Michael den Hörer auf und sagte zu Eddie: »Er kommt jetzt rüber und will mit mir allein reden. Das ist wirklich das beste.«

»Ja.« Eddie erhob sich von Michaels Sofa, er war enttäuscht. »Er wird offener reden, wenn er was zu sagen hat. Willst du ihm das von den Fingern sagen?« Er sah Michael von der Seite an, die buschigen Augenbrauen waren hochgezogen.

»Dazu kommt's vielleicht gar nicht. Ich will erstmal sehen, was er zu sagen hat.«

»Er wird dich fragen, was du gefunden hast.«

Das wußte Michael. Sie gingen nach unten. Michael sah Phyllis im Hintergarten, wo sie ganz allein einen Croquetball vorwärtsschlug, und hörte Gladys' Stimme in der Küche. Er teilte Gladys, außerhalb von Ednas Hörweite, mit, daß Tom Dickenson gleich dasein werde, und erklärte ihr warum: Mary habe berichtet, daß ein gewisser Bill Reeves verschwunden sei, der auf dem Grundstück von Dickenson gearbeitet habe. Gladys erkannte sofort, daß die Initialen paßten.

Und schon fuhr Dickensons Wagen vor, ein schwarzes Triumph Coupé, das wieder einmal gewaschen werden sollte. Michael ging hinaus, um Dickenson zu begrüßen. Tag – Tag, und wir-kennen-uns-doch. Vage entsann sich einer des anderen. Michael führte Dickenson ins Haus, bevor Phyllis herüberkommen und eine Vorstellung erzwingen konnte.

Tom Dickenson war groß und blond, er trug eine Lederjacke, Cordhosen und grüne Gummistiefel, die nicht schmutzig waren, wie er Michael versicherte. Er hatte gerade draußen gearbeitet und sich nicht die Zeit zum Umziehen genommen.

»Gehen wir nach oben«, sagte Michael und ging voran zur Treppe.

Michael bot Dickenson einen bequemen Stuhl an und setzte sich auf sein altes Sofa. »Sie sagten – Bill Reeves' Frau sei auch fortgegangen?«

Dickenson lächelte ein wenig, und die blau-grauen Augen blickten Michael ruhig an. »Ja, seine Frau ist fort. Aber das war, nachdem Reeves verschwunden war. Marjorie ist nach Manchester gegangen, wie ich hörte. Sie hat dort eine Schwester. Die Reeves kamen nicht sehr gut miteinander aus. Beide um die fünfundzwanzig – Reeves trinkt öfter mal was. Offen gesagt, ich werde Reeves mit Freuden ersetzen. Nicht weiter schwer.«

Michael wartete auf weiteres. Es kam nicht. Michael fragte sich, warum Dickenson bereit war, zu ihm zu kommen wegen eines Landarbeiters, den er nicht besonders mochte.

»Warum interessiert Sie das?« fragte Dickenson. Dann brach er in ein Lachen aus, das ihn jünger und froher erscheinen ließ. »Hat sich Reeves etwa bei Ihnen um eine Stellung beworben – unter anderem Namen?«

»Nein, gar nicht.« Auch Michael lächelte. »Ich könnte gar nirgends einen Arbeiter unterbringen. Nein.«

»Aber Sie sagten, Sie hätten etwas gefunden?« Tom Dickensons Augenbrauen hoben sich höflich fragend.

Michael schaute zu Boden, dann blickte er auf und sagte: »Ich habe zwei Finger einer linken Männerhand gefunden – mit einem Ehering an dem einen Finger. Die Initialen auf dem Ring könnten William Reeves bedeuten. Die anderen Initialen sind M. T., das könnte Marjorie Soundso heißen. Deshalb dachte ich, ich sollte Sie anrufen.«

War Dickensons Gesicht etwas blaß geworden, oder bildete Michael sich das ein? Dickensons Lippen waren leicht geöffnet, die Augen unsicher. »Mein Gott – gefunden, wo?«

»Unsere Katze hat es hereingeschleppt – stellen Sie sich das vor. Drum mußte ich es meiner Frau sagen, denn die Katze brachte es ins Wohnzimmer, vor uns allen.« Irgendwie war es für Michael eine enorme Erleichterung, die Worte herauszubringen. »Mein alter Freund Eddie Phelps und seine amerikanische Nichte sind gerade bei uns. Die haben es auch gesehen.« Michael erhob sich. Er brauchte jetzt eine Zigarette, holte die Schachtel von seinem Schreibtisch und bot sie Dickenson an.

Dickenson sagte, er habe das Rauchen gerade erst aufgegeben, aber er würde gern eine rauchen.

»Es war ein ziemlicher Schock«, fuhr Michael fort, »und so dachte ich, ich wollte erst mal in der Nachbarschaft Erkundigungen einziehen, bevor ich zur Polizei gehe. Ich meine, eine Meldung bei der Polizei wäre das richtige. Finden Sie nicht?«

Dickenson antwortete nicht gleich.

»Ich mußte etwas von dem Finger wegschneiden, um den Ring herunterzukriegen – mit Eddies Hilfe, gestern abend.« Dickenson sagte immer noch nichts, er zog nur mit gerunzelter Stirn an seiner Zigarette. »Ich dachte, der Ring gäbe vielleicht einen Anhaltspunkt, was er auch tut, obgleich er vielleicht mit diesem Bill Reeves überhaupt nichts zu tun hat. Sie wissen anscheinend auch nicht, ob er einen Ehering trug, und Sie kennen auch Marjories Mädchennamen nicht.«

»Oh, der läßt sich feststellen.« Dickensons Stimme klang anders, heiserer als zuvor.

»Was meinen Sie, sollten wir das tun? Oder wissen Sie vielleicht, wo Reeves' Eltern wohnen. Oder Marjories Eltern? Vielleicht ist Reeves bei seinen oder ihren Eltern.«

»Nicht bei den Eltern seiner Frau, da möchte ich wetten«, sagte Dickenson mit nervösem Lächeln. »Sie hat ihn satt.«

»Ja, dann – was meinen Sie? Soll ich's der Polizei melden? . . . Möchten Sie den Ring sehen?«

»Nein. Ich glaub's Ihnen so.«

»Dann meld' ich mich morgen mal bei der Polizei. Oder heute abend – je früher, desto besser, glaub' ich.« Michael merkte, wie Dickenson sich im Zimmer umschaute, als erwarte er, die Finger auf einem Bücherbord liegen zu sehen.

Die Tür zum Arbeitszimmer bewegte sich, und Portland Bill schritt herein. Michael machte seine Tür nie ganz zu, und Bill ging mit Türen sehr bestimmt um: er hob etwas die Vorderbeine und gab den Türen einen Stoß.

Dickenson sah den Kater blinzelnd an, dann sagte er mit fester Stimme zu Michael: »Ich könnte einen Whisky vertragen. Darf ich?«

Michael ging nach unten und kam zurück mit der Flasche und zwei Gläsern. Es war niemand im Wohnzimmer gewesen. Michael schenkte ein, dann schloß er die Tür des Arbeitszimmers.

Dickenson nahm gut zwei Zentimeter seines Drinks gleich mit dem ersten Schluck. »Ich kann es Ihnen auch jetzt sagen: ich habe Reeves getötet.«

Ein Zittern lief über Michaels Schultern, doch er sagte sich, daß er das ja die ganze Zeit schon gewußt hatte – jedenfalls seit Dickensons Anruf. »Ja –?« sagte Michael.

»Reeves hatte es . . . mit meiner Frau versucht. Eine Affäre will ich es nicht nennen, das ist es nicht wert. Meine Frau ist schuld – dumm rumzuflirten mit Reeves. Ein grobschlächtiger Bauernlümmel, wenn Sie mich fragen. Hübsch und dumm. Seine Frau wußte Bescheid, und sie haßte ihn deshalb.«

Dickenson tat den letzten Zug an seiner Zigarette, und Michael holte wieder die Schachtel. Dickenson nahm eine. »Reeves wurde immer anmaßender. Ich wollte ihn feuern, ihn wegschicken, aber das ging nicht, wegen seines Mietvertrags für das Haus, und ich wollte nicht, daß die Sache mit meiner Frau ans Licht kam – ich meine vor Gericht, als Begründung.«

»Und wie lange ging das so?«

Dickenson mußte nachdenken. »Vielleicht etwa einen Monat.«

»Und Ihre Frau – jetzt?«

Tom Dickenson seufzte und rieb sich die Augen. Er saß mit hängenden Schultern in seinem Sessel. »Wir kitten das wieder. Wir sind seit knapp einem Jahr verheiratet.«

»Und sie weiß, daß Sie Reeves umgebracht haben?«

Jetzt lehnte sich Dickenson zurück, legte einen grünen Stiefel auf ein Knie und trommelte mit den Fingern der einen Hand auf der Sessellehne. »Ich weiß nicht. Vielleicht glaubt sie, ich hätte ihn einfach rausgeschmissen. Sie hat nie was gefragt.«

Michael konnte sich das vorstellen, und er sah auch, daß es Dickenson lieber wäre, wenn seine Frau es nie erfuhr. Michael war klar, daß er sich entschließen mußte: Dickenson der Polizei übergeben oder nicht. Oder war es Dickenson sogar lieber, festgenommen zu werden? Michael hörte sich das Geständnis eines Mannes an, der seit mehr als zwei Wochen ein Verbrechen auf dem Gewissen und es fest in sich verschlossen hatte, so nahm Michael jedenfalls an. Und wie hatte Dickenson ihn getötet? »Weiß es sonst noch jemand?« fragte Michael vorsichtig.

»Na ja – das kann ich Ihnen ja sagen. Muß ich wohl. Ja.« Dickensons Stimme war wieder heiser, sein Whisky alle.

Michael erhob sich und füllte Dickensons Glas nach.

Dickenson nippte daran und starrte auf die Wand neben Michael.

Portland Bill saß in einiger Entfernung von Michael und betrachtete Dickenson so aufmerksam, als verstünde er jedes Wort und warte auf die Fortsetzung.

»Ich hab' Reeves gesagt, er solle aufhören, mit meiner Frau rumzuspielen, sonst müsse er mein Grundstück verlassen, mit *seiner* Frau, aber er sprach vom Mietvertrag – und warum ich nicht mit *meiner* Frau mal ein Wort redete. Arrogant, eben, und höchst zufrieden mit sich, daß die Frau des Gutsherrn geruht hatte, ihn anzusehen und –«

Dickenson fing noch einmal an. »Dienstags und freitags fahre ich immer nach London, um mich um die Firma zu kümmern. Ein paarmal sagte Diane, sie habe keine Lust, nach London mitzukommen, oder sie sei anderweitig besetzt. Reeves konnte es immer so einrichten, daß er an diesen Tagen irgendeine kleine Arbeit nahe beim Haus fand, da bin ich sicher. Und dann – gab es ein zweites Opfer – wie ich.«

»Opfer? Wie meinen Sie das?«

»Peter.« Dickenson rollte jetzt sein Glas zwischen den Händen, die Zigarette ragte aus den Lippen hervor, er starrte auf die Wand neben Michael und sprach, als lese er vor, was er dort auf einer Leinwand sah. »Wir waren dabei, unten im Feld die Hecken zu stutzen und auch ein paar Pfähle zurechtzuhauen für die neuen Markierungen. Reeves und ich. Äxte und Vorschlaghämmer. Peter war ein ganzes Stück weiter weg und schlug die Pfähle ein. Peter ist auch ein Arbeiter wie Reeves, aber schon länger bei mir. Ich hatte das Gefühl, Reeves könnte mich anfallen und dann behaupten, es sei ein Unfall gewesen oder so was. Es war Nachmittag, und zu Mittag hatte er ein paar Halbe getrunken. Er hatte ein Beil. Ich hab' ihm nie den Rücken zugekehrt, und irgendwie kam mir die Wut hoch. Er hatte so ein schmieriges Grinsen, und er schwang sein Beil, als wollte er mich am Schenkel erwischen, obgleich er nicht nahe genug stand. Dann drehte er mir – arrogant – den Rücken zu, und ich schlug ihm den großen Hammer auf den Kopf. Als er fiel, schlug ich noch einmal zu, aber das traf ihn am Rücken. Ich wußte nicht, daß Peter so nahe war, oder ich hab' nicht dran gedacht. Peter kam angelaufen, mit der Axt. Er sagte: ›Gut! Der verdammte Schweinehund!‹ oder so was, und –« Dikkenson blieb stecken, schien nach Worten zu suchen, blickte auf den Boden und dann auf den Kater.

»Und dann? . . . Reeves war tot.«

»Ja. Das alles ging sekundenschnell. Richtig aus war es, als Peter Reeves mit der Axt auf den Kopf schlug. Wir waren ganz in der Nähe eines Walds – meines Walds. Peter sagte: ›Kommen Sie, wir vergraben das Schwein. Dann sind wir ihn *los!*‹ Peter tobte vor Wut, und ich war völlig außer mir, aus anderen Gründen, vielleicht durch den Schock, aber Peter sagte, Reeves habe es auch mit seiner Frau getrieben, oder versucht, und er wisse auch Bescheid wegen Reeves und Diane. Peter und ich gruben dann ein Grab im Wald, wir haben beide wie die Verrückten gearbeitet, auf die Baumwurzeln losgehackt und die Erde mit den Händen rausgeschmissen. Ganz zuletzt, eben bevor wir ihn reinwarfen, nahm Peter sein Beil und sagte – irgendwas von Reeves' Ehering, und er hackte mit dem Beil ein paarmal auf Reeves' Hand los.«

Michael war nicht so wohl. Er beugte sich vor, hauptsächlich um den Kopf zu senken, und streichelte den starken Rücken des Katers, der sich immer noch auf Dikkenson konzentrierte.

»Dann – haben wir es begraben, beide in Schweiß gebadet. Peter hat gesagt: ›Von mir erfährt keiner ein Wort, Sir. Der Schweinehund hat's verdient, weiß Gott.‹ Wir sind auf dem Grab herumgetrampelt, und Peter hat noch draufgespukt. Peter ist ein Mann, das muß man ihm lassen.«

»Ein Mann ... Und Sie?«

»Weiß nicht.« Dickensons Augen waren ernst, als er jetzt sprach. »Es war einer der Tage, wo Diane zum Tee verabredet ist, in einem Frauenklub bei uns im Dorf. Und am selben Nachmittag fiel mir auf einmal ein: mein Gott, die Finger! Vielleicht liegen sie da noch auf der Erde, denn ich konnte mich nicht erinnern, daß Peter oder ich sie ins Grab geworfen hatte. Ich ging also noch mal hin. Ich fand sie. Ich hätte noch ein Loch graben können, bloß hatte ich nichts zum Graben dabei, und außerdem wollte ich nichts mehr ... von Reeves auf meinem Land. Ich setzte mich in den Wagen und fuhr los, egal wohin, ich achtete nicht darauf, wo ich war, und als ich einen Wald sah, stieg ich aus und schmiß das Ding so weit weg, wie ich konnte.«

Michael sagte: »Muß innerhalb einer halben Meile von

diesem Haus gewesen sein. Weiter wagt sich Portland Bill gar nicht, glaube ich. Man hat ihm die Flügel gestutzt, dem armen Bill.« Der Kater hörte seinen Namen und blickte auf. »Haben Sie Vertrauen zu diesem Peter?«

»Ja. Ich habe schon seinen Vater gekannt, und mein Vater kannte ihn auch. Und wenn man mich fragte – ich weiß nicht, ob ich sagen könnte, wer Reeves den tödlichen Schlag versetzt hat, ich oder Peter. Aber um korrekt zu sein, würde *ich* die Verantwortung auf mich nehmen, weil ich zweimal mit dem Hammer zugeschlagen habe. Ich kann auch keine Notwehr geltend machen, denn Reeves hatte mich nicht angegriffen.«

Korrekt. Seltsames Wort, dachte Michael. Aber Dickenson war der Typ, dem daran lag, korrekt zu sein. »Und was schlagen Sie jetzt vor?«

»Vorschlagen? Ich?« Dickensons Seufzer war fast ein Japsen. »Weiß nicht. Ich hab's gestanden. Es liegt nun – gewissermaßen in Ihrer Hand, oder –« Er wies mit einer Handbewegung nach dem unteren Stock. »Peter würde ich gern verschonen – raushalten –, wenn ich kann. Das werden Sie verstehen, denke ich. Zu Ihnen kann ich reden. Sie sind ein Mann wie ich.«

Davon war Michael nicht ganz überzeugt, aber er hatte versucht, sich in Dickensons Lage zu versetzen, sich – zwanzig Jahre jünger – in den gleichen Umständen vorzustellen. Reeves war ein Schwein gewesen, auch seiner eigenen Frau gegenüber, ein Charakterlump; sollte ein junger Mann wie Dickenson sein Leben, oder den besten Teil davon, ruinieren wegen eines Mannes wie Reeves? »Und Reeves' Frau – was ist mit ihr?«

Dickenson schüttelte den Kopf und runzelte die Stirn. »Ich weiß, sie hat ihn verabscheut. Wenn er sang- und klanglos weg ist, wette ich, daß sie nie auch nur einen Versuch machen wird, ihn zu finden. Sie ist froh, ihn los zu sein, da bin ich sicher.«

Ein Schweigen begann und wuchs. Portland Bill gähnte, machte einen Buckel und streckte sich. Dickenson beobachtete den Kater, als ob der etwas sagen würde:

schließlich hatte der Kater die Finger entdeckt. Doch der Kater sagte nichts. Dickenson brach das Schweigen, unbeholfen, doch in höflichem Ton: »Übrigens – wo sind die Finger?«

»Hinten in meiner Garage – sie ist abgeschlossen. Sie sind in einem Schuhkarton.« Michael hatte das Gefühl, die Fassung verloren zu haben. »Hören Sie, ich habe zwei Gäste im Haus.«

Tom Dickenson erhob sich. »Ich weiß. Tut mir leid.«

»Keine Ursache, aber ich muß ihnen wirklich was *sagen*, denn der Colonel – mein alter Freund Eddie – weiß, daß ich Sie angerufen habe wegen der Initialen auf dem Ring und daß Sie uns – mich – sehen wollten. Vielleicht hat er den anderen etwas gesagt.«

»Selbstverständlich. Ich verstehe.«

»Könnten Sie ein paar Minuten hierbleiben, während ich mit den Leuten unten spreche? Bedienen Sie sich mit dem Whisky.«

»Danke.« Seine Augen wichen nicht aus.

Michael ging nach unten. Phyllis kniete neben dem Plattenspieler und wollte gerade eine Platte auflegen. Eddie Phelps saß in einer Sofaecke und las Zeitung. »Wo ist Gladys?« fragte Michael.

Gladys war dabei, welke Rosen abzuschneiden. Michael rief zu ihr hinüber. Sie trug Gummistiefel wie Dikkenson, doch ihre waren kleiner und hellrot. Michael sah nach, ob Edna hinter der Küchentür war. Gladys sagte, Edna sei fortgegangen, um im Lebensmittelgeschäft etwas zu kaufen. Michael erzählte Dickensons Geschichte und bemühte sich, sie kurz und klar wiederzugeben. Phyllis fiel mehrmals die Kinnlade herunter. Eddie Phelps hielt weise das Kinn und gab ab und zu ein ›Mh-hm‹ von sich.

»Ich habe wirklich keine Lust, ihn der Polizei auszuliefern oder auch nur mit denen zu reden«, ließ sich Michael kaum lauter als mit einem Flüstern noch einmal vernehmen. Keiner hatte nach seinem Bericht etwas gesagt, und Michael hatte mehrere Sekunden gewartet. »Ich sehe nicht ein, warum wir nicht einfach Gras drüber wachsen lassen können. Was macht das schon?«

»Was macht das schon, ja, ja«, sagte Eddie Phelps, aber mehr als ein gedankenloses Echo nützte das Michael auch nicht.

»Ich hab' schon von solchen Sachen gehört – unter primitiven Völkern«, sagte Phyllis ernst, als fände sie Tom Dickensons Tat dadurch gerechtfertigt.

Michael hatte in seinem Bericht natürlich auch den anderen Landarbeiter, Peter, erwähnt. War Dickensons Schlag mit dem Hammer tödlich gewesen oder Peters Schlag mit der Axt? »Es geht mir hier nicht um die Ethik der Primitiven«, sagte Michael und war sofort ganz durcheinander. Bei Tom Dickenson ging es gerade um das Gegenteil der Primitiven.

»Aber worum denn sonst?« fragte Phyllis.

»Ja, ja«, sagte der Colonel mit dem Blick zur Decke.

»Eddie«, sagte Michael, »also du bist wirklich keine große Hilfe.«

»Ich würde gar nichts sagen. Die Finger irgendwo vergraben – mit dem Ring. Oder vielleicht den Ring woanders, sicherheitshalber. Ja.« Der Colonel murmelte, fast nur für sich, doch er sah Michael dabei an.

»Ich weiß nicht recht«, sagte Gladys und runzelte nachdenklich die Stirn.

»Ich bin derselben Meinung wie Onkel Eddie«, sagte Phyllis, die sich klar darüber war, daß Dickenson oben auf seinen Urteilsspruch wartete. »Mr. Dickenson war provoziert worden – *schwerwiegend* –, und der Mann, der getötet wurde, war offenbar eine miese Type.«

»Das Gesetz sieht das aber anders«, sagte Michael mit schiefem Lächeln. »Viele Leute werden schwerwiegend provoziert. Und ein Menschenleben ist ein Menschenleben.«

»*Wir* sind nicht das Gesetz«, sagte Phyllis, als ob sie in diesem Augenblick über dem Gesetz ständen.

Genau das hatte sich Michael gesagt: sie waren nicht das Gesetz, aber sie verhielten sich so. Er war geneigt, sich Phyllis – und Eddie – anzuschließen. »Also: ich habe keine Lust, Anzeige zu erstatten, unter den gegebenen Umständen.«

Aber Gladys blieb dabei. Sie war sich nicht sicher. Michael kannte seine Frau gut genug, um annehmen zu können, dies werde nicht ein Streitpunkt zwischen ihnen bleiben, auch wenn sie – im Moment – verschiedener Meinung waren. So sagte Michael: »Du bist eine gegen drei, Glad. Willst du allen Ernstes das Leben eines jungen Mannes zu ruinieren wegen so was?«

»Stimmt, wir müssen abstimmen, wie Geschworene«, sagte Eddie.

Gladys sah den springenden Punkt. Sie gab nach. Kaum eine Minute später stieg Michael die Treppe zu seinem Arbeitszimmer hinauf, wo die erste Fassung einer Buchbesprechung sich um die Walze seiner Schreibmaschine rollte – unangetastet seit vorgestern. Zum Glück konnte er es bis zum Drucktermin noch schaffen, ohne sich umzubringen.

»Wir wollen keine Anzeige erstatten bei der Polizei«, sagte Michael.

Dickenson war aufgestanden und nickte ernst, als habe er seinen Urteilsspruch vernommen. Er hätte auf die gleiche Art genickt, wenn man ihm das Gegenteil mitgeteilt hätte, dachte Michael.

»Ich werde die Finger loswerden«, murmelte Michael und beugte sich vor, um etwas Pfeifentabak zu nehmen.

»Das ist wirklich meine Sache. Lassen Sie, ich vergrabe die irgendwo – mit dem Ring.«

Es war tatsächlich Dickensons Sache, und Michael war froh, darum herumzukommen. »Gut. Ja dann – sollen wir nach unten gehen? Möchten Sie meine Frau und meinen Freund, Colonel –«

»Nein, danke. Nicht jetzt«, unterbrach ihn Dickenson. »Ein andermal. Aber würden Sie ihnen meinen – Dank aussprechen?«

Sie gingen eine andere Treppe am Ende des Korridors hinunter und hinaus zur Garage, deren Schlüssel Michael im Schlüsseletui hatte. Einen Augenblick dachte er, der Schuhkarton sei vielleicht auf geheimnisvolle Weise verschwunden, wie in einer Detektivgeschichte, aber er stand genau dort, wo er ihn gelassen hatte, oben auf den alten Kanistern. Er gab ihn Dickenson, und dann fuhr Dickenson in seinem staubigen Triumph nordwärts davon. Michael ging durch die Vordertür ins Haus.

Die anderen waren schon bei einem Drink. Michael fühlte sich plötzlich erleichtert, und er lächelte. »Ich finde, der gute Portland sollte zur Cocktailzeit mal was Besonderes haben, nicht?« sagte Michael, vor allem zu Gladys gewandt.

Portland Bill betrachtete ohne viel Interesse ein Schüsselchen mit Eiswürfeln. Nur Phyllis sagte begeistert: *»Ja!«*

Michael ging in die Küche und fragte Edna, die gerade Mehl auf ein Brett stäubte: »Ist noch Räucherlachs übrig vom Mittagessen?«

»Eine Scheibe, Sir«, sagte Edna, als lohne es nicht, die jemandem zu servieren, während sie selber aus lauter Tugendhaftigkeit nicht darangegangen war, obwohl sie gekonnt hätte.

»Kann ich sie haben, für den alten Bill? Er liebt Lachs über alles.«

Als Michael mit der rosa Lachsscheibe auf einer Untertasse ins Wohnzimmer zurückkam, sagte Phyllis: »Mr. Dickenson fährt jetzt bestimmt seinen Wagen zu Schrott, auf dem Heimweg. Das ist oft so.« Dann plötzlich, als ihr das mit den Manieren wieder einfiel, murmelte sie: »Weil er sich *schuldig* fühlt.«

Portland Bill verschlang seinen Lachs mit kurzem, aber intensivem Entzücken.

Tom Dickenson fuhr seinen Wagen nicht zu Schrott.

Keiner von uns

Es war nicht allein, daß Edmund Quasthoff mit dem Rauchen ganz und dem Trinken fast ganz aufgehört hatte, was ihn veränderte, ihn ein bißchen saubermännisch und deshalb leicht unsympathisch machte. Da war noch etwas anderes. Was?

Das war das Thema der Unterhaltung in Lucienne Gauss' Wohnung an den East Eighties eines Abends gegen sieben, zur Stunde der Drinks. Julian Markus, ein Rechtsanwalt, war mit seiner Frau Frieda gekommen, ferner Peter Tomlin, ein Journalist von achtundzwanzig und in diesem Kreis der jüngste. Zu dem Kreis gehörten sieben oder acht, die Edmund gut kannten, und das hieß bei den meisten etwa acht Jahre. Die anderen Anwesenden waren Tom Strathmore, ein Soziologe, Charles Forbes mit seiner Frau – Charles war Leitender Redakteur in einem Verlagshaus – und Anita Ketchum, Bibliothekarin in einem New Yorker Kunstmuseum. Bei Lucienne trafen sie sich häufiger als bei den anderen, weil Lucienne gern Gäste bei sich sah; und da sie Malerin war und selbständig arbeitete, war ihre Zeit flexibel.

Lucienne war dreiunddreißig, unverheiratet und recht hübsch mit weichem rötlichem Haar, glatter blasser Haut und einem zarten intelligenten Mund. Sie trug gern teure Kleider, war Kundin in einem guten Schönheitssalon, und sie hatte Stil. Die anderen in der Gruppe nannten sie, hinter ihrem Rücken, eine Lady, wobei sie sogar unter sich das Wort leicht geniert gebrauchten (der Soziologe Tom hatte es benutzt), vielleicht weil es ein altmodisches oder snobistisches Wort war.

Edmund Quasthoff, Steuerberater in einer Anwaltsfirma, war vor einem Jahr geschieden worden, weil seine Frau mit einem anderen Mann fortgelaufen war und dann um die Scheidung gebeten hatte. Edmund war vierzig, hochgewachsen, braunhaarig und ruhig, weder gutaussehend noch unansehnlich, nur fehlte ihm der Funke, der selbst einen häßlichen Menschen anziehend machen kann. Lucienne und ihre Gruppe hatten nach der Scheidung geäußert: »Kein Wunder – Edmund ist nun mal ziemlich langweilig.«

An diesem Abend bei Lucienne sagte jemand unvermittelt: »Edmund war doch früher nicht so langweilig – oder?«

»Doch, ich glaube schon. Ja!« schrie Lucienne aus der Küche, denn sie hatte in diesem Moment den Wasserhahn am Spülstein aufgedreht, um die Eiswürfel aus dem Metalltablett zu lösen. Sie hörte jemanden lachen. Lucienne ging mit dem Eisbehälter zurück ins Wohnzimmer. Sie erwarteten Edmund jeden Augenblick. Lucienne war es plötzlich klargeworden, daß sie Edmund aus ihrem Kreis herauswünschte, daß sie ihn nicht leiden konnte.

»Ja – was ist das bloß mit Edmund?« fragte Charles Forbes und lächelte Lucienne verschmitzt zu.

Charles war rundlich, sein Hemd spannte sich an den Knöpfen, und wenn er saß, sah man oft ein Stück Bein zwischen Socke und Hosenaufschlag; aber in der Gruppe war er sehr beliebt, denn er war gutherzig und intelligent, und er konnte trinken wie ein Fisch, ohne daß man ihm etwas anmerkte. »Vielleicht sind wir alle bloß eifersüchtig, weil er das Rauchen aufgegeben hat«, sagte Charles. Er drückte seine Zigarette aus und griff nach der nächsten.

»Ich bin eifersüchtig, das geb' ich zu«, sagte Peter Tomlin mit breitem Grinsen. »Ich weiß, ich müßte aufhören und kann einfach nicht. Zweimal hab' ich's versucht, im letzten Jahr.«

Peters Einzelheiten über seine Anstrengungen waren nicht weiter interessant. Edmund und seine neue Ehefrau mußten gleich kommen, und die anderen redeten weiter, solange es ging.

»Vielleicht liegt's an seiner Frau?« flüsterte Anita Ketchum aufgeregt; sie wußte, die anderen würden mit Lachen reagieren und weitere Bemerkungen ermutigen. Was auch geschah.

»Viel schlimmer als die erste!« beteuerte Charles.

»Ja, Lillian war gar nicht so übel, das meine ich auch«, sagte Lucienne. Sie stand noch und reichte Peter die Flasche Vat 69, damit er sein Glas so vollschenken konnte, wie er es gern hatte. »Es stimmt schon, Magda ist kein Pluspunkt. Die –« Lucienne war im Begriff gewesen, etwas sehr Unfreundliches zu sagen über den ängstlichen und doch distanzierten Ausdruck, der oft auf Magdas Zügen zu sehen war.

»Also Heirat im Nachfassen«, sagte Tom Strathmore nachdenklich.

»Ganz bestimmt, das war es«, sagte Frieda Markus. »Das muß man ihm vielleicht verzeihen. Es heißt doch immer, daß Männer stärker als Frauen darunter leiden, wenn ihnen ihre Partner davonlaufen. Ihr Ego leidet mehr, sagt man.«

»Meins würde allerdings unter Magda leiden«, sagte Tom.

Anita lachte. »Überhaupt, was für ein Name, Magda! Ich muß dabei immer an eine Glühbirne oder so was denken.«

Es klingelte an der Haustür.

»Das muß Edmund sein.« Lucienne ging hinaus, um auf den Türöffner zu drücken. Sie hatte Edmund und Magda gebeten, zum Dinner zu bleiben, aber sie wollten heute abend ins Theater. Zum Dinner blieben nur drei, die beiden Markus und Peter Tomlin.

»Er hat aber doch seine Stellung gewechselt, vergiß das nicht«, sagte Peter, als Lucienne ins Zimmer zurückkam. »Man kann nicht sagen, daß er unbedingt so maulfaul zu sein hat – ich meine so heimlichtuerisch. Daran liegt es nicht.« Wie die anderen, suchte Peter nach einem Wort oder Ausdruck, um Edmunds Unbeliebtheit zu beschreiben.

»Er ist eben vermufft«, sagte Anita Ketchum und verzog die Lippen mit einem Ausdruck des Widerwillens.

Sekundenlanges Schweigen folgte. Gleich mußte es an der Wohnungstür klingeln.

»Glaubt ihr, er ist glücklich?« fragte Charles mit Flüsterstimme.

Das war genug, um allgemeines Lachen zu erregen. Die Vorstellung, daß Edmund Glücklichsein ausstrahlte, selbst nach zwei Monaten Ehe, war wirklich urkomisch.

»Er ist eben überhaupt noch nie glücklich gewesen«, sagte Lucienne, gerade als es klingelte, und sie wandte sich zur Tür.

»Hoffentlich nicht zu spät, liebe Lucienne«, sagte Edmund im Eintreten und beugte sich zu Lucienne herab, um sie auf die Wange zu küssen, hielt aber ein paar Zentimeter vorher an.

»Nein, nein. Ich hab' ja Zeit und ihr nicht. Wie geht's dir, Magda?« fragte Lucienne so bewußt herzlich, als sei es ihr wirklich wichtig, wie es Magda ging.

»Danke schön, sehr gut, und dir?« Magda war wieder in Braun, das hell- und dunkelbraune Baumwollkleid hatte einen braunen Seidenschal am Ausschnitt.

Braun und langweilig sahen sie beide aus, dachte Lucienne, als sie sie ins Wohnzimmer führte. Die Begrüßungen klangen warm und freundlich.

»Nein, bitte nur Tonic. Na schön, eine Kleinigkeit Gin«, sagte Edmund zu Charles, der die Honneurs machte. »Ein Scheibchen Zitrone, ja, danke.« Wie immer machte Edmund den Eindruck, als säße er auf der Kante seines Sessels.

Auf dem Sofa unterhielt sich Anita pflichtgemäß mit Magda.

»Wie gefällt es dir in der neuen Stellung, Edmund?« fragte Lucienne. Edmund hatte mehrere Jahre in der Finanzabteilung der Vereinten Nationen gearbeitet; aber sein neuer Job – so kombinierte Lucienne – war besser bezahlt und lange nicht so isoliert, denn es gab fast jeden Tag geschäftliche Essen.

»Ach-ch –«, begann Edmund, »ganz andere Leute, soviel ist sicher.« Er versuchte zu lächeln. Ein Lächeln wirkte bei Edmund immer wie eine Anstrengung. »Immer dieser Alkohol beim Lunch –« Er schüttelte den Kopf. »Ich glaube, sie sehen es sogar ungern, daß ich nicht rauche. Man soll eben genau so sein wie sie, weißt du.«

»Wer sind *sie?*« fragte Charles Forbes.

»Die Klienten der Agentur und oft auch deren Steuerberater«, erklärte Edmund. »Das Geschäftliche besprechen sie alle lieber beim Essen als mit mir in meinem Büro. Komisch.« Edmund rieb sich mit dem Zeigefinger seitlich an der Nase entlang. »Ich muß dann einen oder zwei Drinks mit ihnen nehmen – mein Restaurant versteht sich darauf, sie schwach zu machen –, sonst denken unsere Klienten, sie haben es mit Mephiskus höchstpersönlich zu tun, dem Ehrlichkeit wichtiger ist als Tüchtigkeit.« Wieder verzog sich Edmunds Gesicht zu einem Lächeln, das nicht lange anhielt.

Der Arme, dachte Lucienne, und fast hätte sie es ausgesprochen. Ein seltsam mitleidiges Wort in diesem Zusammenhang, denn sie fühlte kein Mitleid mit Edmund. Lucienne wechselte einen Blick mit Charles und dann mit Tom Strathmore, der grinste.

»Und sie rufen mich auch noch mitten in der Nacht an. Offenbar denken sie in Kalifornien gar nicht an den Zeitunter –«

»Nimm doch einfach den Hörer von der Gabel«, sagte Ellen, Charles' Frau.

»Oh, das können wir uns nicht leisten«, erwiderte Edmund. »Heilige Kühe sind das, diese Klienten mit ihren Sorgen. Manchmal kommen sie mit Fragen, die ein Taschenrechner beantworten könnte. Aber für Babcock & Holt ist Höflichkeit oberstes Gebot, da komme ich eben weiterhin um meinen Schlaf ... Nein danke, Peter«, sagte er, als Peter ihm erneut einschenken wollte. Edmund schob auch den fast vollen Aschenbecher vorsichtig beiseite, dessen Geruch ihn vielleicht irritierte.

Normalerweise hätte Lucienne den Aschenbecher ausgeleert, jetzt tat sie es nicht. Und Magda? Magda warf, als Lucienne zu ihr hinübersah, einen Blick auf ihre Uhr, obgleich sie sich jetzt mit Charles unterhielt, der links von ihr saß. Achtundzwanzig war sie, beneidenswert jung, gewiß, aber was für eine Tranfunzel! Schlechte Haut. Kein Wunder, daß sie vorher noch nicht verheiratet gewesen war. Ihre Stellung hatte sie noch behalten, hatte Edmund gesagt, irgendwas mit Computern. Sie konnte auch gut stricken, ihre Eltern waren Mormonen, Magda aber nicht. Wirklich nicht? dachte Lucienne.

Einen Augenblick später, nachdem sie auch Tomaten- und Orangensaft abgelehnt hatte, sagte Magda sanft zu ihrem Mann: »Darling –« und klopfte auf ihr Uhrglas.

Edmund stellte sofort sein Glas hin, und die altmodischen braunen Schuhe mit dem Flügelmuster auf den Spitzen hoben sich ein wenig vom Boden ab, bevor er sich emporhievte. Edmund sah jetzt schon müde aus, und dabei war es kaum acht Uhr. »Ah ja, das Theater – vielen Dank, Lucienne. War hübsch bei dir, wie immer.«

»Aber so kurz!« sagte Lucienne.

Als Edmund und Magda gegangen waren, gab es ein allgemeines ›Ffhuh!‹ und ein paar kleine Lacher, aber sie klangen eher bitter amüsiert als nachsichtig.

»Mit so was möchte ich weiß Gott nicht verheiratet sein«, sagte Peter Tomlin, der unverheiratet war, und fügte hinzu: »Offen gestanden.«

Peter kannte Edmund, seit er, Peter, zweiundzwanzig war und Charles Forbes, bei dessen Verlag er sich (ohne Erfolg) beworben hatte, sie miteinander bekannt machte. Charles, der ältere, mochte Peter gern und hatte ihn bei einigen seiner Freunde eingeführt, darunter auch Lucienne und Edmund. Peter erinnerte sich noch an seinen ersten guten Eindruck von Edmund Quasthoff – den eines ernsthaften und zuverlässigen Mannes –, doch was immer Peter damals an guten Eigenschaften in Edmund gesehen hatte, war jetzt irgendwie nicht mehr da, so als ob der erste Eindruck ein Irrtum gewesen wäre. Edmund war irgendwie mit dem Leben nicht ganz zurechtgekommen. Er hatte etwas Verkrampftes an sich, und Magda war geradezu die personifizierte Verkrampftheit. Oder lag es etwa daran, daß Edmund im Grunde die Freunde nicht mochte?

»Vielleicht hat er Magda verdient!« sagte Anita, und die anderen lachten.

»Vielleicht mag er uns auch nicht«, sagte Peter.

»Oh doch, er mag uns«, sagte Lucienne. »Weißt du noch, Charles, wie er sich damals gefreut hat, als wir ihn – als wir ihn sozusagen akzeptierten, bei der ersten Dinnerparty, zu der ich Edmund und Lillian hier zu mir eingeladen hatte? Eine Party zu meinem Geburtstag, das weiß ich noch. Edmund und Lillian strahlten, weil sie zu unserem Zauberkreis zugelassen wurden.« Luciennes etwas geringschätziges Lachen betraf sowohl den Freundeskreis wie Edmund.

»Ja, bemüht hat er sich«, sagte Charles.

»Aber sogar seine Kleidung ist langweilig«, sagte Anita.

»Ja, stimmt. Kann ihm nicht mal einer einen Tip geben? Du, Julian.« Lucienne warf einen Blick auf Julians adretten Baumwollanzug. »Du bist doch immer so schick.«

»Ich –?« Julian zog sein Jackett auf den Schultern zurecht. »Also ehrlich gesagt, ich glaube, Männer hören eher auf das, was Frauen sagen. Warum sollte ich ihm was sagen?«

»Magda hat mir erzählt, daß Edmund einen Wagen kaufen will«, sagte Ellen.

»Kann er denn fahren?« fragte Peter.

»Darf ich, Lucienne?« Tom Strathmore streckte die Hand nach der Whiskyflasche aus, die auf einem Tablett stand. »Was Edmund vielleicht mal nötig hat, ist ein ordentliches Besäufnis. Kann sogar sein, daß Magda ihn dann verlassen würde.«

»Du – wir haben die Quasthoffs gerade zum Dinner zu uns eingeladen, für Freitag abend«, verkündete Charles. »Vielleicht kann Edmund sich dann wirklich mal besaufen. Wer möchte sonst noch kommen? Lucienne?«

Lucienne zögerte, sie rechnete mit einem langweiligen Abend. Aber vielleicht wurde es gar nicht langweilig.

»Ja, warum nicht? Vielen Dank, Charles – und Ellen.«

Peter Tomlin konnte nicht, denn Freitag abend war Redaktionsschluß. Anita sagte, sie werde gern kommen. Auch Tom Strathmore war frei, nicht aber die beiden Markus, denn Julians Mutter hatte Geburtstag.

Es war eine denkwürdige Party in der großen Küche der Forbes, die als Eßzimmer diente. Magda kannte die Penthouse-Wohnung noch nicht. Sie betrachtete höflich die recht gute Sammlung von gerahmten Zeichnungen zeitgenössischer Künstler, schien aber Angst davor zu haben, sich zu äußern. Magda trug ihr bestes Benehmen zur Schau, während die andern, wie auf wortlose Übereinkunft, sich ungewöhnlich formlos und heiter gaben. Teilweise geschah es, das erkannte Lucienne, um Magda aus ihrem fröhlichen Kreis auszuschließen und sich über ihr steifes Verhalten lustig zu machen, auch wenn sich tatsächlich jeder große Mühe gab, um Edmund und Magda an der lustigen Stimmung teilhaben zu lassen. Dazu gehörte es, wie Lucienne sah, daß Charles sehr reichlich Gin in Edmunds Tonicglas einschenkte. Bei Tisch tat Ellen das gleiche mit dem Wein. Es war besonders guter Wein, ein alter Margaux, der herrlich zu den in heißem Öl gekochten Fleischstücken paßte, die in einen Topf in der Mitte des runden Tisches gedippt wurden. Dazu gab es warmes gebuttertes Knoblauchbrot und Papierservietten zum Abwischen der fettigen Finger.

»Na komm schon, du arbeitest ja morgen nicht«, sagte Tom ermunternd und füllte Edmunds Weinglas von neuem.

»Oh doch, ich ar-arbeite morgen«, erwiderte Edmund und lächelte. »Muß sein. Jeden Samstag.«

Magdas Blick war starr auf Edmund gerichtet, was er jedoch nicht merkte, weil er nicht zu ihr hinüberblickte.

Nach dem Dinner gingen sie in den langen Wohnraum, an den sich eine Terrasse anschloß. Mit dem Kaffee gab es Drambuie, Bénédictine oder Brandy für alle, die es wollten. Lucienne wußte, daß Edmund für Süßes zu haben war, und sie sah, daß es Charles ohne Mühe gelang, Edmund zu einem Gläschen Drambuie zu überreden. Dann wurde Darts gespielt.

»Darts ist alles, was ich an Sport treibe«, sagte Charles und stellte sich zurecht. Der erste Wurf traf mitten ins Ziel.

Nacheinander kamen auch die anderen dran. Ellen schrieb an.

Unbeholfen nahm Edmund seinen Platz ein und versuchte, amüsiert auszusehen, wie alle wußten; aber er bemühte sich immerhin, richtig zu zielen. Er war alles andere als geschickt und straff. Sein erster Wurf traf die Wand drei Fuß entfernt von der Scheibe, und zwar seitlich, der Pfeil blieb nicht stecken und fiel zu Boden. Auch Edmund fiel um, er hatte sich irgendwie auf dem linken Fuß umgedreht und das Gleichgewicht verloren.

Bravorufe und fröhliches Lachen.

Peter streckte die Hand aus und zog Edmund hoch. »Weh getan?«

Edmund sah erschrocken aus und lachte nicht, als er aufstand. Er zog sich das Jackett zurecht. »Ich glaube – ich habe das bestimmte Gefühl ––« Mit leicht schwimmenden Augen blickte er um sich, während die anderen zuhörten und warteten. »Ich habe das Gefühl, ich bin hier nicht gerade beliebt, deshalb ––«

»Oh-h, Edmund!« sagte Lucienne.

»Was redest du denn, Edmund?« fragte Ellen.

Ein Drambuie wurde Edmund in die Hand gedrückt, obgleich Magda vorsichtig versuchte, die Hand, die ihm das Glas reichte, zurückzuhalten. Edmund war beruhigt, aber nicht sehr. Das Dart-Spiel ging weiter. Edmund war nüchtern genug zur Einsicht, daß ein plötzlich beleidigter Abgang ihn nur lächerlich machen würde, aber er war betrunken genug, um sein instinktives Gefühl, wie verschwommen auch immer, hochkommen zu lassen, daß die Leute um ihn herum nicht seine Freunde waren und ihn im Grunde nicht mochten. Magda überredete ihn, noch etwas mehr Kaffee zu nehmen.

Eine Viertelstunde später gingen die Quasthoffs.

Alle waren sofort spürbar erleichtert.

»Geben wir's zu, sie ist wirklich das Letzte«, sagte Anita und warf einen Pfeil auf die Scheibe.

»Na, jedenfalls haben wir ihn besoffen gekriegt«, sagte Tom Strathmore. »Es ist also möglich.«

Irgendwie hatten alle Blut geleckt, als sie Edmund so komisch auf dem Boden hatten liegen sehen.

Lucienne hatte an diesem Abend mehr getrunken als sonst, vor allem in Form von zwei reichlichen Brandies nach dem Dinner, und so rief sie um vier Uhr morgens Edmund an, um zu fragen, wie es ihm gehe. Aber sie wußte, sie rief ihn auch an, um ihn im Schlaf zu stören. Nach fünfmaligem Läuten, als sich Edmund mit verschlafener Stimme meldete, stellte Lucienne fest, daß sie nichts zu sagen wußte.

»Hallo –? Hallo? Hier ist Qu – Quasthoff . . .«

Als sie morgens erwachte, sah die Welt anders aus – erregender und mit schärferen Konturen. Es war nicht die leichte Nervosität, die ein Kater hätte hervorrufen können. Lucienne fühlte sich sogar sehr wohl nach ihrem normalen Frühstück mit Orangensaft, englischem Tee und Toast; und zwei Stunden lang malte sie recht gut. Es war ihr klar, daß sie Edmund unentwegt verabscheute. Lächerlich, aber so war es. Wie vielen ihrer Freunde es wohl heute morgen mit Edmund ebenso ging?

Kurz nach Mittag ging das Telefon, es war Anita Ketchum. »Hoffentlich störe ich dich nicht gerade mitten in einem meisterhaften Strich.«

»Nein, nein! Was gibt's?«

»Na ja – Ellen hat mich heute morgen angerufen und gesagt, daß Edmunds Geburtstagsparty abgesagt ist.«

»Ich wußte gar nicht, daß sie angesagt war.«

Anita erklärte. Magda hatte gestern abend Charles und Ellen zu einer Dinnerparty zu Edmunds Geburtstag eingeladen, die in neun Tagen in ihrer und Edmunds Wohnung stattfinden sollte, und hatte zu Ellen gesagt, sie werde ›alle‹ einladen und dazu noch ein paar Freunde, die vielleicht noch nicht jeder kannte; es sollte eine Stehparty mit Buffet werden. Und heute morgen hatte Magda – ohne irgendeine Erklärung, etwa daß sie oder Edmund krank wären und bis dahin nicht wieder wohlauf sein würden – nur mitgeteilt, es tue ihr leid, sie habe sich ›gegen eine Party entschieden‹.

»Vielleicht hat sie Angst, daß Edmund wieder sauer wird«, sagte Lucienne, aber sie wußte, das war nicht alles.

»Ich bin sicher, sie meint, wir mögen sie – oder Edmund nicht sehr, was ja leider stimmt.«

»Was können wir bloß tun?« fragte Lucienne und tat bekümmert.

»Außenseiter der Gesellschaft sind wir, was? Ha-ha. Ich muß aufhören, Lucienne, jemand wartet auf mich.«

Das kleine Malheur mit der abgesagten Party kam Lucienne sowohl albern wie feindselig vor. Innerhalb eines Tages erfuhr die ganze Gruppe davon, obgleich sie wohl noch gar nicht alle eingeladen worden waren.

»Einladen und ausladen können wir auch«, sagte Julian Markus lachend am Telefon zu Lucienne. »Was für ein kindischer Trick – und nicht mal irgendeine Ausrede, Geschäftsreise oder so was.«

»Nein, gar keine Ausrede. Na, ich werd' mir was Lustiges ausdenken, lieber Julian.«

»Was meinst du?«

»Eine kleine Revanche. Findest du nicht, die haben sie verdient?«

»Ja, meine Gute.«

Luciennes erster Gedanke war einfach. Sie und Tom Strathmore würden Edmund an seinem Geburtstag zum Lunch einladen und ihn so betrunken machen, daß er nicht mehr imstande war, nachmittags ins Büro zurückzukehren. Tom war einverstanden. Und Edmund schien dankbar, als ihn Lucienne anrief und die Einladung vorbrachte, ohne Magdas Namen zu nennen.

Lucienne bestellte einen Tisch in einem recht teuren französischen Restaurant in den East Sixties. Sie und Tom und drei trockene Martinis erwarteten Edmund, der mit unsicherem Lächeln eintrat, aber offensichtlich froh war, seine alten Freunde an einem kleinen Tisch wiederzusehen. Sie schwatzten munter, und es gelang Lucienne, ein paar Komplimente über Magda anzubringen.

»Sie hat eine gewisse Würde«, sagte Lucienne.

»Wenn sie nur nicht so schüchtern wäre!« erwiderte Edmund sofort. »Ich versuche immer, sie mehr aus sich herauszuziehen.«

Noch eine Runde Drinks. Lucienne zögerte die Bestellung des Menüs dadurch hinaus, daß sie gerade telefonieren mußte, als es Tom gelang, eine dritte Runde zu bestellen, um die Zeit zu überbrücken, bis Lucienne zurückkam. Dann wurde das Essen bestellt, zusammen mit Weißwein, dem ein Rotwein folgte. Beim ersten Glas Weißwein sangen Tom und Lucienne leise den Refrain von ›Happy Birthday to You‹ und tranken Edmund zu. Lucienne hatte Anita angerufen, deren Arbeitsplatz nur drei Straßen entfernt war, und Anita erschien, als das Lunch kurz nach drei mit einem Drambuie – für Edmund – beendet war; Lucienne und Tom hatten verzichtet. Edmund murmelte immer wieder etwas von der Drei-Uhr-Verabredung, die er vielleicht auch fahren lassen könne, da es sich nicht um eine Verabredung auf höchster Ebene handelte. Anita und die anderen sagten, an seinem Geburtstag wäre das gewiß entschuldbar.

»Ich habe gerade noch eine halbe Stunde«, sagte Anita, als sie alle zusammen das Restaurant verließen, wo Anita nichts verzehrt hatte. »Aber ich wollte dich doch sehen an diesem besonderen Tag, mein alter Edmund. Und jetzt lade ich doch noch zu einem Drink oder einem Bier ein – doch, ich bestehe darauf.«

Die anderen küßten Edmund auf die Wange und gingen. Anita lotste Edmund über die Straße in ein Ecklokal mit Phantasieaufmachung, das sich als altirische Kneipe ausgab. Edmund fiel beinahe in seinen Sessel, nachdem er gerade vorher fast auf den Sägespänen ausgerutscht war. Es war eigentlich erstaunlich, daß er überhaupt bedient wurde, dachte Anita, aber sie war ja dabei und ganz nüchtern, und so wurden sie bedient. Von diesem Lokal aus rief Anita Peter Tomlin an und erklärte ihm die Lage, die Peter sehr komisch fand, und er erklärte sich bereit, zu kommen und sie für ein paar Minuten abzulösen. Peter erschien. Edmund trank noch ein Bier und bestand auch auf Kaffee, der bestellt wurde, aber beides zusammen schien ihm nicht zu bekommen. Anita war vor ein paar Minuten gegangen. Peter wartete geduldig und schwatzte Unsinn mit Edmund; er fragte sich nur, ob Edmund jetzt erbrechen oder unter den Tisch rutschen werde.

»Mag hat Leute eingeladen, für sechs Uhr«, murmelte Edmund. »Muß vorher – zu Hause sein – sonst ––« Er bemühte sich vergeblich, auf seiner Uhr die Zeit abzulesen.

»Mag nennst du sie? – Na komm, Alter, trink dein Bier aus.« Peter hob sein erstes Glas Bier, das er fast geleert hatte. »Also – hoch das Bein und alles Gute zum Geburtstag!«

Sie leerten die Gläser.

Um sechs Uhr fünfundzwanzig lieferte Peter Edmund an seiner Wohnungstür ab und machte sich eilig davon. Bei Magda und Edmund war eine Cocktailparty im Gang, das hörte Peter an dem Stimmengewirr hinter der geschlossenen Tür. Edmund hatte davon gesprochen, daß sein Chef dabeisein werde, und ebenso einige wichtige Klienten. Peter lächelte in sich hinein, als er im Fahrstuhl nach unten fuhr. Er ging nach Hause, erstattete Lucienne ausführlich Bericht, machte sich eine Tasse Pulverkaffee und setzte sich dann wieder an die Schreibmaschine. Wirklich ulkig! Armer alter Edmund! Doch es war Magda, über die sich Peter noch mehr amüsierte. Magda war die Vermuffte, das eigentliche Ziel, dachte Peter.

In weniger als zwei Wochen sollte Peter Tomlin seine Ansicht ändern. Mit Erstaunen und wachsender Unruhe sah er, wie sich der Angriff, geführt vor allem von Lucienne, weniger von Anita, auf Edmund konzentrierte. Zehn

Tage nachdem sie ihn so betrunken gemacht hatten, schaute Peter eines Abends bei Julian und Frieda Markus vorbei, um ein paar entliehene Bücher zurückzubringen. Beide berichteten hämisch von Edmunds letztem Pech. Edmund hatte seine Stellung bei Babcock & Holt verloren, er war jetzt in der Psychiatrischen Klinik von Payne-Whitney, um trockengestellt zu werden.

»Was –?« sagte Peter. »Davon hatte ich kein Wort gehört.«

»Wir haben es auch erst heute rausgefunden«, sagte Frieda. »Lucienne hat mich angerufen, sie sagte, sie wollte heute morgen Edmund im Büro anrufen, da wurde ihr gesagt, er sei auf Urlaub, aber sie bestand drauf zu erfahren, wo er war, es handele sich um eine dringende Familienangelegenheit – du weißt ja, wie gut sie so was kann. Und da sagte man ihr, er sei in der Payne-Whitney-Klinik, und sie rief dort an und sprach mit Edmund selbst. Er hat auch noch einen Unfall mit seinem Wagen gehabt, sagte er, aber zum Glück wurde weder er noch sonst jemand verletzt.«

»Du liebes bißchen!« sagte Peter.

»Er hat immer eine Schwäche für die Flasche gehabt«, sagte Julian, »und vertragen kann er kaum einen Schluck. Vor vier Jahren mußte er schon mal trocken leben, weißt du noch, Frieda? Vielleicht hast du ihn damals noch nicht gekannt, Peter. Aber es war so, bloß hat er es nicht lange durchgehalten. Und als Lillian ihn verließ, wurde es noch schlimmer. Aber nun diese Stellung –«

Frieda Markus kicherte. »Diese Stellung! – Und Lucienne hat ihm auch nicht gerade beigestanden, das weißt du doch. Sie hat ihn ein paarmal zu sich eingeladen und ganz schön vollaufen lassen. Hat ihn von seinen Schwierigkeiten mit Mag reden lassen.«

Schwierigkeiten. Peter fühlte einen Stich wider Willen, daß Edmund, kaum drei Monate oder so verheiratet, über ›Schwierigkeiten‹ gesprochen hatte. Hatte nicht jeder Mensch Schwierigkeiten? Mußte man seine Freunde damit anöden? »Er hat's vielleicht verdient«, murmelte er.

»In gewisser Hinsicht ja«, sagte Julian sehr bestimmt und griff nach einer Zigarette. Aus Julians aggressiver Haltung ging hervor, daß der Anti-Edmund-Feldzug noch nicht beendet war. »Er ist eben schwach«, fügte Julian noch hinzu.

Peter dankte Julian für die beiden geborgten Bücher und verabschiedete sich. Er mußte auch heute abend wieder arbeiten und konnte deshalb nicht noch zu einem Drink bleiben. Zu Hause schwankte Peter, ob er Lucienne oder Anita anrufen sollte, entschied sich für Lucienne, die sich aber nicht meldete, und versuchte es deshalb bei Anita. Anita war zu Hause, und Lucienne war bei ihr. Beide sprachen mit Peter, und beide schienen sehr munter. Peter fragte Lucienne nach Edmund.

»Oh, der wird in acht Tagen oder so entlassen, hat er gesagt. Aber ich glaube, er wird nicht derselbe Mann sein, wenn er rauskommt.«

»Wie meinst du das?«

»Na ja, er hat doch seine Stellung verloren, und diese Geschichte wird's ihm auch nicht gerade leichter machen, eine neue zu finden. Und Magda ist er wahrscheinlich auch los, er hat mir gesagt, sie wolle ihn verlassen, wenn sie nicht von New York wegziehen.«

»Hmm – vielleicht ziehen sie dann aber doch weg«, sagte Peter. »Und er sagte, er hätte seine Stellung unwiderruflich verloren?«

»Oh ja. In seinem Büro nennen sie es Urlaub, aber Edmund gab zu, daß sie ihn nicht wieder einstellen.« Lucienne lachte kurz und schrill auf. »Weiter nicht schade, wenn sie aus New York wegziehen. Du weißt doch, Magda haßt uns. Und offen gesagt, Edmund war nie einer von uns. Da ist es irgendwie schon verständlich.«

War es verständlich? fragte sich Peter, als er sich an seine Arbeit setzte. Die ganze Sache hatte etwas Bösartiges an sich, auch von ihm war es bösartig gewesen, als er damals Edmund mit Bier vollpumpte. Merkwürdig war jetzt nur, daß Peter gar kein Mitgefühl für Edmund aufbrachte.

Man hätte annehmen können, daß die Gruppe Edmund nun in Ruhe lassen oder sich sogar bemühen würde, ihn (ohne Alkohol) ein wenig aufzumuntern, als er aus der Klinik kam; doch wie Peter sah, geschah das Gegenteil. Anita Ketchum lud Edmund zu einem kleinen Dinner zu sich ein und bat auch Peter dazu. Sie drängte Edmund die Drinks nicht auf, aber mindestens drei trank er von selber. Edmund war in trüber Stimmung, die nicht besser wurde, als Anita über Magda herzog. Sie gab ihm praktisch zu verstehen, er könne wirklich besser fahren als mit Magda und sollte das auch so schnell wie möglich versuchen. Peter mußte ihr beistimmen.

»Mir scheint, sie macht dich nicht sehr glücklich, Ed.« Peter sprach im Mann-zu-Mann-Ton. »Und wie ich höre, will sie jetzt auch noch, daß ihr aus New York wegzieht.«

»Ja, das stimmt«, sagte Edmund. »Und dabei weiß ich gar nicht, wo sonst ich wieder zu einem Job kommen soll.«

Sie redeten weiter, bis es spät war, ohne im Grunde etwas zu erreichen. Peter ging früher als Edmund. Peter fand, daß die Erinnerung an Edmund ihn deprimierte: eine hochgewachsene gebückte Gestalt in schlaffer Kleidung, den Blick auf den Boden gerichtet, so war er, ein Glas in der Hand, in Anitas Wohnung umhergewandert.

Lucienne war zu Hause im Bett und las, als um ein Uhr morgens das Telefon klingelte. Es war Edmund. Er sagte, er wolle sich von Mag scheiden lassen.

»Sie ist eben davongelaufen – gerade jetzt.« Edmunds Stimme klang glücklich, aber leicht betrunken. »Sagt, sie will heute im Hotel übernachten. Ich weiß nicht mal wo.«

Lucienne merkte, er wartete auf ein Wort des Lobes oder auf eine Gratulation von ihr. »Ja, lieber Edmund – vielleicht ist es so das beste. Ich hoffe, es wird sich alles gütlich regeln lassen. Ihr wart ja noch nicht lange verheiratet.«

»Nein. Ich glaube, ich habe – ich meine, sie hat das Richtige getan«, sagte Edmund mit schwerer Zunge.

Lucienne versicherte ihm, sie nehme das auch an.

Nun mußte sich Edmund nach einer neuen Stellung umsehen. Daß Mag wegen der Scheidung Schwierigkeiten machen werde, glaubte er nicht, weder finanziell noch sonstwie. »Sie ist eine junge Frau, die gern für sich ist. Erstaunlich – unabhängig, weißt du?« Edmund hatte den Schluckauf.

Lucienne lächelte. Unabhängigkeit von Edmund würde sich wohl jede Frau wünschen, dachte sie. »Wir alle werden dir Glück wünschen, Edmund. Sag uns nur Bescheid, wenn du meinst, wir könnten irgendwelche Drähte ziehen.«

Etwas später gingen Charles Forbes und Julian Markus eines Abends zu Edmund in die Wohnung, um geschäftliche Dinge zu besprechen, wie Charles nachher Lucienne erzählte. Charles hatte da eine Idee, daß Edmund vielleicht als freier Steuerberater arbeiten könne, und genau so einen Mann brauchte man jetzt in Charles' Verlag. Sie tranken kaum etwas, wie Charles berichtete, aber sie blieben sehr lange. Edmund war trüber Stimmung gewesen und hatte um Mitternacht den Pegel der Whiskyflasche um einige Zentimeter gesenkt.

Das war an einem Donnerstag abend, und am Dienstag morgen war Edmund tot. Die Putzfrau hatte mit ihrem Schlüssel die Wohnung aufgeschlossen und um neun Uhr Edmund, wie sie dachte, schlafend im Bett gefunden. Erst gegen Mittag hatte sie es begriffen und dann die Polizei gerufen. Die Polizei konnte Magda nicht auffinden; es hatte viel Zeit gekostet, jemanden zu benachrichtigen, und so wurde es Mittwoch abend, bevor es einer aus der Gruppe erfuhr: Peter Tomlin fand eine Notiz in seiner eigenen Zeitung und rief daraufhin Lucienne an.

»Eine Mischung von Schlaftabletten und Alkohol, aber Selbstmord nehmen sie nicht an«, sagte Peter.

Auch Lucienne nahm Selbstmord nicht an. »Was für ein Ende«, sagte sie mit einem Seufzer. »Und was nun?« Sie fühlte gar keinen Schock, sie dachte nur vage an die anderen der Gruppe, die die Nachricht hörten oder gerade jetzt lasen.

»Die Trauerfeier ist morgen in einem – einem Beerdigungsinstitut in Long Island, das steht da.«

Peter und Lucienne beschlossen hinzugehen.

Die Freunde aus der Gruppe, Lucienne Gauss, Peter Tomlin, die Ehepaare Markus und Forbes, Tom Strathmore, Anita Ketchum, waren alle erschienen und machten mindestens die Hälfte der kleinen Versammlung aus. Vielleicht waren auch einige von Edmunds Verwandten gekommen, doch die Gruppe war da nicht sicher, denn Edmunds Familie lebte in der Umgebung von Chicago, und keiner hatte sie je kennengelernt. Magda war da, in Grau mit dünnem schwarzem Schleier. Sie stand für sich und nickte Lucienne und den anderen kaum zu. Es war eine konfessionsfreie Trauerrede, Lucienne achtete gar nicht darauf und glaubte auch nicht, daß die Freunde darauf achteten, außer daß sie die Worte als rein mechanisches Ritual erkannten und nicht hinhörten. Nachher sagten Lucienne und Charles, sie wollten dem Sarg nicht bis zum Grab folgen, und auch die anderen wollten das nicht.

Anitas Mund sah steinern aus, obgleich ein ganz schwaches nachdenkliches Lächeln darauf lag. Draußen warteten Taxis, und sie schlenderten darauf zu. Tom Strathmore ging mit gesenktem Kopf. Charles Forbes blickte zum Spätsommerhimmel auf. Charles ging zwischen Ellen, seiner Frau, und Lucienne, und plötzlich sagte er zu Lucienne: »Du, Lucienne – ich hab' Edmund ein paarmal nachts angerufen – nur um ihn zu stören. Das muß ich zugeben. Ellen weiß es.«

»Ach ja –?« sagte Lucienne ruhig.

Tom, der hinter ihnen ging, hatte die Bemerkung gehört. Mit leicht zuckendem Lächeln sagte er: »Ich hab' noch was Schlimmeres getan. Ich hab' zu Edmund gesagt, er könnte seine Stellung verlieren, wenn er anfinge, Magda zu seinen geschäftlichen Lunchverabredungen mitzunehmen.«

Ellen lachte. »Ach, das ist doch nicht so schlimm, Tom. Das ist –« Aber sie sprach nicht weiter.

Wir haben ihn umgebracht, dachte Lucienne. Sie dachten es alle, und keiner hatte den Mut, es auszusprechen. Jeder von ihnen hätte sagen können: Ihr wißt doch, wir haben ihn umgebracht, aber keiner sagte es. »Er wird uns fehlen«, sagte Lucienne schließlich, als ob es ihr ernst sei.

»Ja«, erwiderte jemand ebenso feierlich.

Sie stiegen in drei Taxis und versprachen, einander bald wieder zu treffen.

Ein Loch ist ein Loch, dachte Ralph, während er das Schlüsselloch anstarrte. Er hatte den Schlüssel in der Hand, bereit, ihn ins Schloß zu stecken, aber noch zögerte er. Er konnte genausogut klingeln! Er wurde erwartet.

Ralph wandte sich um, klumpte auf seinen Cowboystiefeln einmal im Kreis und stand wieder vor der Tür. Es war ja schließlich die Wohnung seines Vaters, und er hatte einen Schlüssel. Ralph biß die Zähne zusammen, schob die Unterlippe vor, steckte den Schlüssel ins Schloß und drehte ihn um.

Im Wohnzimmer, geradeaus und dann nach rechts, war Licht.

»Hallo, Dad?« rief Ralph und ging auf das Wohnzimmer zu. Eine abgeschabte Ledertasche baumelte an einem Riemen über seiner Schulter.

»Grüß dich, Ralph!« Sein Vater – in grauen Flanellhosen und Pullover, Hausschuhen und mit einer Pfeife in der Hand – war aufgestanden. Er musterte seinen Sohn von Kopf bis Fuß.

Ralph, der größer war als sein Vater, ging an ihm vorbei. Alles war sauber und ordentlich wie immer, sah Ralph, zwei Sofas, Sessel, und ein Buch auf der Armlehne des einen, wo sein Vater gerade gelesen haben mußte.

»Und wie geht's dir?« fragte sein Vater. »Du siehst ... ganz gut aus.«

Tat er das? Ralph wurde bewußt, daß seine Jeans schmutzig waren, und ihm fiel ein, daß er sich auch gestern nicht rasiert hatte. Auf der linken Seite war sein kurzes blondes Haar dunkelrosa, weil ihm jemand plötzlich ein Färbemittel ins Haar geschmiert hatte, letzte Nacht irgendwann, oder eher heute früh. Ralph wußte, sein Vater würde das gefärbte Haar nicht erwähnen, doch auf seinem Gesicht lag ein leicht amüsiertes Lächeln. Unangenehm, dachte Ralph. Solche Leute waren der Feind. Nicht vergessen.

»Setz dich, Junge. Was führt dich hierher? ... Möchtest du ein Bier?«

»Ja, klar. Danke.« Ralph fühlte sich ein wenig schwummrig im Kopf. Vor weniger als einer Stunde war er wesentlich klarer im Kopf gewesen, higher und klarer, als er mit Cassie, Ben und Georgie zu Hause in der Kippe etwas geraucht hatte. Die *Kippe*. Das war es, was ihn hierhergeführt hatte, und am besten kam er gleich zur Sache. Ein Bier zwischendurch galt bei denen ja als gesellschaftlich akzeptabel. Ralph nahm die kalte Dose, die ihm sein Vater hinstreckte.

»Vermutlich willst du kein Glas.«

Ralph wollte keins, na und? Er warf ein wenig den Kopf zurück, lächelte und trank aus dem Dreieck in der Dose. Noch ein Loch, dieses Dreieck. »Das Leben ist voller Löcher, was?«

Jetzt grinste sein Vater. »Was meinst du damit? – Setz dich doch, Ralph. Du siehst müde aus. Bist du spät ins Bett gekommen?« Sein Vater setzte sich in den Sessel, steckte ein Lesezeichen in das Buch und legte es auf einen Tisch daneben.

»Ach ja – wir haben geprobt wie meistens. Es wird immer später, als wir denken.« Ralph ließ seinen mageren Körper auf das Sofa sinken. »Wir werden ––« Wo war er bloß? Er hatte vorgehabt, seinem Vater von der Platte zu erzählen, die sie am nächsten Sonntag irgendwo in der Bronx aufnehmen wollten. *Plastics* nannte sich Ralphs Gruppe. Cassie war Spitze am Baß, außergewöhnlich bei einem Mädchen. Cassie war überhaupt Spitze. Sie war ihr Maskottchen, ihr Haustier, und sie kochte sogar. »Es gibt eine Küche, da wo wir wohnen«, sagte Ralph schließlich.

»Oh, das habe ich angenommen. Es ist eine große Wohnung, nicht?«

»Na ja, schon, aber es ist ein Loft. Ein sehr großer Raum, dann noch ein kleineres Zimmer, Küche und Bad. Und deshalb – ich brauche hundert Dollar, um meinen

Anteil zu zahlen. Von der Miete. Das heißt, bis wir am Sonntag in der Bronx diese Platte aufnehmen. Dafür proben wir zur Zeit.«

Sein Vater nickte ruhig. »Dann kommt die Schallplatte also in den Verkauf?«

»Natürlich«, sagte Ralph, im Bewußtsein, daß er log oder daß der ›Verkauf‹ zumindest zweifelhaft war. »Zehn Lieder. Eine große Sache. Wir nennen sie ›Night on the Tiles‹ von The Plastics.«

Sein Vater machte an der Pfeife herum und bearbeitete den Tabak mit einem nagelartigen Instrument.

Also was ist, dachte Ralph ungeduldig, als das Schweigen anhielt. »Ich frage dich ja nicht gern ––« Aber das stimmte nicht, es machte ihm verdammt wenig aus, um einen Hunderter zu bitten. Was war schon ein Hunderter für seinen Vater? So viel kostete ein Geschäftsessen!

»Diesmal lautet die Antwort ›nein‹, Ralph. Tut mir leid.«

»Was willst du damit sagen?« Ralph fühlte, wie auf seinem Gesicht ein kleines, höfliches Lächeln wuchs, ein Lächeln gespielter Ungläubigkeit. »Was ist schon ein Hunderter für dich? Wir haben die Miete nicht bezahlt, wir müssen unseren Anteil auf den Tisch legen, und wir wollen, daß diese Platte aufgenommen wird. Das ist Business, und es ist ziemlich wichtig!«

»Und was ist mit der letzten Schallplatte und mit der vorletzten Schallplatte? *Existieren die?*« Stephan Duncan fuhr fort, dem Protest seines Sohnes zum Trotz. »Du bist zwanzig, Ralph, du benimmst dich wie ein *Zehnjähriger,* und du willst, daß ich dich dabei auch noch finanziell unterstütze.«

Sein Vater lächelte, aber allmählich kam er auf Touren. Das passierte selten.

Ralph sagte: »Meiner Mutter gibst du tausend im Monat, und die spürst du nicht einmal.«

»Möchtest du deine Mutter um einen Hunderter bitten?« Steve lachte auf.

Nein, das war eine Betonwand. Ralphs Mutter war

nach Kalifornien zurückgegangen, in die Heimatstadt ihrer Eltern. Seine Mutter und sein Vater waren jetzt seit etwa einem Jahr geschieden. Seine Mutter hatte die Scheidung gewollt, und da war eine ziemlich häßliche Geschichte gelaufen, mit ›dem anderen Mann‹, dem Liebhaber seiner Mutter, Bert, aber das Verhältnis war nach der Scheidung in die Brüche gegangen, doch darum ging es nicht zwischen Ralph und seiner Mutter. Seine Mutter mochte seinen Lebensstil nicht, hatte überraschend wenig Sympathie gezeigt, als er mitten im zweiten Jahr wegen seiner schlechten Noten aus Cornell University hinausgeworfen worden war, und als Ralph sich darauf mit einigen Musikern in New York zusammentat, hörte seine Mutter mehr oder weniger auf, mit ihm zu reden. Selbst sein Vater hatte damals mehr Verständnis gezeigt. Und jetzt machte sein Vater, mit seiner Werkzeugfabrik in New Jersey, wo er haufenweise Geld scheffelte, mit seinem Haus und einem Boot auf Long Island, Schwierigkeiten wegen hundert Dollar! Ralph hatte Lust, seinen Vater anzuschreien, er sei ein Knicker, sechsundvierzig Jahre alt und lebe in der Vergangenheit, aber die Vorsicht warnte ihn, mal halblang zu machen, daß vielleicht ja noch nicht alles verloren war. »Es ist ein Notfall, Dad. Nur die nächsten beiden Wochen – sind wirklich wichtig, und wenn wir –«

»Um Himmels willen, Ralph, wie oft hast du das schon gesagt? Reiß dich zusammen und besorg dir einen Job! Egal was. Auch als Verkäufer! Bessere Männer als du haben mal so angefangen.«

Da kam der Feind hervor. Ralphs Unterlippe löste sich von den Zähnen und schob sich vor, wie vorher, als er den Schlüssel ins Schlüsselloch gesteckt hatte, aber er behielt einen leisen höflichen Ton. »Das ist ziemlich negativ, was du da sagst. Das ist echt Tod und Zerstörung des Lebens.«

Sein Vater lachte und schüttelte den Kopf. »Was hast du heute genommen? LSD? . . . Irgendwas hast du genommen. Du redest über den Tod und schaffst es nicht einmal, einen klaren Kopf zu behalten. Wem willst du denn was vormachen, Ralph?«

»Ich habe nichts genommen heute, aber gestern nacht haben wir lange gearbeitet. Geprobt. Wir arbeiten tatsächlich. Und wir schreiben unsere eigene Musik. *Ben* schreibt unsere Musik.«

Wieder das herablassende Nicken seines Vaters. »Du hast bis vor ein paar Monaten nie besonderes Interesse für Musik gezeigt. Und jetzt Klarinette. Ein schönes Instrument, Mozart hat dafür Musik geschrieben, und ihr benutzt es für Quatsch. Komm schon, Ralph! The Plastics! Der Name ist gut gewählt!« Sein Vater stand auf, sein Mund ein angespannt gerader Strich. »Tut mir leid, Ralph, aber ich muß in etwa zehn Minuten weg. Ich muß ins Algonquin, einen Mann treffen, der gerade aus Chicago angekommen ist. Arbeiten, verstehst du? ... Dieses Musikding, Ralph – ich sehe das überall, mittelmäßige Popgruppen –«

»Rock«, sagte Ralph.

»Rock, na gut. Diese Musikphase könnte genausogut zum Lehrplan einer Schule gehören. Ein Jahr Gitarre, Klarinette oder was auch immer. Drittklassige Musik, und dann wird alles fallengelassen.«

Sein Vater versuchte, ein klein wenig freundlich zu sein, wie Ralph bemerkte.

»Na gut, vielleicht ist es eine Phase. Aber hilf mir doch ein Weilchen. Würde dich das umbringen?«

»Dich könnte es umbringen. Du bist ja noch dünner geworden. Ich kann mir gut vorstellen, was für mieses Zeug ihr so eßt.«

Ralph stand auf, leicht torkelnd, aber das lag an seinen Stiefelabsätzen. Er war bereit zu gehen, mehr als bereit. »Ehrlich gesagt, ich finde dein ganzes Leben mies.«

»Ich glaube nicht, daß du das wirklich so meinst ... Beruhig dich, Ralph.«

Ralph war auf dem Weg zur Tür. Als er sie geöffnet hatte, drehte er sich fast automatisch um – denn vorgehabt hatte er es nicht – und sagte »Tschüs, Dad.«

Zwanzig Minuten später war er daheim in der Kippe am Rand von SoHo. Ralph war ein Stück gelaufen, hatte seine Enttäuschung abgelaufen, hatte es zumindest versucht und dann einen Bus in die Stadt genommen. Nun war er da, konnte wieder atmen. Daheim! Die hohen weißen Wände und die weiße Decke hoch oben waren weit und offen. Cassie hatte die Stereoanlage laut aufgedreht und tanzte alleine zur Musik, sanft mit den Fingern schnippend. Sie nickte Ralph kaum zu, als sie ihn sah, aber das machte Ralph nichts aus. Er lächelte. Ben, der zu der elektronischen Musik an seiner Gitarre scharrte, rief ihm ein ›Hallo‹ zu. Im Bad stand ein Typ, den Ralph nicht kannte, in der Unterhose und wusch sich im Waschbekken die Haare, und Georgie matschte in der Badewanne herum. Ralph wollte die Toilette benutzen, was er auch tat. Als Ralph ins Wohnzimmer zurückging, kamen ein Typ und ein Mädchen, die Ralph nicht kannte, aus dem kleinen Schlafzimmer in der Ecke. Jetzt setzten sich die beiden auf eines der zusammengeschobenen Doppelbetten, die tagsüber als großes Sofa dienten. Die beiden steckten Zigaretten an. Cassie lächelte und rief ihnen etwas zu – Ralph konnte es durch die Musik nicht hören –, und Ralph sah, daß die beiden Neuankömmlinge ihre Mäntel in der Ecke beim Arbeitstisch hatten fallen lassen, dort, wo alle Besucher ihre Mäntel fallen ließen. War für heute abend eine Party geplant? Es war kaum acht. So früh kamen die Leute sonst nicht.

Plötzlich hatte Ralph eine Idee: sie würden eine Party machen, um das Geld für die Miete zusammenzukriegen. Ralph war nicht der einzige von den vieren, der im Moment nicht genug Geld hatte für die Miete. Sie konnten fünf Dollar Eintritt verlangen – oder vielleicht besser drei – und die Leute konnten ihren eigenen Schnaps oder Wein oder was immer mitbringen.

Ralph näherte sich Cassie und schrie ihr seinen Einfall zu.

Cassies blaugraue Augen leuchteten auf, sie nickte und ging hinüber, um es Ben zuzuschreien.

Sie mußten lediglich den richtigen Leuten Bescheid geben, vielleicht zwanzig oder dreißig, dachte Ralph. Die brachten vielleicht noch ein paar andere Leute mit, aber die wenigen richtigen Leute würden das Geld bringen. Es war Mittwoch. Sie würden die Party am Samstag machen.

»Komm um *neun!*« kreischte Cassie gerade ins Telefon. »Sag Teddie und Marcia Bescheid, ja? Das erspart mir einen Anruf.«

Das elektronische Band war inzwischen an der Stelle mit den menschlichen Stimmen angekommen, wo Ralph immer meinte, sie sängen:

you've had it now . . .
You've had it now . . .

Wie war das wohl gemeint? *You've had it now.* Daß man am Ende war, oder daß man gerade was Gutes gehabt hatte? Wie Cassie. Cassie gehörte zur Zeit allen dreien, Georgie, dem Pianisten, Ben, dem Gitarren-Mann, und ihm selbst. Das war gut. Kein Streit, keine alberne Eifersucht. Nichts von all dem Scheiß, mit dem sich tote Leute wie sein Vater herumschlugen.

»*Tote* Leute!« schrie Ralph, hob einen gestiefelten Fuß, hob eine Hand. Seine Finger streiften die Krempe seines gebraucht gekauften Stetson und erinnerten ihn daran, daß er ihn immer noch aufhatte. »Hab' meinen *Dad* besucht heute!« rief Ralph und nahm mit weitem Schwung den Stetson ab.

Aber niemand hörte ihn. Der Typ, der seine Haare gewaschen hatte, kam aus dem Bad mit einem Handtuch über dem Kopf, stieß mit Cassie zusammen, ging weiter, stieß gegen die Doppelbetten und plumpste hinein. Das unbekannte Pärchen war gegangen.

Gegen Mitternacht aßen sie Frankfurter Würstchen, die Cassie heißgemacht hatte in der Küche. Der Senf lag auf einem großen Teller auf dem Küchentisch. Die Musik lief weiter. Cassie brachte ein Stäbchen Kokain aus dem (ständig wechselnden) Versteck in dem kleinen Schlafzimmer, und Georgie machte die Honneurs und schabte mit einer Rasierklinge an dem weißen Stäbchen herum, wozu er ein glattes, an den Rändern gezacktes Stück Marmor auf den lederbekleideten Schenkeln hielt. Er zog mit dem weißen Puder sorgfältig und gerecht vierzehn Lines, die sie höflich der Reihe nach gemächlich schnupften. Fünf Leute, für jeden zwei Portionen, also blieben vier Lines übrig. Ralph bot seine zweite Portion galant Cassie an, die ihn mit einem Lächeln und einem Kuß auf die Lippen belohnte. Er saß jetzt neben ihr, auf dem Rand des einen Doppelbettes. Alle fünf saßen auf den beiden Betten und lehnten sich nach vorn zu der Marmorplatte in der Mitte.

Gotta wrangle oh-and-oh-and-oh . . .

Hörte irgend jemand außer Ralph, daß in dem Text von Streitereien die Rede war?

Der Typ, der sich die Haare gewaschen hatte, wurde später unzeremoniell die Treppe hinuntergeworfen von Ben, der manchmal die Nerven verlor.

»*Das* ist nicht gerade nett!« rief Cassie, während sie im Wohnzimmer herumtanzte und auf ihre lässige Art mit den Fingern schnippte.

Ralph fragte nicht, was los war. Er glaubte, vorher von Cassie gehört zu haben, daß der Junge das Kokain gebracht habe, und falls das so war, hatte man ihn bestimmt dafür bezahlt. Oder nicht? Und war das wichtig? Nein. Die Miete war wichtig. Und die würden sie auch kriegen. Ralph hielt den Blick auf Cassie gerichtet, obwohl sie mit Georgie tanzte. Ben war wieder an seiner Gitarre. Ralph wollte nicht tanzen, er wollte schlafen.

Und später war es Ralph, der in dem kleinen Schlafzimmer mit Cassie im selben Bett lag. Er konnte es nicht mit ihr machen, und er versuchte es auch nicht wirklich. Es war toll, einfach ein Mädchen in den Armen zu halten, wie in den alten Songs.

Bis zum Mittag des nächsten Tages, als die vier zusammen Kaffee tranken und Gebäck aßen, war der Einfall, eine Party zu geben, weiter gediehen.

»Es wird eine Riesendisco«, sagte Ben, »und wir stellen

das Futter auf die Betten, dann können die Leute dort auf dem Boden liegen und sich bedienen.«

»Eine surrealistische *Früchte*-Deko. Ich weiß schon, was *ich* mache.« Georgie, die Augen weit aufgerissen, die blonden Haare in abstehenden fettigen Strähnen, mampfte sein Gebäck.

»Papierbecher. Nicht so gefährlich, wenn was kaputtgeht. Haben wir Geld für Papierbecher?« Das kam von Cassie.

»Wir haben mindestens fünfzig Marmeladegläser«, warf Ralph ein. »Hört zu, wir wollen, daß da was rausschaut. Meint ihr, wir sollten eine ganz *ausgewählte* Gästeliste machen? Vielleicht zwanzig, von denen wir wissen, daß sie Geld haben, damit nicht eine Masse Leute kommt, die nicht zahlen können?«

»Nö-öh«, sagte Ben. »Wir pinnen im Meecham eine Einladung an, mit Eintrittspreis, laut und deutlich, verstehste? Ohne Eier keine Feier . . . Die kommen schon!«

Bis Samstag waren nur noch zwei Tage. Sie würden wohl kaum zum Schlafen kommen am Samstag, wurde Ralph klar, aber der Termin in der Bronx war erst am Mittag, vor drei Uhr war da eh nichts los, und mit Pillen war das zu schaffen, vielleicht wurde die Platte erst noch besser. Nur fünf Lieder wurden aufgenommen am Sonntag, die halbe Platte.

Am Nachmittag machte Cassie ein Plakat auf einem großen Stück Pappe, das im Meecham-Treff weiter unten in der Straße aufgehängt werden sollte.

Brauchen Knete
für die Miete:
irre Fete!
Samstagabend ab neun
103 Frott St. (3. Stock)
Jeder mit wem er will (is ja keine Kirche)
Electronic-Disco
Eintritt $ 3.00
Stoff, Sprit und so selber mitbringen

Mit der letzten Zeile, meinte Cassie, wurde halb gesagt, es werde nichts serviert (was nicht stimmte), und angedeutet, daß Leute, die echte Vorlieben hatten für Getränke oder sonst was, diese selbst mitbringen sollten, damit sie, was sie wollten, auch kriegten. Cassie hatte beim Arbeiten Bier gesüffelt, und nach einer Stunde war sie müde, doch das Lob der Jungs für ihr Kunstwerk richtete sie wieder auf. Sie hatte ein paar tanzende Nackte gezeichnet und dort, wo die Geschlechtsteile sein sollten, richtige Knete hineingepappt. Die Nackten waren schlaksig und blau bemalt.

»Echt Spitze!« sagte Ben. »Springt voll ins Auge!«

Cassie plumpste rückwärts auf das Bett, schloß lächelnd die Augen und verschränkte die Arme hinter dem Kopf. Ralph fand sie wunderbar, mit den prallen Jeansschenkeln, ihren Brüsten, die zwischen den Knöpfen der gespannten Bluse teilweise zu sehen waren.

Ralph wurde beauftragt, das Plakat aufzuhängen, und nahm auch noch den alten Umschlag mit, in den Georgie sechs oder mehr Heftzwecken gesteckt hatte. Aus irgendeinem Grund (na ja, Ralph wußte schon weshalb) galt er als ein ganz klein wenig straighter, ja sogar achtbarer als die anderen. Daran lag Ralph nicht viel, und vielleicht würde das auch nicht für immer so bleiben. Bis jetzt hatte er bei Ed Meecham, dem der Treff gehörte, noch nicht anschreiben lassen, im Gegensatz zu den anderen. Auch bei ihnen ging es natürlich um kleine Beträge, denn Ed gab nur bis zu zwanzig Dollar Kredit. In seinen Cowboystiefeln klumpte Ralph zwischen den Holztischen und Stühlen der Kneipe hindurch, das Plakat in der Hand, und sah sich gleich an den Wänden nach einer geeigneten freien Stelle um. Die Wände waren schon ziemlich voll mit Plakaten von Kunstausstellungen, Angeboten für Gebrauchtwaren und Wohngemeinschaften und mit Karikaturen von Kneipenbesuchern. Ralph begrüßte ein paar über ein Bier oder einen Kaffee gebeugte Typen und ging auf Ed Meecham zu, der ganz am Ende des Raums hinter der Bar stand.

»Ist es okay, Ed, wenn ich das aufhänge?«

Ed, glatzköpfig und mit einem Schnurrbart, der wie ein schwarzgrauer Rasierpinsel aussah, warf einen durchdringenden Blick auf das Plakat, als suche er nach Porno – was er vielleicht auch tat –, dann nickte er zustimmend. »Wenn du einen Platz findest, Ralph.«

»Danke, Ed.« Ralph war geschmeichelt, weil Ed ihn beim Namen genannt hatte. Ed kannte ihn natürlich, aber bis jetzt hatte er nie irgendeine Anrede gebraucht. Komisch, wie derartige Kleinigkeiten dem Ego guttaten, dachte Ralph. Darüber redeten sie in der Kippe viel – über das Ego – was man von *sich selbst* hielt. Das war wichtig. Ralphs neugefundenes Selbstvertrauen inspirierte ihn, Cassies Plakat glatt und ziemlich rasch über einen kleinen Posten mit Graffiti zu heften, über die seiner Meinung nach die Leute hier schon lange genug gelacht hatten. Ralph winkte tschüs und ging.

Zu Hause schaute Ralph in den Briefkasten, bevor er die Treppe hinaufstieg. Zwei Briefe. Der Briefkasten hatte ein Schloß, aber es war aufgebrochen worden. Zu Ralphs Überraschung war einer der Briefe an ihn adressiert, in der großen und doch eckigen Handschrift seines Vaters, geschrieben mit einem richtigen Füller. Sein Vater mochte keine Kugelschreiber. Ralph stieg die Treppe hinauf, berichtete von seinem Erfolg mit dem Plakat und ging in die Küche, um sich seinen Brief anzusehen. Ben und Georgie arbeiteten an der Gitarre und am Klavier, redeten auch. Sie hatten an diesem Tag schon eine Probe-Session gehabt, und Ben wollte noch eine machen, aber fünf Minuten war noch Zeit, um einen Brief zu lesen, und vielleicht hatte sein Vater sogar einen Scheck beigelegt, dachte Ralph, während er den Umschlag aus festem weißem Papier aufriß. Keine Briefmarke. Sein Vater hatte den Brief selbst gebracht. Ralph hatte das unten sofort bemerkt, aber jetzt begannen deswegen – oder sonstwie – seine Finger zu zittern.

Im Brief war kein Scheck. Nach dem Datum vom Mittwoch, also gestern, stand da:

Lieber Ralph,

es ist spät abends, aber ich bin in der Stimmung oder fühle mich verpflichtet, Dir ein paar Worte zu schreiben, um Dir meine Haltung zu erklären, die Du – wie ich weiß – für falsch, unmenschlich vielleicht, oder schlicht und einfach blind hältst. Es wird Dich vielleicht erleichtern zu wissen, daß ich mich entschlossen habe, mich von jetzt an nicht mehr einzumischen oder Dich zu beeinflussen zu versuchen. Jeder Mensch hat das Recht, sein eigenes Leben zu leben. Alle Vögel müssen irgendwann einmal das Nest verlassen. Das habe auch ich getan, als ich genau in Deinem Alter, mit zwanzig, meine Eltern verließ und mich aufmachte, mein Glück in Chicago und dann in New York zu versuchen. Du hast das gleiche Recht. Und mir ist klar, daß Dinge, die mir falsch oder unklug scheinen, für Dich vielleicht – richtig sind. Wie auch immer, Du bist ein Mann und solltest auf Deinen eigenen Füßen stehen können und dürfen.

Ich glaube, dies trägt vielleicht dazu bei, die Atmosphäre zu reinigen und unser Verhältnis zu verbessern, denn es kann weiß Gott nicht angenehm sein, wenn ein Sohn ständig ›elterliches Mißfallen‹ zu verspüren kriegt, auch wenn Du meist schulterzukkend darüber hinweggehst.

Wenn Du jedoch krank bist, dann weißt Du, daß Du jederzeit hierherkommen kannst und ich mich um Dich kümmern werde. Du bist nicht alleine auf der Welt, Ralph, nur frei. Und meine guten Wünsche und meine Liebe begleiten Dich.

Immer Dein Vater Steve

P. S. Ich weiß, daß das Weggehen Deiner Mutter keine Hilfe war, daß es Dich nicht glücklicher oder stärker gemacht hat. Das tut mir persönlich bitter leid, und auch mich hat es nicht gerade glücklicher gemacht. Wir (Du und ich) sollten uns jedoch beide klarmachen, daß wir nicht der einzige Vater und der einzige Sohn auf der Welt sind, die das durchmachen mußten.

Ralph war getroffen, ungewohnt tief. Sein Vater hatte ihn abgeschnitten. Dieses P. S. – Nun ja, das hatten sie schon viele Male durchgekaut, in wenigen Worten jedesmal, aber viele Male. Schuld an der Scheidung war seine *Mut-*

ter, der ›andere Mann‹ und all das. Sein Vater hatte nie eine Scheidung gewollt, trotz Bert, der dann verschwunden war, wie es sich Vater gedacht hatte. Ralph wußte, daß seine Mutter auch von ihm, Ralph, enttäuscht gewesen war. Doch es war nicht die Scheidungssache in dem Brief, die Ralph durcheinanderbrachte. Es war die Tatsache, daß sein Vater nichts mehr mit ihm zu tun haben wollte. Und wie höflich er es ausdrückte: Du hast das gleiche Recht. Ralph war immer noch unter einundzwanzig. War er nicht noch minderjährig? Na ja, wohl nicht, wenn man mit achtzehn wählen durfte, fiel Ralph ein.

»Love*letters*-in-the-sand-« kam Georgie singend in die Küche. »Hat dich jemand sitzen gelassen?«

Ralph versuchte, das Stirnrunzeln von seinem Gesicht zu kriegen. »Nö-öh. Brief von meinem Alten. Keine Kohlen. – Mister-Keine-Kohlen.«

»Nun, das wußtest du ja.« Georgie goß sich ein wenig kalten Kaffee ein aus dem Topf auf dem Herd und kippte sich eine Zellophantüte Kartoffelchips in den Mund, die fast leer war. »Legen wir nochmals los, Ralphie? Noch eine halbe Stunde oder so. ›Airport Bird‹ diesmal.« Georgie winkte zum Wohnzimmer.

Ralph holte seine Klarinette unter dem Fußende des einen Doppelbetts hervor, wo er sie gelassen hatte, während er mit dem Plakat unterwegs war. Er mußte das Bett anheben, um dranzukommen, den Kasten mit dem Fuß hervorangeln, aber zumindest war das Instrument dort immer in Sicherheit, keiner konnte es klauen oder drauftreten. Die Plattenaufnahme würde fünfundsiebzig Dollar kosten. Sie hatten einen Deal mit Mike, dem Typen in der Bronx. Er vertrieb die Platten an Pop-Billigläden, die laut Mike versuchten, neue Gruppen zu puschen. Bis jetzt hatten die Plastics noch nichts wieder reingekriegt, aber was sie gemacht hatten, war *aufgenommen,* und hier in der Kippe lagen noch zwei frühere Schallplatten. Sie probten, einschließlich Cassie. Es war nach sechs, und die Spots an der Decke waren an, drei rosa, ein paar blaue, aber hauptsächlich weiße. Jemand hatte gesagt, solche

Lampen bräuchten viel Strom, aber sie schafften Atmosphäre, und wer dachte schon an die Elektrizitätsrechnung, wenn die Musik erst einmal abfuhr? Ralph versuchte, besonders sorgfältig und präzis zu spielen, nur im Finale, in ›Fried Chicks‹, dem Lied, das am Sonntag das fünfte und letzte Lied werden sollte, ließ er los.

Aber Ralphs Gedanken, die meisten seiner Gedanken, waren bei seinem Vater, und er schaffte es nicht, sie loszuwerden. Sagenhaft. Er war durcheinander. Und normalerweise hätte er zu seinen Freunden gesagt: »Ich bin genervt heute, irgendwie geschmissen.« Aber an diesem Abend sagte er das nicht, auch nicht in der Pause, die sie etwa um neun in der Küche machten, während Cassie eine Tomatensoße für die Spaghetti zusammenrührte. Ben zündete einen Joint an, den sie herumgehen ließen. Georgie ging weg, um Salat und italienischen Tischwein zu besorgen, den, der in einem großen Glaskrug verkauft wurde. Kein Fleisch für die Spaghettisoße, verkündete Cassie, aber es würde trotzdem gut schmecken. Und sein Vater dachte, sie äßen nichts Rechtes, fiel Ralph ein.

Warum nicht Steve zu der Party einladen? Wenn sein Vater bereit war zu kommen, dann konnte er sehen, daß sie einen ordentlichen Haushalt mit sauberen Wänden führten, daß sie kein Haufen Affen waren. Ralph wußte, daß sein Vater glaubte, sie wüßten nie, welchen Wochentag man gerade hatte, daß sie sich von ihren Eltern aushalten ließen – das traf absolut nicht zu im Fall von Georgie und Ben, die Gitarre- und Klavierstunden gaben – und daß sie nie ihre Kleider wuschen, dabei war in der Badewanne die halbe Zeit Wäsche eingeweicht, und Cassie war Spitze im Bügeln.

»He, hat irgend jemand was *dagegen*«, begann Ralph laut, aber das Hi-Fi war an, Ben hatte gerade etwas Lustiges gesagt, und so lachten alle. Alle – das schloß inzwischen zwei neue Leute ein, einen Jungen und ein Mädchen, die zusammen mit Georgie hochgekommen sein mußten, als er mit Salat und Wein zurückgekehrt war. Ralph versuchte es noch einmal.

»He, Cass! Ich habe Lust, meinen *Vater* für Samstagabend einzuladen. Okay?«

Cassie lächelte und zuckte wie gewöhnlich leicht die Schultern. Es sah aus wie die Bewegung, die sie beim Tanzen machte. *»Warum nicht?«*

Ralph lächelte zufrieden, ja sogar stolz. Hätten seine Eltern zum Beispiel seinen Freunden aus der *Kippe* genauso bereitwillig die Türen geöffnet? Großer Gott, nein! Wer von ihnen war also barmherziger, christlicher, toleranter und all so'n Scheiß?

»Dieser *Scheiß!*« schrie Ralph. »Weg damit! Wir schaffen es mit *Liebe!*« Keiner hörte zu, keiner verstand, was er sagte, aber das machte nichts. Er war seine Message jedenfalls losgeworden. »Over and out«, rief Ralph und stürzte ans Telefon. Zwanzig vor zehn, wenn seine Uhr richtig ging. Ralph wählte die Nummer seines Vaters.

Am anderen Ende hob keiner ab. Das enttäuschte Ralph.

Den ganzen Abend hindurch versuchte Ralph die Nummer seines Vaters in halbstündigen Abständen. Bis Mitternacht wußten alle in der Kippe, einschließlich der drei weiteren Neuankömmlinge, wen er zu erreichen versuchte und warum, und Ben hatte gesagt, er wolle seinen Onkel für Samstag einladen. Bens Eltern lebten irgendwo weiter nördlich, aber er hatte einen Onkel in Brooklyn. Kurz nach ein Uhr morgens nahm Ralphs Vater das Telefon ab, und Ralph lud ihn ein für Samstagabend, irgendwann nach neun.

»Oh? Eine Party. So – j-ja, Ralph, danke«, sagte sein Vater. »Ich bin froh, daß du anrufst, ich war ein wenig besorgt nach diesem Brief an dich.«

Sein Vater klang ungewöhnlich ernst, ja sogar traurig. »Oh, das – Danke, Dad ich hab' mich darüber gefreut, echt.« Die Worte kamen aus dem Nichts und bedeuteten nichts, wie Ralph bemerkte, doch seine Stimme war höflich.

Nachdem sie aufgelegt hatten, hatte Ralph das eigenartige Gefühl, die Unterhaltung hätte gar nicht stattgefunden, er hätte sie sich nur eingebildet. Aber die Stimme seines Vaters hatte gesagt, er würde kommen. Ja. Auf jeden Fall.

Die beiden nächsten Tage wurden durch die bevorstehende Party zu etwas Besonderem erhoben, wie in Ralphs Erinnerung das näherkommende Weihnachtsfest die Tage davor verzaubert, verfremdet und verschönert hatte, als er noch klein gewesen war. Ben hatte den brillanten Einfall, als Hauptgericht Kartoffelsuppe zu kochen, das war einfach und billig, mit dünnen Scheiben von Frankfurter Würstchen darin und einem riesigen Busch Petersilie in der Küche, als Garnitur für all die Schalen, Papierbecher und Teller voll der dicken Suppe, die Cassie zu kochen versprach. Und viel Knoblauch kam in die Suppe, deren Grundstock eine Brühe aus Schinkenknochen war. Und Cassie und Georgie hatten sich auch um die Dekoration gekümmert. Cassie hatte sich von einem Freund weiter unten in der Straße meterweise alte Filmstreifen besorgt, die, aufgeringelt quer durch den Raum hängend, in der Mitte zusammengebunden mit dem langen roten Schal von jemandem, sehr festlich aussahen.

»Daß mir niemand ein Streichholz anzündet!« sagte Cassie am Abend der Party. »Ihr wißt, was man über brennendes Zelluloid sagt!«

In zwei großen Kesseln (einen davon hatte man von einem Mädchen geborgt, das zur Party kam) dampfte die Kartoffelsuppe diskret auf kleiner Gasflamme, die Petersilie stand bereit, und im Kühlschrank gab es eine schäbige Sechserpackung Bier, zwei Krüge von dem italienischen Tischwein und sechs Stangen italienisches Brot. Die Leute sollten ja schließlich ihre eigenen Getränke mitbringen. Eine Schuhschachtel mit der Aufschrift ›Milde Gaben‹ stand auf dem Arbeitstisch neben der Tür, und Georgie hatte Bedenken, daß sie *so* nah an der Tür stand, weil einer ohne weiteres rasch mit der Schachtel verschwinden und schon unten an der Treppe sein konnte, bevor jemand gecheckt hatte, was los war. Aber die Schachtel blieb an ihrem Platz, weil keiner reingelassen werden sollte ohne die drei Dollars, und Ben und Cassie waren sich einig, es wäre bescheuert, durch die Tür zu kommen und dann wo hingehen zu müssen wie zum Beispiel in das kleine Schlafzimmer, um dort drei Dollar in die Schuhschachtel zu stecken.

Die Stereoanlage dröhnte und pulsierte, und Leute tröpfelten herein. Mäntel und Jacken, ja sogar Schuhe wurden in einem Haufen auf das Doppelbett im kleinen Schlafzimmer geschmissen und dann auf den Fußboden in der Ecke neben dem Tisch. Cassie hatte einen zusammengeklappten Bridgetisch und das Bügelbrett auf die aneinandergeschobenen Doppelbetten gelegt als Unterlage für die Schalen mit Kartoffelchips, Salzbrezeln, Popcorn und Oliven.

Oliven! Schwarze und grüne Oliven. Ralph fiel plötzlich ein, daß er sie gekauft hatte. Ein Hauch von Eleganz. Er hatte etwa zehn Dollar dafür bezahlt. Ralph, in einem sauberen Hemd, mehr oder weniger sauberen Jeans, den Stiefeln, die er kurz abgewischt hatte, war nervös, als gäbe er alleine die Party. Er behielt ständig die Tür im Auge, in Erwartung seines Vaters, war ein bißchen verschwitzt und jedesmal, wenn die Tür aufging, erleichtert, daß fremde junge Leute oder Gesichter, die er kaum erkannte, auftauchten. Es war fast elf. Hatte es sich sein Vater anders überlegt?

> You ain't forgotten *mee*-ah . . .
> You ain't for*gotten* mee-eee . . .

sang die männliche Stimme aus der voll aufgedrehten Stereoanlage.

Ralph kippte einen Papierbecher widerlichen Rotwein. Warum trank er das Zeug? Bier mochte er sowieso lieber.

Sogar Bens Onkel war da. Ralph sah ihn am Fußende der Betten stehen, einen Papierbecher in der Hand, auffällig, weil er im Kontrast zu dem Jeansstoff überall ein Tweedjacket mit einem weißen Schal um den Hals trug. War Ralph ihm schon einmal begegnet? Ralph bahnte sich einen Weg zu Bens Onkel, wich den hopsenden Tänzern aus und oder zwängte sich zwischen ihnen hindurch.

»Hallo!« schrie Ralph. »Sie sind Bens *Onkel!*«

»Ja. Genau!« sagte Bens Onkel mit einem Lächeln. »Hughey heiß ich!«

Ralph war nicht sicher, ob er richtig gehört hatte. Hughey? Louey? *»Ralph!«* schrie Ralph, ließ sich nach hinten auf seine Stiefelabsätze kippen und schaute wieder zur Tür.

Es war unmöglich, sich zu unterhalten, aber was machte das schon? Ralph und Hughey schrien sich ein Weilchen an, dann kam zu Ralphs Erleichterung ein Typ in schwarzer Lederkleidung und Cowboyhut an, vollkommen stoned, und versuchte, eine Unterhaltung mit Bens Onkel in Gang zu bringen. Ralph mußte unwillkürlich lachen. Dann schaute Ralph wieder zur Tür, und da war sein Vater!

Ralph sah, wie Steve ein Mädchen anlächelte – wer war das? Langes blondes Haar und ein schwarzes Kleid? – das ihn um die drei Dollar Eintritt bat. Sein Vater steckte einen Geldschein in die ›Milden Gaben‹, vermutlich einen Zehner, auf jeden Fall einen Fünfer. Ralph hatte Schwierigkeiten beim Schlucken, fühlte sich einen Augenblick lang völlig nüchtern, dann zwängte er sich durch die Tanzenden hindurch und stürzte auf seinen Vater zu.

»Dad!« Ralph und sein Vater schüttelten sich die Hand, keiner der beiden konnte hören, was der andere sagte.

Sein Vater deutete entschuldigend auf sein Hemd und seine Krawatte, und Ralph vermeinte ihn sagen zu hören, er habe den Abend mit einem Geschäftskollegen verbringen müssen. Ralph führte seinen Vater außen an den Tanzenden vorbei auf die Küche zu, wo es, wenn vielleicht auch kein Bier, so doch zumindest Pulverkaffee gab. Ralph hatte das vage, doch nicht nachlassende Gefühl, geradezu die tiefe Überzeugung, die *Küche,* die bloße Existenz einer Küche, müsse seinem Vater beweisen, daß dies ein Haushalt war. Doch die Küche war vollgestopft mit Leuten, als hätte die halbe Party in diesem Teil der Wohnung Zuflucht gesucht, um hier ruhig und aufrecht dazustehen, wenn auch ebenso dichtgedrängt wie in der Untergrundbahn zu den Stoßzeiten.

»Mein *Dad!«* rief Ralph mit einem Anklang von Stolz. »Ist noch ein *Bier* da?«

»Bier, ha!« sagte ein Typ, der eine kleine braune Flasche in der Hand hielt und kopfunter schüttelte, um zu zeigen, daß sie leer war.

»Steck sie dir wo hin!« gab Ralph zurück, ohne gehört zu werden, und tauchte vorwärts nach unten, wobei er mindestens zwei Mädchen, die dastanden, aus dem Gleichgewicht brachte, was den Mädchen nichts ausmachte, sie kicherten nur. Ralph war sich der Anwesenheit seines Vaters, der ungefähr in der Tür stand, heftig bewußt, bewußt war ihm auch der erstaunte Gesichtsausdruck der Leute, einen älteren Mann unter sich zu sehen. Aber Ralph fand, was er suchte, Bens sorgfältig gehütetes Bierversteck hinter dem Kühlschrank, ein kleines Bier, lauwarm zwar, aber immerhin. Nur noch eines war dagewesen, und Ralph nahm sich vor, es morgen zu ersetzen, sonst wurde Ben sauer. Er fand einen Öffner und hob die Kapsel ab. Die Papierbecher waren schon alle.

»Ein Bier!« sagte Ralph und reichte seinem Vater stolz die Flasche.

Dann waren sie beide wieder in dem großen Wohnzimmer, nicht richtig beieinander, denn die Tänzer, die schreienden Leute, ließen sie irgendwie nicht zusammenkommen, obwohl sich Ralph auf seinen Vater zudrängte, der jetzt in der Nähe der Zwei-Betten-Anrichte stand. Irgend jemand – vermutlich Georgie – hatte aus einer Banane und zwei Orangen ein Phallus-Symbol kreiert, das, je nachdem wie man es sehen wollte, wie eine Kanone auf Rädern oder wie ein Geschlechtsteil aussah, unterlegt und umgeben von blauen Weintrauben. Dieses auffällige Gebilde nahm das Zentrum des grau überzogenen Bügelbretts ein, und Ralph sah, wie sein Vater die Augen davon abwandte.

. . . yeeowr a *wing*-ding-ding . . .
yeeowr a *wing*-ding-ding . . .

sagten die elektronischen Stimmen, keine wirklich menschlichen Stimmen, aber an diese Worte dachte Ralph unweigerlich, wenn er das Band hörte. Das Band würde noch schlimmer werden, wenn man Porno als schlimm empfand. Ralph wurde von den Augen seines Vaters, von dessen Gesichtsausdruck, in Bann gezogen. Die Augen seines Vaters waren wachsam, fast ängstlich, er sah sich um, blinzelte ein paarmal und wandte dann abrupt den Kopf, als versuche er, was anderes zu sehen. Für seinen Vater waren diese Leute der Feind, wurde Ralph klar.

Zum Teufel mit den beiden Schwulen da, die schon wieder schmusten und langsam tanzten zu der Musik, die schließlich schnell war. Natürlich taten viele der gemischten Pärchen dasselbe, aber das war vom Standpunkt seines Vaters her okay. Ralph hörte ein allgemeines *»Ooooh!«* und Gelächter und sah, wie eine Flamme an eine der Filmschlangen nach oben lief und in einer Ecke hinten ausbrannte, während der rote Schal in der Mitte abfiel und die anderen Filmschlangen abrissen und sich zwischen den Tanzenden verloren.

Ralph fand Cassie und schleppte sie hinüber zu seinem Vater, dem er sie als ihre *Hausmutter* vorstellen wollte – zumindest hatte er diesen ehrbaren und vielleicht etwas komischen Ausdruck im Kopf. Ralph war noch nicht bei seinem Vater angekommen, als jemand genau vor ihm und Cassie umfiel und dabei ein weiteres Pärchen mitriß. Das Pärchen stand auf, aber der, welcher zuerst gefallen war, blieb liegen. Es war einer, den Ralph nicht kannte, schwarze Hose, rote Weste, weißes Hemd mit Manschettenknöpfen, mager und bewußtlos. Ein Typ in Jeans packte ihn an den Absätzen, befahl schreiend, Platz zu machen, und zerrte ihn hinüber zum Arbeitstisch, wo ein wenig Raum war. Ralph drängte sich mit Cassie an der Hand weiter.

»Mein Vater *Steve! Cassie!*« schrie Ralph.

Steve nickte und sagte laut »Guten Abend«, aber es sah nicht so aus, als hätte Cassie ihn gehört.

Cassie war müde, sehr müde, ihre Augen rollten nach oben zur Decke. Sie trug ein frisches weißes Hemd mit großem gestärktem Kragen und Ärmelaufschlägen, gepflegte schwarze Hosen und Stöckelabsätze, und sie stand auch ganz aufrecht, aber Ralph wußte, daß sie erschöpft war, und sie hatte offensichtlich was geschnupft.

»Cassie *kocht für uns alle!*« rief Ralph seinem Vater zu, während er Cassie mit festem Griff aufrecht hielt. *»Sie ist müde von all der Arbeit heute!«*

»Nicht müde!« sagte Cassie. »Es ist ein Rechteck! Kein Quadrat, ein Rechteck. So wie –«

Während Cassie nach einem Wort suchte und Ralphs Vater sich bemühte, sie zu verstehen, schüttelte Ralph Cassies Arm. Ihr ganzer Körper wurde mitgeschüttelt, aber sie hielt ihre Augen zur Decke gerichtet und fuhr fort: ». . . hab' es gestern auch im *Waschbecken* gesehen. Es ist überall! Wo ich heut nachmittag meine *Haare* gewaschen hab'! – Es ist ein klei-ein Fernsehschirm, der kleiner wird, ich schwör's bei Gott! Und ein *Fenster!* Ja, auch ein Fenster, Ralphie. Weißt du, was ich meine? Mit *silbernen* Umrissen!«

»Ja«, sagte Ralph kurz und zähneknirschend. Cassie war völlig weggetreten. Was hatte sie genommen? Gleich würde sie die Vision, die sie gehabt hatte oder noch hatte, zu ihrem Mantra erklären. »Okay, Cassie, *sehr* gut!« Lachend schüttelte Ralph noch einmal Cassies Arm.

»Und es geht *auf* und *ab*«, versicherte sie Steve. »Es steigt und sinkt im Waschbecken, weißte?«

»Das Wasser, meinst du«, sagte Ralph. »Das Wasser *sinkt!*«

»Es steigt *und* sinkt!«

Lächelnd steuerte Ralph Cassie zurück in die Küche, weg von seinem Vater, weg und in Sicherheit vor den Tanzenden, die sie vielleicht anrempelten. Doch Cassie konnte ganz gut alleine gehen, nur im Kopf war sie jetzt irgendwo anders. Ralph zog tief an einem schlaffen Joint, den ihm jemand hinstreckte, hielt den Rauch in den Lungen, drehte sich, um ins Wohnzimmer zurückzugehen und knallte mit der Stirn gegen den Türpfosten.

Weedjie meenie you like mee-e ...
Weedjie weenie ooo-wee-ee mee-ee ...

Ralph sah seinen Vater und drängte auf ihn zu. In diesem Augenblick erlosch Ralphs Energie, vielleicht weil er dachte, sein Vater habe gerade zum Abschied genickt und ginge. Und Ralph hatte ihn doch Ben und Georgie vorstellen wollen! So gut wie unmöglich in diesem Gedränge!

Ja, Steve war weg. Über all die Leute hinweg konnte Ralph gerade noch den oberen Teil der hohen Tür sehen, die zuging.

So, das war's. Ralphs Ohren schmerzten jetzt, sie gellten von der lauten Musik, und er war ein wenig taub. Er konnte nicht hören, was ihm jemand zurief, während er wieder auf die Küche zuging. Nein, vielleicht war in dem kleinen Schlafzimmer mehr Platz, und er konnte für eine Minute die Tür hinter sich zumachen. Aber als Ralph die leicht geöffnete Tür weiter aufdrückte, sah er mindestens zwei Typen und ein Mädchen auf dem Bett, die sich herumwälzten und lachten. Ralph taumelte zurück und schloß die Tür.

Irgendwann später wachte Ralph von einem Tritt gegen sein Bein auf. Ein unbekanntes Mädchen lächelte auf ihn herunter. Ralph lag auf dem Boden in der Nähe der zwei zusammengeschobenen Doppelbetten. Die Musik pulsierte noch immer, und alles war genau wie vorher. Ralph stand auf, meinte einen Moment lang, das grün gedeckte Bett mit seinen inzwischen leeren Schalen und Tellern und dem Phallus-Symbol käme auf ihn zugerast, doch das Bett hielt an und Ralph stellte fest, daß er ziemlich aufrecht stand. Ben hielt Cassie eng umschlungen, und sie schwankten zwischen den Tanzenden.

Auch Georgie hielt Cassie umschlungen. Sie war eine

schwarzweiß gekleidete, blondschöpfige Puppe zwischen den beiden, und sie wäre gefallen ohne ihre Unterstützung, wie Ralph sehen konnte. Er fühlte sich überlegen (vielleicht hatte ihm das kleine Nickerchen oder Blackout gutgetan), und er hatte das Gefühl, sich auf einer anderen eigenen Ebene zu befinden.

»Bessere Ebene. Alles sind Ebenen«, murmelte er vor sich hin. Er wollte es jemandem in seiner Nähe sagen, aber alle schienen mit anderen Leuten beschäftigt zu sein. Sein *Vater.* Ja, zum Teufel, sein Vater war *hier* gewesen. Heute nacht. Auf *dieser* Party. Und sein Vater war weggegangen in nicht so guter Stimmung. Ralph erinnerte sich plötzlich an das blasse, schockierte Gesicht seines Vaters, als dieser zur Tür hinausgegangen war. Nicht gut.

Ralph glaubte brechen zu müssen, was sicher vom Wein kam. Am besten ins Bad, auf die Toilette, natürlich, und Ralph machte sich sofort auf zum Bad. Die Tür war nicht abgeschlossen, obwohl ein Junge und ein Mädchen drinnen waren und am Waschbecken lehnten, und plötzlich wurde Ralph wütend und schrie die beiden an, sie sollen verschwinden. Er hörte seine Stimme schreien und machte weiter, bis sie mit verdutzten Gesichtern langsam hinausgingen, und dann schob Ralph den Riegel vor. Er mußte nicht brechen, obwohl ihm einfiel, daß er mit diesem Vorsatz gekommen war.

»Ich bin auf einer anderen Ebene«, sagte Ralph mit ruhiger Stimme laut vor sich hin. Er fühlte sich ganz gut jetzt. Zielbewußt. Energiegeladen. Ernsthaft. Ein Mann mit Vorsätzen. Er öffnete das Badezimmerschränkchen über dem Becken und nahm heraus, was er suchte, nämlich den gemeinschaftlich benutzten Rasierer. »Ein Mann mit – Vorsätzen.«

Die nächsten paar Sekunden wurden für Ralph zu einem geographischen Trip. Er dachte an einen Flug, den er mit seiner Familie gemacht hatte – ja, mit Mom und Dad – über die Wüste zwischen Dallas-Fort Worth und Albuquerque. Violett scheinende seeartige Gebilde da unten, ausgetrocknete oder kaum gefüllte Seen, sich wie Schlangen windende Schluchten, ausgetrocknet vermutlich, da unten. Kleine Cañons. Wunderschöne Farben, gelbbraun und grün. Und jetzt rot. Rasierer durchschnitt die geschwollenen Flüsse und kam rot hervor. Wie bunt das war! Lustig. Gefährlich vielleicht, aber aufregend. Und absolut schmerzlos. Überhaupt kein Schmerz.

Ralph erwachte in horizontaler Lage, auf dem Rücken, mit ausgetrocknetem Mund. Und als er seine Arme zu bewegen versuchte, da konnte er es nicht, und einen Moment lang dachte er, er sei irgendwo gefangen. *Polizei,* vielleicht. Dann sah er, daß seine Hände, abgesehen von den Fingern, bis zur Hälfte der Unterarme hinauf dick verbunden waren, und jede schien eine Tonne zu wiegen. Er konnte sie nur bewegen, indem er sie rückwärts zerrte. Er war in einem Zimmer mit mindestens zehn Betten wie seinem, und über der Tür brannte ein trübes blaues Licht.

»Herrgott, ist das *wieder* ein Traum?« sagte Ralph mit angstvoller, überschnappender Stimme. Er sah sich noch einmal mit weit aufgerissenen Augen um.

Dann fiel ihm der Geruch auf: Medikamente, Desinfektionsmittel. Er war in einem *Krankenhaus.* Ohne Zweifel. Was war geschehen? Er versuchte, seine Beine zu bewegen, und stellte erleichtert fest, daß es ging. War es in der Kippe zu einer Schlägerei gekommen? Ralph konnte sich an keine erinnern. Was war das für ein Krankenhaus? Wo? Ralph war benommen – sicher hatten sie ihm hier ein Beruhigungsmittel gegeben –, aber sein Unwillen war größer als seine Müdigkeit, und sein Unwillen wuchs, während er sich umsah und weder eine Lampe fand noch einen Knopf, den er drücken konnte.

Also schrie er. »*He!* . . . Wo ist da jemand? . . . He-eh!«

Aus einem der Betten im Zimmer kam ein Stöhnen, aus einem anderen eine unverständliche Stimme. Die Tür öffnete sich und eine fahlweiße Gestalt mit einer weißen Haube kam geräuschlos herein.

»He!« sagte Ralph, doch etwas leiser.

»Sie müssen ruhig bleiben, bitte«, sagte das Mädchen. Sie hatte eine Taschenlampe, dünn wie ein Bleistift.

»Wo *bin* ich hier?«

Sie sagte ihm, er sei in dem und dem Krankenhaus in irgendeiner Straße auf der East Side. Und es war Sonntagnacht, Mitternacht, sagte sie als Antwort auf seine Frage.

Die Party hatte Samstagnacht stattgefunden, dachte Ralph. Und heute, ja, heute hatten sie in der Bronx einen Termin gehabt. Wo waren seine Freunde? »Muß meine Freunde anrufen«, sagte Ralph zu der Schwester und wand den Hals unter ihren Fingern. Sie versuchte, seinen Puls zu nehmen, aber Ralph hatte einen Moment lang gedacht, sie wolle ihn erwürgen.

»Sie können um diese Zeit niemand anrufen. Zwei Ihrer Freunde waren heute nachmittag hier. Ich mußte ihnen sagen, Sie schliefen und dürften nicht gestört werden.«

»Ah so – wie lange muß ich denn *hierbleiben*?«

»Vermutlich noch zwei Tage«, flüsterte die Schwester. »Sie haben eine Menge Blut verloren. Sie waren im Schock. Sie haben ein paar Transfusionen erhalten – und eventuell brauchen Sie noch mehr. Jetzt nehmen Sie das bitte.« Mit der Hand, in der sie zwischen den Fingern die Bleistift-Taschenlampe hielt, reichte sie ihm ein Glas Wasser, auf der Handfläche der anderen lag eine größere rosafarbene Pille.

»Was ist –«

»Nehmen Sie das bitte. – Sie werden sich besser fühlen.«

Ralph würgte sie hinunter und schauderte, und als er die Augen öffnete, ging die Krankenschwester gerade zur Tür hinaus.

In den nächsten Sekunden wurden die Dinge etwas klarer. Er hatte sich die Pulsadern aufgeschnitten. Daran erinnerte er sich jetzt mit einem Anflug von Scham. Irgendwie doof, vielleicht. Es hatte eine Menge Schwierigkeiten verursacht. Blut auf dem Badezimmerboden. All die Leute! Und sein Vater war zu der Party gekommen! Ja, das war es, was Ralph so traurig, enttäuscht und ein wenig beschämt gemacht hatte. Aber *warum* sollte er sich schämen? Wessen sollte er sich schämen? Ralph spürte sein Herz schneller schlagen, angriffslustig, trotzig. Er und seine Freunde hatten eine *Party* gegeben, das war alles.

Die Pille traf ihn, als zische Musik auf seine Ohren. Wie elektronische Becken, mit leisen tiefen Trommeln im Hintergrund.

. . . and a zing-zing-zing . . .
and a wing-ding-ding . . .

und Ralph schlief.

Dienstag um die Mittagszeit kam er raus. Ben und Cassie kamen ihn abholen und spendierten ihm ein Taxi zur Kippe. Das Krankenhaus hatte Schwierigkeiten gemacht wegen der Rechnung, die sich auf über fünfhundert Dollar belief, und Ralph hatte ihnen Namen, Adresse und Telefonnummer seines Vaters gegeben. Als sie bei seinem Vater (unter der Privatnummer) angerufen hatten, war sein Vater nicht dagewesen, und Ralph war nicht auf die Idee gekommen, ihnen die Geschäftsnummer seines Vaters zu geben, die er nicht auswendig wußte, zumindest nicht im Moment. Ben und Cassie hatten Bier zu Hause, und Ben ging gleich noch Pastrami-Brötchen holen, die es um die Ecke gab. Georgie war weg und gab eine Klavierstunde. Es war Spitze, zu Hause zu sein, und Cassie war ein Engel, mitfühlend, sanft, ließ ihn die Beine hochlegen, zog ihm die Schuhe aus und stopfte ihm Kissen hinter den Kopf.

»Du warst nicht der einzige, Ralphie, Liebster«, sagte Cassie. »Zwei Typen waren weggetreten und sind erst Sonntag *nachmittag* aufgewacht, und wir dachten, wir würden sie nie mehr los. Aber wir haben dreihundertzweiundsechzig *Dollars* eingenommen! Kannst du dir das vorstellen?«

Das klang gut, aber es war für die Miete, nicht für eine Krankenhausrechnung, und das Krankenhaus hatte Ralph ein Stück Papier gegeben, das wie eine Gefängnisstrafe oder zumindest wie eine ausgesprochen böse Drohung aussah, mit einer Zahlungsfrist, die Ralph vergessen hatte, aber es handelte sich um ein paar Tage, und er mußte mit seinem Vater reden.

Ralphs Vater hob das Telefon ein paar Minuten vor acht ab an diesem Abend. Ralph hatte geschlafen und fühlte sich besser, er war darauf gefaßt, daß ihm sein Vater kühl entgegentreten, war sogar darauf gefaßt, daß dieser sagen würde: »Um ehrlich zu sein, Ralph, ich will dich nie mehr sehen. Du bist jetzt ein erwachsener Mann«, und so weiter. Oder: »Meine Augen wurden bei dieser Party geöffnet.«

Aber zu seiner Überraschung klang sein Vater ruhig und freundlich. Ja, Ralph konnte herüberkommen, sogar heute abend, wenn er wollte, aber nicht nach zehn, bitte.

Ralph rasierte und wusch sich, so gut es ging. Seine Handgelenke waren natürlich immer noch verbunden, aber der Verband war leichter. Ralph wählte eine große, weite Plastikjacke in der Hoffnung, sein Vater könne die Verbände nicht sehen.

»Viel Glück, Ralphie«, sagte Cassie und küßte ihn auf die Wange. »Wir sind froh, daß du noch bei uns bist, und die Schallplatte können wir jederzeit aufnehmen.«

»Nimm es nicht so schwer«, sagte Ben. »Daß du mir nirgends zusammenklappst!«

Ihre Worte erinnerten Ralph an die blassen, rosafarbenen Flecken in den Ecken des Badezimmerbodens. Der Fußboden mußte furchtbar ausgesehen haben, und seine Freunde hatten die Flecken bis jetzt noch nicht ganz wegbekommen. Ralph nahm einen Bus, fand einen Sitzplatz und versuchte, langsam und Zen-mäßig zu atmen.

Sein Vater hatte einen weißen Klebeverband über die ganze Nase und bis auf die Wangen. Er nickte und hielt die Tür auf. »Komm rein, Ralph.«

Ralph ging hinein. »Was ist passiert?«

»Eine ganz dumme Sache. – Lächerlich.« Im Wohnzimmer jetzt schaute Steve Ralph an und lächelte. Wieder trug er Hausschuhe und hatte in einem Buch gelesen. »Hatte einen leichten Unfall – auf dem Heimweg von dieser Party. Einen ganz dummen Unfall. Ich habe in einer Linkskurve zu scharf eingeschlagen – und bin fast frontal gegen ein anderes Auto geprallt. Auf der Third Avenue. Ganz und gar meine Schuld. Und ich bin mit der Nase gegen die Windschutzscheibe geprallt. Sie ist gebrochen.« Sein Vater lachte. Seine Schultern bewegten sich, aber das Lachen war stumm.

»Tut mir leid. Die Polizei –« Ralph dachte sofort an eine Anzeige wegen Trunkenheit am Steuer, aber wie konnte sein Vater betrunken gewesen sein?

»Oh! Nun ja, sie haben einen Alkoholtest mit mir gemacht und festgestellt, daß ich weit unter der Grenze lag. Reine Unachtsamkeit meinerseits, habe ich gesagt ... Magst du ein Bier, Ralph?« Ohne auf eine Antwort zu warten, ging Steve in die Küche, um eines zu holen.

Ralph war schockiert. Sein Vater in so einem blöden Unfall! Und nüchtern! Ralph wurde klar: sein Vater war von dieser Party völlig verstört gewesen, alleine von dem, was er dort gesehen hatte. Ralph nahm seinem Vater die Bierdose ab. »Danke, Dad.«

»Und das?« Sein Vater hatte den Verband an Ralphs rechtem Handgelenk gesehen und schaute sofort auf das andere Handgelenk, dessen Verband von dem weiten blauen Plastikärmel nicht ganz verdeckt wurde.

»Ja, also – bei mir gab es auch einen kleinen Unfall. Nichts Ernstes.« Ralph schlürfte aus der Dosenöffnung und spürte, wie sein Gesicht warm wurde. Wenn es nicht ernst war, warum war er dann hier? Er war hier wegen einer Fünfhundert-Dollar-Krankenhausrechnung. Ralph sah seinem Vater unwillkürlich in die Augen und wurde sich der fest zusammengepreßten Lippen seines Vaters bewußt. Sein Vater wußte, was diese Verbände bedeuteten.

»In der Nacht der Party?« fragte Steve und griff nach seinen Streichhölzern.

»Ja«, sagte Ralph.

»Sie haben dich in ein Krankenhaus gebracht, nehme ich an. Ich habe gestern versucht, dich telefonisch zu erreichen. Ich bekam irgendeine dumme Antwort. Eine Männerstimme.«

Ralph schluckte trocken und trank noch etwas Bier.

»Mir hat niemand was gesagt.«

»Könnte es sein, daß du Geld brauchst für die Krankenhausrechnung?«

»Ja, genau. So ist es, Dad ... Und sie waren ziemlich unangenehm im Krankenhaus. Ziemlich hartnäckig, meine ich.« Und die aufgeschnittenen Pulsadern, die Krankenhausrechnung, waren seine eigene Schuld, wurde Ralph klar. *Unnötig.* Ralphs Blick senkte sich auf seines Vaters weiße Strickjacke, auf die braunen Lederknöpfe. Die gebrochene Nase war auch ein Unfall gewesen, oder nicht? Ganz und gar unnötig. »Ich war ganz durcheinander –« Ralph zuckte die Achseln, konnte seinem Vater immer noch nicht in die Augen sehen. War sein Vater nicht auch durcheinander gewesen? War nicht jeder ab und zu einmal durcheinander?

»Du kriegst das Geld«, sagte sein Vater schließlich mit unterdrückter Stimme, als bezahle er einen Erpresser, den er nicht rauh anzufassen wagte.

Zumindest meinte Ralph dies zu spüren. Und er spürte es noch mehr, als sein Vater hinzufügte: »Schließlich bist du ja immer noch mein Sohn.« Er ging zum Sekretär, wo er sein Scheckbuch aufbewahrte. »Wieviel ist es, Ralph?«

»Ein wenig über fünfhundert.«

»Ich schreibe ihn auf maximal sechshundert aus. Du kannst dann den Rest ausfüllen.« Sein Vater schrieb den Scheck, ohne sich hinzusetzen.

»Danke ... Tut mir leid, Dad«, sagte Ralph, als er den Scheck aus der Hand seines Vaters nahm.

»Soll ich sagen, es ist der letzte? Ich wollte, es wäre so.«

»Ich schwöre, ich –«

»Dein Leben widert mich an«, unterbrach sein Vater, »um ganz ehrlich zu sein.«

Jetzt starrte Ralph in die blauen Augen seines Vaters, als hätten sie ihn hypnotisiert. Der weiße Verband über der Nase und dem Gesicht, der komisch hätte sein können, wenn sie beide in einer anderen Stimmung gewesen wären, ließ Ralph jetzt an eine Gasmaske oder an eine Art Kampfausrüstung denken, was überhaupt nicht komisch war. Und Ralph fühlte sich geschlagen.

»Ich habe versucht – deiner Lebensweise etwas abzugewinnen, sie zu verstehen, wenigstens.«

Ralph sagte nichts. Er wußte, daß sein Vater es versucht hatte. Eines seiner Handgelenke pulsierte, und er schaute auf den Verband, um zu sehen, ob Blut durchgesickert war. Bis jetzt noch nicht. Ralph machte einen ungeschickten Schritt rückwärts, als wolle er gehen. »Ja, ich weiß . . . Tut mir leid, Dad.«

Sein Vater nickte, aber es war kein bestätigendes Nikken, eher hoffnungslos, resigniert und ziemlich müde. »Komm nicht mehr – wenn es sich vermeiden läßt.«

Ralph biß sich auf die Unterlippe, wollte reden, fand keine Worte. Es ärgerte ihn, wie ein Landstreicher abgefertigt zu werden, mehr oder weniger gesagt zu kriegen, er solle nicht wiederkommen und um Almosen betteln. Jetzt stand er da wie ein Ölgötze, wortlos, nicht einmal fähig, seine Wut zusammenzukriegen, und Wut verspürte er. Ja, Ralph wollte ›Ja‹ schreien, als eine große Bestätigung, als ein großes Okay für sich selbst, doch seine Lippen öffneten sich kaum. Dann drehte er sich um und ging mit langen Schritten auf die Tür zu, öffnete sie und ging hinaus und schloß die Tür fest hinter sich, doch er schlug sie nicht zu.

Der Kampf war nicht vorbei, das wußte Ralph.

Der Traum der ›Emma C.‹

Sam, neunzehn Jahre alt und der jüngste der Crew, stand am Ruder, als er einen weißen Fleck im blauen Wasser erblickte, etwa eine halbe Meile voraus und leicht nach Backbord. Eine einzelne Möwe, dachte er, die auf dem sommerlichen Meer schaukelt, ganz für sich. Die *Emma C.* fuhr auf Nordkurs in der Bucht von Cape Cod, und die Küste mit den weißen Häusergruppen, die die Städte kennzeichneten, war rechts von Sam deutlich zu sehen. Der Makrelenfang heute früh war spottschlecht gewesen, so daß Captain Bif Haskins beschlossen hatte, es noch mal mit einer anderen Stelle zu versuchen, bevor sie abdrehten zur Heimkehr. Der Rest der Crew, vier Mann plus Bif, saß jetzt in der Kombüse beim zweiten Frühstück aus Kaffee und Krapfen.

Als Sam noch einmal zu der weißen Möwe hinüberblickte, sah sie rund aus, wie ein Wasserball. Das war keine Möwe. Sam hatte gute Augen und blickte scharf hin. Ein Schwimmer war das! So weit hier draußen, mindestens zwei Meilen vor der Küste! Ob der Mann etwa tot war und nur dahintrieb?

»Heeh!« schrie Sam und warf das Ruder herum, so daß die *Emma C.* jetzt geraden Kurs auf den weißen Fleck nahm. »Heeh – Louey! *Johnny!*«

Schwere Schritte polterten über das Deck, dann erschien Chuck an der Backbordseite des Ruderhauses. »Was'n los?«

»Da schwimmt einer. Sieh doch!«

In Sekunden waren alle zur Stelle und blickten hin. Bif holte sein Fernglas aus einem kleinen Fach hinter dem Ruder. Er verkündete, das Gesicht unter der weißen Kappe sei das eines Mädchens.

»Ein *Mädchen?*«

Das Glas wurde herumgereicht.

»Ich kann ihre Augen sehen!«

»Die bewegt sich gar nicht. Wenn sie tot wär, dann wären ihre Augen offen!«

»Hat'n blauen Badeanzug an«, berichtete Chuck.

Sam warf eilig einen Blick durch das Glas, das er mit einer Hand hielt. »Sie ist erschöpft vom Schwimmen. Holt mal eine Decke her!«

Louey, der untersetzte Halb-Portugiese, ließ auf Captain Bifs Geheiß die Jakobsleiter herab. Die Leiter schleppte in der See. Sie waren jetzt ganz nahe. Das Mädchen trieb auf dem Wasser und machte keine Bewegung mit Armen und Beinen, als sei sie zu müde für jede Anstrengung. Aber die Augen standen offen, ein wenig. Louey war zuerst die Leiter herunter. Sam hatte den Motor gedrosselt. Nach Louey kam John, groß und etwas älter als Sam.

Louey grapschte, naß bis an die Oberschenkel, und bekam das Mädchen am rechten Ellbogen zu fassen. Alle hörten, wie sie leicht stöhnte. Sie war zweifellos am Leben, aber so erschöpft, daß ihr Kopf nach vorn sackte, als Louey sie an beiden Armen hochhob. Johnny zog Louey heran. Bereitwillige Hände faßten die Hände des Mädchens, dann ihre Hüften und Füße, und vier Paar Hände ließen sie behutsam auf die rauhe olivengrüne Decke sinken, die jemand an Deck ausgebreitet hatte.

Sie war blaß, nur an den Schultern und Armen leicht rosig, und nicht sehr groß, die Brust war voll, unter der schmalen Taille rundeten sich Hüften wie die einer Meerjungfrau, aber eine Meerjungfrau war das nicht. Sie hatte kleine graziöse Füße, Beine und alles andere.

»Tee! Heißen Tee!« sagte Captain Bif. »Und dann geben wir am besten gleich die Meldung an die Küstenwacht.«

»Kaffee geht schneller, Bif!« Chuck trabte los.

Sam zog ihr die weiße Kappe aus dem Gesicht, ganz behutsam, um sie nicht am Haar zu reißen. Sie war sehr blond. Die Lippen waren bläulich-bleich, die Zunge hellrot, die Spitze fuhr am Rand der weißen Zähne entlang.

»Ist die *hübsch!*« flüsterte einer in ehrfurchtsvollem Ton.

»Kaffee, Ma'am?« Chuck hielt ihr die dicke weiße Tasse an die Lippen. Er kniete, ebenso wie Louey, der sie stützte und ihr die Decke um die Schultern hielt.

»Am-m«, murmelte sie und trank einen kleinen Schluck.

»Woher sind Sie? . . . Ist Ihnen kalt? . . . Wie sind Sie so weit hier rausgekommen?« Die Fragen kamen schnell.

Die blauen Augen waren kaum geöffnet. »Eine Wette.«

»Was dachten Sie, wohin Sie schwimmen?«

»Nun mal Schluß, allesamt!« sagte Sam, als ob er der Captain wäre. »Sie braucht jetzt eine Koje zum Ausruhen. Meine kann sie haben. Hilfst du mir mal, Louey?« Sam war im Begriff, sie in der Decke nach unten zu tragen.

»*Meine* Koje!« sagte Chuck. »Meine hat'n Laken drauf, seit heute morgen.«

Jeder bot seine Koje an – es gab nur vier, unter dem Vordeck verstaut –, aber man einigte sich auf die von Chuck mit dem Laken.

Chuck strahlte, als habe er eine Braut gewonnen, und folgte Louey und Sam, die das Mädchen ins Logis trugen. Chuck warf einen Blick über die Schultern, als wolle er zu den übrigen drei Männern, darunter dem Captain, sagen: ›Haltet ja Abstand!‹

Das niedrige Logis hatte zwei Kojen auf jeder Seite, eine über der anderen. Die Crew pennte manchmal schichtweise, aber sie waren fast nie die ganze Nacht draußen. Ab und zu kam es vor, daß ein Mann sich ein Bettlaken von zu Hause gönnte, das er zwischen die Dekken legte, und zufällig konnte Chuck gerade heute mit so einem Laken aufwarten, was er als Glücksfall ansah. Er packte die Decke fest um die Füße des Mädchens und vergewisserte sich, daß ihre Schultern zugedeckt waren, denn die Haut war kalt.

»Wie Dornröschen«, sagte Chuck leise.

»Müßten wir ihr nicht den nassen Badeanzug ausziehen, Chuck?« fragte Sam.

Chuck runzelte die Stirn und überlegte. »Ah – ja, aber das sollten wir ihr selber überlassen. Noch'n bißchen warten, meinst du nicht? – Wird Ihnen jetzt wärmer, Miss?«

Die Augen des Mädchens waren wieder offen. Die Lippen öffneten sich leicht, aber sie sagte nichts.

Sam ging hinaus und kam mit einer zugekorkten Weinflasche zurück, die er in ein Handtuch wickelte. »Heißes Wasser vom Herd«, sagte er zu Chuck und legte die Flasche vorsichtigt an die Füße des Mädchens, innerhalb der Decke, aber außerhalb des Lakens.

Louey war fort, Bif hatte ihn abgerufen. Filip, zwanzig Jahre alt, häßlich und schüchtern, blickte neugierig die Luke hinunter auf das Mädchen in der unteren Steuerbordkoje.

»Komm, wir lassen sie jetzt erst mal in Ruhe«, sagte Chuck. Sam stand neben ihm, und Chuck knuffte ihn mit dem Ellbogen so hart in die Rippen, daß Sam zusammenfuhr. »Und keine Dummheiten, Junge. Laß sie in Ruhe.«

Sam blickte den Älteren böse an. »Dummheiten – *ich?*«

Die *Emma C.* tuckerte weiter nordwärts in der Bucht von Massachusetts, aber langsamer als zuvor, fast träumerisch, als habe die Anwesenheit des Mädchens nicht nur die sechs Männer, sondern auch die Maschine verzaubert. Captain Bif stand am Ruder und kaute nervös an einer ausgegangenen Zigarre, den Blick nach vorn gerichtet auf das vertraute Wasser und auf das schwindende Kap auf der rechten Seite. Er hatte nach Provincetown gefunkt und eine Beschreibung des Mädchens durchgegeben, blond, etwa zwanzig Jahre; er hatte gesagt, sie sei noch zu müde, um zu sprechen, scheine aber nicht verletzt und werde vermutlich bald wieder in Ordnung sein. Nach den Angaben des Funkers in Provincetown war kein Mädchen dieser Beschreibung als vermißt gemeldet worden. Und wo wollte er nun hin? Sie hatten das Recht, überall hier ihr Glück zu versuchen, näher zur Küste und weiter nordwärts, sie konnten die Netze zu Wasser lassen, einen Fang machen und den Laderaum füllen, oder es versuchen, bevor sie nach Wellfleet, ihrem Heimathafen zurückkehrten. Aber Bif merkte, es war ihm völlig egal, ob sie heute noch einen Fang machten oder nicht. Und der Crew ging es ebenso, das wußte er. Wo war das Mädchen her? Wie hieß sie? Eine Schönheit war sie, weiß Gott. Phantastisch, so was aus dem Meer zu ziehen! Es war wie eine tolle Story, eine Geschichte, die sich amüsant anhörte, die aber nicht zu glauben war. Er und seine Leute würden sie behandeln, wie es sich gehörte. Bei dieser Gelegenheit mußten sie alle Gentlemen sein. »Gentlemen«, murmelte Captain Bif mit einiger Befriedigung vor sich hin. Ja, dafür würde er sorgen. »Ha, Sam!« rief er laut über die Schulter.

Sam, der auf dem Achterdeck mit dem Ordnen von Netzen beschäftigt war, ließ die Arbeit fallen und kam zum Ruderhaus.

»Kurs halten«, sagte Bif.

»Yessir.« Sam übernahm das Ruder, und nach etwa einer Minute drosselte er das Tempo ein wenig. Heute war ein besonderer Tag. Heute wollte Sam keinen toten oder sterbenden Fisch mehr sehen. Sam hatte zwei Jahre College absolviert, dazu gehörten sechs Monate auf dem Schulschiff *Westward,* das außerhalb von Woods Hole, Massachusetts, operierte; das hatte ihm Pluspunkte in den nautischen und meereswissenschaftlichen Fächern eingebracht. Sam wollte Ozeanograph werden. Auf der *Emma C.* hatte er für die Sommerferien einen Ein-Monats-Törn übernommen. Auf der *Westward* war er durch die Karibik und entlang den Küsten von Florida gekreuzt, sie hatten nachts phosphoreszierende Quallen und Schwärme von hübschen springenden Tümmlern gesehen, aber niemals etwas so Seltsames, Überraschendes und Wunderschönes wie das stille Mädchen, das die See ihnen heute aus dem Nichts heraufgeholt hatte.

Chuck stand an der Luke zum Logis, als Bif herankam, offenbar in der Absicht einzutreten. »Sie ist okay, Bif. Schläft gerade.«

»Gut. Ich wollt' mich mal rasieren – kann ich ja ganz leise machen. Sag mal Filip, er soll mir'n Topf heißes Wasser bringen, ja, Chuck?«

Gewöhnlich machte sich Bif an Bord nicht die Mühe, sich zu rasieren. Chuck schob die Luke etwas zur Seite, sah, daß das Mädchen offenbar schlief, und legte den Zeigefinger an die Lippen, um Bif zu bedeuten, er solle leise sein. Dann blickte sich Chuck nach Filip um und sah, daß er auf dem Achterdeck kleine tote Fische zusammenkehrte. Er gab Bifs Anweisung weiter und ermahnte Filip, leise zu sein, wenn er ins Logis hereinkam, weil das Mädchen schlief. Dann überlegte er und beschloß, Filip den Topf, wenn er ihn brachte, selber abzunehmen. Filip trabte los und feixte. Es hing zwar ein Spiegel an der Wand zwischen den Kojen, aber hätte Bif sich nicht auch in der Kombüse rasieren können?

Dann schrie eine Stimme: »Der Satan soll dich holen, Filip!«

Ein dumpfer Aufprall, blechernes Scheppern, und Chuck sah, wie Filip rückwärts aus der Kombüse taumelte und mit dem Kopf auf die Reling prallte. Louey stand mit geballter Faust über ihm, dann hob er den Topf auf und ging damit in die Kombüse. Filip setzte sich auf, der Kopf blutete. Sein Drillichhemd war am Rücken schnell durchtränkt von Blut. Chuck nahm den Jungen beim Arm und half ihm auf die Füße.

Von der Backbordtür des Ruderhauses warf Sam einen Blick nach hinten und erkannte, was geschehen war. Er hatte auch einen Teil der Unterhaltung gehört. Sie hatten beide das heiße Wasser zu Bif in die Kabine bringen wollen. Sam lächelte und lenkte das Boot ein wenig nach Steuerbord, auf den offenen Atlantik zu. An Steuerbord passierten sie gerade Race Point und die Spitze von Cape Cod.

Louey brachte den Topf mit heißem Wasser und starrte auf das schlafende Mädchen herab, bis Bif ihn hinausschickte. Dann meldete Chuck Filips Unfall und sagte, Filips Kopfwunde müsse genäht werden. Bif fluchte halblaut.

»Ich kümmere mich schon darum«, sagte Bif. Er wußte, das Nähen machte er selber am besten, weil er es schon oft gemacht hatte. »Sag Filip, er soll sich irgendwo hinlegen – nicht hier –, bis ich mit Rasieren fertig bin.«

Chuck ließ Filip sich an Deck hinlegen, den Kopf im Schatten. Er hatte eine Platzwunde von fast neun Zentimetern. Captain Bif erschien mit einer halben Flasche Whisky, einer Flasche medizinischem Alkohol und seinem Kästchen mit Gaze, Pflaster, Nadel und Schere. Er gab Filip einen kräftigen Schluck Whisky, um ihm Mut zu machen, denn der Junge war den Tränen nahe; und als keiner hinsah, nahm er selber auch einen Schluck. Bif war ziemlich streng, was Alkohol an Bord anging; ein Glas Wein oder Bier, das ging an, aber keine harten Sachen, egal wie das Wetter war.

Dann erwachte das Mädchen, und in der Kombüse gab es ein großes Palaver, was man ihr wohl zu essen geben könnte.

»Suppe«, sagte Johnny, denn gestern mittag war eine Menge Suppe übriggeblieben, aber einer bemerkte, Johnny habe Fischstücke hineingeworfen, der Schwachkopf, und mit der Suppe könne man jetzt keinen Hund mehr füttern. »Wenn dir meine Küche nicht paßt –«, begann Johnny und hielt Chuck die geballte Faust entgegen, weil er ihn Schwachkopf genannt hatte. Das war stehender Witz oder Drohung an Bord: keiner wollte kochen auf der *Emma C.*, wer also das Essen kritisierte, lief Gefahr, auf der Stelle zum Koch ernannt zu werden.

Auch Chuck hatte die Fäuste geballt. »Ich meinte bloß – diese Fischsuppe, diese Dreckssuppe ist nicht das richtige für sie! Rühreier, das wär viel besser!« Seine rechte Faust schoß vor, wie von einer Feder losgelassen, und traf Johnny in die Magengrube.

Johnny ächzte, und eine Sekunde später krachte er eine Rechte auf Chucks Kinnlade. Chuck taumelte und stolperte – zum Glück, denn so fiel er auf Deck und nicht über die niedrige Reling ins Meer. Chuck schüttelte den Kopf und stand auf, schob Bif von sich und traf Johnny noch einmal mit einer Linken unter die Rippen, eine Rechte auf die Kinnlade folgte und schlug Johnny zu Boden. Beide Männer waren groß und gleich stark. Johnny stand nicht auf.

»Jetzt aber Schluß!« sagte Bif. »Das reicht, verstanden? Hier hab' *ich* das Sagen . . . Wir haben doch noch eingefrorene Steaks, was? Mach du ihr mal ein Steak, Chuck. Schaffst du das?«

Chuck stand hoch aufgerichtet, obgleich die Lippe blutete. »Mir geht's prima. Cap'n.« Er ging zur Kombüse und trat dabei über Johnny hinweg, als sei Johnny nichts als ein zusammengerolltes Tau.

Filip zuckte, als Bif auf dem ungeschickt rasierten Kopf den Verband mit Pflaster befestigte. Filip wußte, er war das letzte Würstchen auf der *Emma C.*, ein Junge, der nicht mal groß genug war, um irgend jemand zu imponieren. Aber Louey war auch nicht größer, nur schwerer, und Filip schwor Rache.

Captain Bif befahl Louey, den Kombüsenboden auf Händen und Knien mit Eimer und Scheuerlappen zu putzen, als Strafe für seinen Angriff auf Filip, und Louey machte sich an die Arbeit. Louey war neugierig auf das Mädchen. Hatte sie den nassen Badeanzug ausgezogen? Was konnte er bloß mal tun, um sie zu bedienen? Als Chuck dem Steakteller noch frisch gebratene Kartoffeln hinzufügte und ein Glas Milch auf das Tablett stellte, sagte Louey daher: »Ich würd' das gern zu ihr reinbringen, Chuck – Sir.«

Chuck lachte auf. »Das kann ich mir vorstellen, Junge! Ich mach das selber. Mach du mal hier deine Arbeit weiter.« Chuck tauchte ein Wischtuch in den Topf mit heißem Wasser auf dem Herd, fuhr sich damit über Lippen und Hände und nahm das Tablett auf. »Gangway!« sagte er, als er an Deck trat. Die Luke war zu, und er klopfte mit dem Fuß dagegen. »Hallo, Miss! Darf ich –« Mit einem Blick scheuchte er Johnny weg, der jetzt auf den Füßen stand, sich aber links die Kinnlade hielt, als ob sie schmerze. Johnny wollte die Lukentür zurückschieben.

»Ja – mm – was ist?« kam eine Stimme von drinnen. Auf ein Nicken von Johnny öffnete Chuck die Luke.

Chuck ging mit dem Tablett die Stufen hinunter.

Das Mädchen saß aufrecht und hatte das Laken bis fast zu den Schultern hochgezogen. Chuck sah sofort, daß sie den blauen Badeanzug ausgezogen hatte, er lag nämlich neben der Koje auf dem Fußboden.

»Entschuldigung, Ma'am. Kleinigkeit zu essen. Geht's Ihnen besser?«

Sie lächelte ihn an. »O ja, sicher. Ich glaube nicht, daß ich verletzt bin.«

Chuck sah sie an und dachte an den blassen Körper, glatt und makellos. »Ja – nicht mal ein Kratzer, soviel ich weiß. Geht das so?« Er wollte ihr das Tablett auf die Oberschenkel stellen, als ihm einfiel, daß ihr dann das Laken von den Schultern fallen würde, und er hatte eine großartige Idee. »Halten Sie das mal einen Moment.« Er stellte ihr das Tablett auf den Schoß, ließ sich auf die Knie nieder und zog eine Schublade aus der Seite der Koje. Darin hatte er mindestens noch ein sauberes Hemd, außer Wollsocken und verschiedenen Unterhosen und T-Shirts. Jetzt fand er das rot und weiß karierte Flanellhemd, das er suchte. »Hier – das ist warm. Das brauchen Sie – Wärme.«

Das Mädchen streckte einen Arm aus, Chuck reichte ihr das Hemd und drehte sich sofort um. Dadurch erblickte er Johnny und ebenso Bif, die durch die offene Luke herunterschauten. »Was steht ihr da oben und glotzt!« rief Chuck laut und stellte sich an den Fuß der Treppe, wodurch ihnen die Sicht genommen wurde. Zwischen Bif und Johnny versuchte nun auch noch Louey, einen Blick nach unten zu erhaschen.

»Dachte, sie braucht vielleicht noch was«, sagte Johnny. »Ketchup?«

Chuck war zu verärgert, um zu antworten, und drehte ihnen den Rücken zu.

Das Mädchen knöpfte sein großes Hemd über der Brust zu, und dann griff sie zu Messer und Gabel. Sie schob sich ein Stück Fleisch in den Mund, lächelte Chuck zu und kaute mit Appetit.

»Salz, Miss? Ist es gut so?« Chuck hatte das Steak gesalzen.

»Prima. Gut, wirklich.«

Chuck blickte nach oben und sah, wie eine einzelne Gestalt, Louey, weghuschte. Chuck streckte den Arm aus und schob die Luke fest zu. »Würden Sie mir Ihren Namen sagen?«

»Natalie.«

Natalie. Der Name ließ Chuck an Dinge denken, die aus dem Meer kamen, Perlen und hübsche Korallen, rosa und rot. Er merkte, daß er nicht danach fragen wollte, wo sie wohnte. Wäre es nicht fabelhaft, wenn sie für immer hier in seiner Koje bleiben könnte, ihm zulächeln würde, und er könnte sie bedienen und ihr jeden Wunsch von den Augen ablesen? »Jetzt kriegen Sie schon wieder 'n bißchen Farbe, Miss.«

Sie nickte und nahm einen Schluck Milch.

»Würde es Sie wohl stören, Natalie, wenn ich mich hier rasiere? Das ist hier der einzige Spiegel an Bord – und ich hab's wirklich nötig.«

Sie sagte, es würde sie nicht stören, und Chuck öffnete die Luke und schrie: »Koch!«

Filip, mit verbundenem Kopf, erschien als erster.

»Topf heißes Wasser zum Rasieren, Filip. Schaffst du das?«

Filip blickte an Chuck vorbei auf das Mädchen. »Klar. Kommt sofort.« Er verschwand.

Chuck holte sein Rasiermesser aus der Schublade und schärfte es an dem Lederriemen, der neben dem Spiegel hing. Er hörte einen Aufschrei vom Deck, eine zornig schnauzende Stimme, und Bifs lauten Warnungsruf.

»Gottes *willen!*« sagte Bif.

»*Der* hat mir nichts zu befehlen, der Scheißkerl!«

Chuck stieg ein paar Stufen hinauf, öffnete die Luke und blickte hinaus. Louey lag auf dem Backborddeck vor der Küche. Bif fühlte ihm den Puls, und Filip stand mit gespreizten Beinen dabei, einen Belegnagel in der rechten Hand.

Louey war tot. Das erkannte Chuck an der Art, wie Bif sich aufrichtete, aus der Art, wie er sich das Kinn rieb. Ruhig schloß Chuck die Luke. Louey mußte Filip gebeten haben, ihn das heiße Wasser tragen zu lassen. Irgend so was, und Filip hatte Louey die Quittung erteilt für die Platzwunde am Kopf. Jetzt kam also ein Seemannsbegräbnis. Oder nicht –?

Das Mädchen hatte die Augen wieder geschlossen. Sie hatte lange goldene Wimpern. War sie wohl zwanzig? Oder noch jünger? Ihre feingliedrigen Hände und schmalen Handgelenke ruhten außerhalb der Decken, neben dem Tablett. Sie hatte das Steak fast aufgegessen.

Eine Minute später brachte Filip mit zitternden Händen einen Topf mit dampfendem Wasser. Chuck nahm es ihm durch die Luke ab und fragte nichts, stellte den Topf auf eine Treppenstufe und schloß die Luke sofort.

Am Ruder der *Emma C.* hatte Sam Wicker ein Gedicht verfaßt. Drei Versuche hatte er gemacht auf dem liniierten Zettelpapier, das auf dem Regal vor dem Steuerrad lag, und er hatte einige Zeit dazu gebraucht.

Ich hielt Ausschau nach springenden Fischen
Und aufgerührten Wassern, die Aktion verheißen,
Das Senken der Netze,
Wirbel von Winschen und zappelnden Tod.
Doch dann schwamm friedlich auf
Des Meeres blauem Angesicht
Ein lieblicherer Fang.
Wir zogen ihn sacht an Deck
Gleich wie Korallen, die zerbrechen könnten.
In scheuem Schweigen blickten wir dich an,
Ein Mädchen, schön, jung und vollkommen,
Geboren aus der See!
Müssen wir, muß ich noch weiter Ausschau halten?
Wir haben unsern Fang, und wie sie schläft,
Umfängt uns paradiesisch Frieden.

Sam hatte eben die letzte Zeile abgeschrieben, als Loueys Todesschrei die Luft zerriß. Sam hatte gerade selber am Ruder einen Schrei der Erleichterung ausstoßen wollen; jetzt beobachtete er in starrem Staunen die Szene am Backborddeck. Louey wurde mit einer Segeltuchplane zugedeckt. Hatte Filip das getan? Sam wußte das mit Filips eingeschlagenem Kopf. »Johnny!« rief Sam, und als Johnny mit gerunzelter Stirn heranstapfte, machte Sam eine Kopfbewegung zum Ruder hin und sagte: »Übernimm mal, ja? Ich bin schon sehr lange hier.«

Langsam und wortlos trat Johnny ins Ruderhaus.

Sachte schob sich die *Emma C.* nordostwärts, im Kriechtempo. Normalerweise hätte Captain Bif angeordnet, wer am Ruder zu stehen habe, oder er hätte das Ruder selbst übernommen, aber der Tag heute war ganz anders.

Sam sagte nichts und beobachtete. Chuck, mit geschwollener Lippe und Kinnlade, aber frisch rasiert, stand an Deck und unterhielt sich sehr ernst mit Bif. Filip stand nahe dabei, an die Aufbauten gelehnt, sein Kopfverband glänzte weiß in der Sonne. Filip kam aus der Gosse, dachte Sam. Wie Louey. Louey war etwas besser gewesen, er hatte eine Familie in Truro, aber Filip war eher ein Straßenbengel. Komisch, sich vorzustellen, daß Filip wegen Mordes oder Totschlags vor Gericht kam; darüber sprachen Captain Bif und Chuck gerade.

»Unfall . . .«, sagte Bif jetzt. »Ausgerutscht und den Kopf angeschlagen, hörst du? *War* ja auch die Todesursache, Gehirnerschütterung – der Schlag mit dem Belegnagel . . .« Dann erblickte Bif Sam und winkte ihn zu sich.

Sie gingen in die Kombüse, Bif öffnete ein Schubfach und nahm eine volle Flasche Whisky heraus. Alle tranken, unverdünnt. Sam zog eine Grimasse, aber er leerte sein Glas.

»Du sagst nichts, verstanden, Sam?« sagte Bif. »Nur wenn du gefragt wirst. Und dann sagst du, Louey ist über ein Tau gestolpert, hingefallen und mit dem Kopf aufgeschlagen.«

»Drehen wir heute abend noch ab, nach Wellfleet?« fragte Sam.

»Heute abend? – Heute abend«, wiederholte Bif träumerisch und schenkte sich stirnrunzelnd einen weiteren Drink ein.

Sam fühlte nach seinem Gedicht, das er gefaltet und in die hintere Tasche seiner Arbeitshose gesteckt hatte. »Ist das Mädchen wieder in Ordnung?« fragte er beide, Chuck und Bif.

Chuck sah ihn herausfordernd an. »Na klar, der geht's prima. Warum auch nicht?«

Es war jetzt nach drei, und das Mittagessen hatten sie alle vergessen. Sam schüttelte den Kopf, als ihm ein zweiter Drink angeboten wurde, und ging hinaus an Deck. Er zog das Gedicht heraus, blickte auf das offene Blatt und ging dann nach vorn zum Logis. Er klopfte so leise an die Luke, daß das Mädchen davon kaum erwacht wäre, wenn sie geschlafen hätte.

»Ja? Herein«, sagte die Stimme des Mädchens.

Sam war plötzlich erleichtert, er lächelte und schob die Luke auf. Ein Sonnenstrahl lag gerade über dem Kopf des Mädchens und erhellte das blonde Haar wie einen Heiligenschein. Ihre Lippen und Wangen waren jetzt von natürlichem rosigem Ton.

»Ich wollte fragen, wie es Ihnen geht, und ob ich irgendwas für Sie tun kann.«

»Danke schön, es geht mir viel besser. Ich bin – «

»Was hast *du* denn hier zu suchen?« Chuck packte Sam von hinten am Arm.

»Was soll – laß mich *los,* Chuck!«

»Raus mit dir, Sammy boy.« Chuck schob sich an Sam vorbei und kam ein paar Stufen herunter.

»*Ich* hab' das Mädchen gefunden!« sagte Sam. »Ich hab' ein Gedicht, das will ich ihr geben.«

»'n Gedicht!« Chuck lächelte und winkte Sam zurück.

In Sams Augen sah Chuck glatt wahnsinnig aus. Um sich zu verteidigen, machte Sam aus der rechten Hand eine Faust. »Also, Chuck, ich weiß gar nicht –– «

Chuck sprang an Deck, und ein Schlag links in Sams Rippen ließ ihn verstummen. Sam schlug die Fraust gegen Chucks Brust, was den größeren Mann kaum erschütterte. Dann versetzte Chuck ihm einen Tritt, und Sam fiel auf das Deck.

Das Mädchen sagte etwas in protestierendem Ton. Chuck unterbrach sie mit: »Ich will nicht, daß diese Affen hier reinkommen!«

Etwas atemlos und wuterfüllt kam Sam auf die Füße. Affen – ? Was hatte Chuck im Sinn? »Wenn du hier was vorhast – mit diesem *Mädchen* – «

Chuck schob ihm die Luke vor der Nase zu.

Zitternd faltete Sam sein Gedicht zusammen und steckte es wieder in die Tasche. Er ging zu Captain Bif, der in der Kombüse am Tisch saß und weitertrank, und sagte mit so heiserer Stimme, daß sie gar nicht wie seine eigene klang: »Chuck ist im Logis unten, der hat was vor, glaube ich, Sir. Vielleicht sehen Sie besser mal nach.«

»Waas?« sagte Bif ungläubig, stand aber nicht auf.

»Ich kann da nichts machen. Er ist *über* mir.« Sam meinte, Chuck sei der Ranghöhere, kam gleich unter Bif.

Captain Bif kam heraus, ging an Loueys zugedeckter Leiche vorbei, und Sam stand, die Füße in den Turnschuhen gespannt, an Deck und sah zu. Bif klopfte und rief etwas. Das Logis war ungefähr vier Meter entfernt von Sam.

Chuck öffnete die Luke etwas, und Bif sagte: »Alles in Ordnung, Chuck?« und Chuck erwiderte etwas mit den Worten ». . . beschütze das Mädchen. . . «

Sams Zorn stieg. Sagte Chuck die Wahrheit? Chuck war ein rüder Knabe, fast dreißig, in einer Augenbraue hatte er eine Narbe, und auf dem rechten Unterarm war eine nackte Frau tätowiert. Konnte Chuck vielleicht ein Gedicht machen? Erbittert spuckte Sam über die Reling und blickte wieder zum Logis hinüber. Bif mußte Chuck einen Befehl gegeben haben, denn Chuck kletterte die Treppe hinauf und kam an Deck. Sam ging, ohne ihn anzusehen, an Chuck vorüber zum Vorschiff, zog seinen

Kugelschreiber heraus und schrieb in kleiner Schrift über das Gedicht:

Ich bin der, der Sie im Wasser gesehen
hat. Ich habe dies für Sie geschrieben.
Alles Liebe *Sam*

Einen Augenblick brannten seine Augen vor bitteren Tränen. Sam blickte sich um und sah niemand außer Bif, der am Ruder stand. Das Logis war nahe. Sam klopfte eilig an die Luke und sagte: »'zeihung, Miss, darf ich Ihnen etwas geben?« Er hörte eine leise Antwort, die er nicht verstand, aber es war keine Zeit zu verlieren, deshalb öffnete er die Luke, rutschte fast die Stufen hinunter und hielt dem Mädchen in der unteren Steuerbordkoje das zusammengefaltete Papier entgegen. »Bitte nehmen Sie!« Er schob es ihr in die Hand. Als er die Stufen wieder hinaufklomm, sah er Chuck vom Backborddeck kommen.

»Sieh mal einer an! – Stielauge!« sagte Chuck und machte einen Satz auf die Luke zu, als wollte er nachsehen, ob Sam das Mädchen umgebracht oder ihr sonstwas angetan hatte.

Sam wartete angespannt, um zu sehen, ob der Schweinehund Chuck das Gedicht von dem Mädchen verlangen würde.

»Es ist doch bloß ein Stück Papier!« hörte er sie sagen, »Ich will das lesen.«

Sam atmete tief auf und lächelte so befriedigt, als habe er Chuck an Deck zu Boden geschlagen. Langsam ging er an Backbord. Er war glücklich. Da hinten war Johnny, er spülte Wasser in Eimern über die Seitenwand. Johnny war offenbar dabei, die Toiletten, soweit man davon reden konnte, etwas aufzumöbeln. Sam wollte lachen, aber er grinste nur durch nervös zusammengepreßte Zähne. Ob dem Mädchen sein Gedicht gefiel? Worauf nahmen sie jetzt Kurs, und warum? Captain Bif am Ruder kaute immer noch auf seiner alten nichtangezündeten Zigarre. Sam wußte, der Captain hatte eine Frau in Wellfleet.

Woran dachte Captain Bif jetzt? Bif hatte zu Sam gesagt, er habe wegen des Mädchens einen Funkspruch nach P'town aufgegeben. Das Mädchen würde ihnen gewiß ihren Namen nennen und wo sie wohnte. Hatte sie das Chuck vielleicht schon gesagt?

Sam war plötzlich hungrig und trat in die Kombüse, über Filips Rücken hinweg. Filip war dabei, langsam den Fußboden zu scheuern. Sam schnitt sich einen Kanten aus dem orangefarbenen Käse ab, den sie Rattenkäse nannten, und blieb kauend stehen. Der alte Linoleumboden der Kombüse hatte noch nie so sauber ausgesehen. Blut war durchgesickert in Filips weißem Verband, und während Sam ihn betrachtete, sackte Filip ohnmächtig zusammen und ließ die Scheuerbürste fallen. Sam streckte ihn aus und legte ihm ein Handtuch, das er mit kaltem Wasser befeuchtet hatte, auf die Stirn. Filips Gesicht war bleich.

»Du kommst schon in Ordnung«, sagte Sam. »Du hast genug getan. Der Fußboden sieht fabelhaft aus.«

Im Logis hatte Chuck sich sagen lassen, daß das Mädchen mit Nachnamen Anderson hieß und daß sie in Cambridge wohnte. Ihr Vater war Professor für Geschichte. Sie hatte mit Freunden eine Zeltfahrt unternommen, und an dem Morgen gegen neun Uhr war sie schwimmen gegangen mit der Absicht, zu einem bestimmten kleinen Kap oder Vorsprung zu schwimmen (Chuck glaubte zu wissen, was sie meinte), aber sie war absichtlich weiter hinaus ins Meer geschwommen, irgendwo anders hin, und dann war sie sehr müde geworden.

»Ich hatte einen Streit – mit jemand. Und dann so was wie eine Wette mit jemand anderem – mit einem Mädchen.«

Chuck glaubte sie zu verstehen. Vielleicht hatten sie sich wegen eines Jungen gestritten, irgendeines nutzlosen Bengels. Die Möglichkeit gefiel Chuck nicht, und er hatte auch keine Lust, nach Einzelheiten zu fragen. Er wollte nicht daran denken, daß sie sich zu jemandem hingezogen fühlte. »Sie sind viel zu -- «, er zögerte lange,

» – wertvoll, um Ihr Leben auf so dumme Art aufs Spiel zu setzen.«

Das Mädchen lachte leicht, amüsiert. »Kann ich aufstehen? Ich fühl' mich jetzt viel besser.«

»Sie können alles, was Sie möchten – Natalie.« Chuck erhob sich von dem Platz, auf dem er gesessen hatte, auf der unteren Koje gegenüber, und zog noch einmal seine Kleiderschublade heraus. Drillichhosen – ein Paar war da, einigermaßen sauber. »Darf ich Ihnen die anbieten, Ma'am? Ich werde draußen warten, wenn Sie sie anziehen.« Chuck ging nach oben an Deck.

In diesem Augenblick kam ein lauter Ruf von Captain Bif – sein übliches ›Heeh!‹, das alles heißen konnte. Chuck antwortete nicht, es gab ja noch andere Männer an Bord.

Sam verließ Filip und ging auf den Ruf hin zum Captain. Der Captain wollte Chuck sprechen. Sam fand Chuck an Deck nahe dem Logis und bestellte es ihm.

»Sag Bif, er kann ja zu mir kommen«, sagte Chuck.

Sam gab diese Meldung weiter an Bif.

Mit ärgerlichem Blick winkte Bif ihm, das Ruder zu übernehmen, was Sam tat.

»Hast du ihren Namen rausgefunden?« fragte Bif Chuck.

»Yessir. Natalie Anderson.«

»Und wo wohnt sie?«

»Cambridge.«

»Hm. Dann will ich mal gleich die Küstenwache anrufen und ihnen das sagen.«

»Ihr ist das egal, Bif. Ich meine – es eilt ihr nicht.«

»So? Hast du sie gefragt?«

Chuck hatte sie nicht gefragt. Er sagte nichts.

Bif ging zum Ruderhaus hinüber. Sam war am Ruder. Bif wollte das Funksprechgerät benutzen und stellte fest, daß es tot war. »Was'n hier los, Sam?«

»Sir?«

»Funkgerät tut's nicht.« Bif besah sich die Rückseite des Apparates. Die Antenne war da. Aber Bif wußte, irgend jemand hatte ein wichtiges Teil entfernt und hatte es vielleicht jetzt in der Tasche oder hatte es über Bord geworfen. »Weißt du, wer das hier angefaßt hat?«

»Nein, Sir«, sagte Sam, der sofort Johnny im Verdacht hatte.

»Sauerei«, murmelte Bif und ging hinaus, zum Logis hinüber.

Chuck sah ihn und sagte: »Sie zieht sich gerade was an, Bif.«

Bif grunzte. »Na, dann frag sie, ob sie noch nicht fertig ist.«

Chuck klopfte. »Sind Sie fertig mit Anziehen, Ma'am?« rief er vor der geschlossenen Luke.

»Ja, Sie können reinkommen.«

Das Mädchen stand barfuß da in Chucks weiten Hosen, die sie am Saum aufgerollt hatte. An der Taille hielt sie sie mit einer Hand hoch.

»Ich hab auch'n Gürtel, irgendwo«, sagte Chuck und fing wieder an, in der Schublade zu wühlen. »Hier – versuchen Sie's mal damit.« Er reichte ihr einen braunen Ledergürtel. »Vielleicht müssen Sie's zubinden.«

»Funkgerät tut's nicht«, sagte Bif zu Chuck, der nur wenig überrascht und nicht sehr interessiert aussah. »Wir haben zur Küste rübergefunkt, daß wir ein Mädchen aufgefischt haben, Miss – aber nicht Ihren Namen. Wird Ihre Familie sich nicht Sorgen machen?«

Das Mädchen lächelte ihr weiches Lächeln, das die blauen Augen erhellte. »Meine Familie? Die denken, ich bin auf 'ner Zeltfahrt. Wenn Sie doch gesagt haben, Sie hätten ein Mädchen aufgefischt – warum sich dann Sorgen machen?«

Bif nickte und dachte, es würde nicht mehr lange dauern, bis die Küstenwache ein Boot auf der Suche nach der *Emma C.* ausschickte, und sie lagen immer noch auf Gegenkurs zur Küste.

Chuck sah fasziniert dem Mädchen zu, wie sie den langen Gürtel durch die Ösen seiner Hose zog und ihn dann lose zusammenband, so daß beide Enden an einer Seite herunterhingen. Er hoffte, sie werde durchhalten, beschließen, daß sie nie wieder an Land gehen wolle, daß sie bei ihnen bleiben werde – mindestens eine Woche, vielleicht sogar länger. Chuck sah im Geist, wie die *Emma C.* in irgendeinem Hafen festmachte, um Frischwasser und Lebensmittel an Bord zu nehmen, während Natalie unten im Logis außer Sicht blieb.

»Ich hab's nicht eilig, zurückzukommen«, sagte das Mädchen endlich.

Chuck strahlte vor Genugtuung. Genau was er zu Bif gesagt hatte!

»Ich würde sehr gern noch den Rest des Schiffes sehen«, sagte sie.

Etwas verwirrt nickte Bif. »Schön – Natalie.«

»Socken!« Noch mal die Schublade. Chuck holte ein Paar dicke weiße Socken mit roten Streifen am Rand hervor.

Das Mädchen zog sie schnell an. »Wunderbar!«

Sie gingen alle hinauf an Deck. Das Mädchen hob das Gesicht der Sonne entgegen und lächelte, blickte hinauf zu einer segelnden Möwe, zum Horizont. Johnny starrte mit halbgeöffneten Lippen, als sie näherkam.

Sam sah sie und faßte überrascht das Ruder fester. Jetzt schritt sie auf das Vorschiff zu. Sam starrte sie an und dachte, ob sie wohl sein Gedicht in einer Tasche dieser Hose hatte, und was für eine großartige Galionsfigur für die *Emma C.* sie abgeben würde, genau wie sie jetzt aussah, vorgebeugt, so daß der Wind ihr das blonde Haar nach hinten strich! Bloß daß sie ein besseres Schiff verdient hatte. Wo hatte Bif nur seine Gedanken gehabt, während er am Ruder stand. Sie waren jetzt weit im Norden, ließen die Bucht von Massachusetts zurück und kamen in den Atlantik, nach Osten. Sie würden die ganze Nacht brauchen, um nach Wellfleet zurückzukommen, selbst wenn sie jetzt abdrehten.

Das Mädchen wandte sich um und lehnte sich gegen das Vorschiff. Sie blickte Sam genau an, und sein Herz tat einen Sprung. Sam hob die rechte Hand zu einer Geste zwischen Winken und Salut, und plötzlich lachte er zurück.

Johnny kam zum Ruderhaus, und Sam trat weg vom Ruder, bevor Johnny etwas sagen konnte, also mußte Johnny es übernehmen.

Sam ging zu dem Mädchen hinüber. Die Sonne war im Untergehen.

»Fühlen Sie sich jetzt besser?« fragte Sam.

Sie nickte. »O ja, doch.«

Sam hielt etwas Abstand von ihr, teils aus Höflichkeit, teils um die ganze Gestalt besser sehen zu können. »Haben Sie – ich bin – «

»Was?«

»Ich bin der, der das blöde Gedicht geschrieben hat. Haben Sie's gelesen?«

»Ich find's gar nicht blöd.«

Sam seufzte, innerlich brennend.

»Können Sie mich um das Schiff rumführen?«

»Aber gern.«

Sie begannen, auf dem Steuerborddeck nach achtern zu gehen. Sofort fuhr Sam ein starker Fischgeruch aus dem Laderaum in die Nase. Er dachte an die Makrelen, die jetzt unter ihren Füßen auf Salz und Eis lagen. Den Fang mußten sie vielleicht über Bord schmeißen. Und warum hatte keiner daran gedacht, Louey in den Laderaum zu legen?

»Das ist die Kombüse«, sagte Sam mit einer Handbewegung. »Ist nicht immer so sauber wie heute, muß ich gestehen. Ich glaube, das ist Ihnen zu Ehren.« Er sah Filip noch immer auf dem glänzenden abgetragenen Linoleum liegen.

»Da schläft wohl einer?« fragte sie.

»Ja-a, Ma-am«, sagte Sam, der hinter sich Schritte hörte.

Es war Chuck, der hinter ihm war. Sein Grinsen war nichts als entblößte Zähne. »Na, Sam?«

»Na, Chuck?« Sam blieb kühl. »Hast du Lust mitzukommen auf unserem Rundgang?«

Chuck folgte ihnen wie ein schwerer häßlicher Schatten. Sams Blick suchte Trost bei dem Mädchen, oder Beistand, aber sie sah geradeaus, den Blick ein wenig erhoben, als spüre sie nichts von Chucks Verhalten. Ihre Füße in den dicken Socken gaben auf dem Deck keinen Laut, und Sam glaubte fast, sie existiere gar nicht, nur wenn er sie ansah, brachte schon ihr Augenwinkel ihn unsanft in die Wirklichkeit zurück. Sam hörte, wie Bif eine Anweisung für Johnny zum Wenden gab. Die Backbord- und Steuerbordlichter waren jetzt an. Filips Blut war noch auf dem Deck, aber das Mädchen blickte nicht hinunter.

Dann blieb sie auf dem Backborddeck plötzlich stehen. Sie hatte Loueys segeltuchverpackte Gestalt gesehen. Die Seilschlaufe war kleiner an den Fußgelenken: es war unmißverständlich eine menschliche Gestalt. »Das da – ?« sagte sie und blickte mit großen blauen Augen erst Sam und dann Chuck an.

Chuck räusperte sich und sagte: »Säcke. Extra Jutesäcke für Fisch. Muß trockengehalten werden.«

Sam ging langsam mit dem Mädchen weiter und wünschte, ihm wäre das eingefallen.

Jetzt waren sie an der Luke zum Logis angekommen, und Chuck blieb stehen, aber das Mädchen wollte nicht hineingehen. Sie sagte, sie fühle sich jetzt sehr wohl und wolle draußen an der Luft bleiben. Captain Bif sprach mit Sam und auch mit Filip, der jetzt auf einer Bank in der Kombüse saß: sie sollten das Abendessen machen, ein gutes Essen, denn sie hatten alle mehr oder weniger das Mittagessen versäumt. Der Captain holte Rotwein hervor, einheimischen von den Portugiesen am Ort, nicht besonders gut, aber er zog einem auch nicht so den Mund zusammen.

Sam schlüpfte aus der Steuerbordtür der Kombüse und ging nach vorn ins Logis. Aus der Schublade, die er mit Johnny teilte, zog er eine orangefarbene, wasserdichte Jacke mit molligwarmem Futter hervor, schoß wieder die Stufen hinauf und schloß die Luke. Er überreichte dem Mädchen die Jacke. »Wird jetzt kühler«, sagte er.

Sie zog sie an. »Vielen Dank, Sam! Genau was ich brauchte!«

Sam lächelte und kehrte ohne einen Blick auf die anderen an den Herd zurück. Es wurde nun dunkel. Das dunstig-weiße Topplicht der *Emma C.* auf dem Mast legte einen wunderschönen Schimmer über das Schiff, fast so schön wie Mondlicht. Und der Mond würde auch aufgehen, das wußte Sam – fast Vollmond. Einer, vermutlich Johnny, hatte im Transistor Gitarrenmusik angeschaltet. Gewöhnlich ließ Bif Transistoren nicht zu, außer für Nachrichten, aber heute abend war Bif gut gelaunt. Sam hörte Gelächter und manchmal die weiche Stimme des Mädchens, wenn die anderen schwiegen, wenn sie sprach.

»Hee – der Fang fängt an zu stinken!« schrie Chuck, und die anderen lachten, auch Natalie.

Sam hörte dann, wie die Planken über dem Laderaum zur Seite geworfen wurden. Makrelen und auch ein paar Sardinen schossen über die Reling und übers Heck.

»'n Jammer, daß die Möwen schon schlafen!« sagte einer.

Sam stellte den gefrorenen Broccoli auf den Herd und trank einen Schluck von seinem Rotwein. Er konnte den Captain lachen hören – was selten vorkam, dachte Sam, wenn ein halber Raum an Fisch über Bord ging. Als Sam alle zum Essen rief, stand der Mond am Himmel, und mit einem schnellen Blick sah er, wie das Mädchen sich anmutig an die Aufbauten lehnte, das Stielglas – das einzige Stielglas an Bord – mit Wein in der Hand, und es schien Sam, als blicke sie ihm sekundenlang direkt ins Gesicht.

Johnny hatte das Ruder festgemacht; ein anderes Schiff war nicht in Sicht, und die Lichter am Kap waren irgendwo weit voraus und noch unsichtbar. Vier saßen am Tisch, einschließlich Natalie, der man ein Kissen für die harte Bank und ein weiteres Kissen als Rückenlehne gegeben hatte. Sam war glücklich, daß er stehen und servieren konnte, und auch Captain Bif, munter wie nie zuvor, blieb auf den Füßen und spähte von Zeit zu Zeit nach draußen, um festzustellen, ob vielleicht ein anderes Schiff in der Nähe war.

»Natalie ... Natalie ...«, aber ihren Nachnamen wollte keiner wissen. Niemand fragte, wo sie wohnte. Sie stellten nur Fragen wie: »Was ist Ihre Lieblingsfarbe? ... Welche Schuhgröße haben Sie?« Ob einer von diesen Idioten etwa Schuhe für sie kaufen wollte, dachte Sam. Aber er merkte sich immerhin ihre Größe; sieben, manchmal siebeneinhalb. Niemand fragte nach ihrer Adresse. Es gab viel herzliches Lachen, über gar nichts. Sie aßen Lammkoteletts, das Beste, was die Kühltruhe heute abend zu bieten hatte. Natalie fand das Essen köstlich. Sam hatte ein Glas Minzgelee entdeckt, das zu den Lammkoteletts paßte. Und dann Eiscreme. Und mehr Wein.

Johnny war leicht angetrunken, er sang ›Moon River‹ und wandte sich dabei an Natalie, aber auf drollige Weise auch an Chuck, den Mann, mit dem er sich am gleichen Tag geprügelt hatte.

»Wohin du auch gehst – Ich geh' immer mit di-hir. . . «

Chuck lächelte geringschätzig und sagte, er solle die Schnauze halten.

Nach dem Essen gingen sie an Deck, wo der Mond schien, und das Auskippen der Fische ging weiter. Das Mädchen lehnte eine von Johnny angebotene Zigarette ab. Sie und zwei oder drei der Männer standen auf dem Steuerborddeck, wo der Mond am hellsten schien. Würde er je ihr Gesicht vergessen, dachte Sam, wie sie da stand, an die Aufbauten gelehnt, die Hände hinter sich, in seiner orangefarbenen Jacke? Die geschwungene Wange, blaß wie der runde Mond? Sam wünschte, ihm möge noch ein Gedicht einfallen, fix und fertig, so daß er es niederschreiben und ihr geben konnte, jetzt.

Noch mehr Gelächter, als Johnny in den stinkenden Laderaum fiel. Johnny verkündete, der Raum sei leer, und Chuck und Bif zogen ihn heraus. Sam ging in die Kombüse, um Filip beim Abräumen zu helfen. Sie begannen mit dem Geschirrspülen.

Oben an Deck gähnte das Mädchen wie ein Kind, und als sie das sahen, erklärten ihr sowohl Captain Bif wie Chuck, sie sei müde, sie habe einen langen harten Tag hinter sich.

»Sie schlafen allein im Logis«, sagte Chuck. »Und ich werd' Wache halten.« Chuck schwankte ein wenig auf den Füßen, vom Alkohol und vor Müdigkeit. Er hatte sich an der geschwollenen Lippe gestoßen, die Haut war aufgerissen, die Stelle blutete leicht.

»Und ich geb' ihr'n Gutenachtkuß«, sagte Johnny und trat etwas näher. Die versuchte Verbeugung war mehr ein Torkeln.

Natalie lachte und wandte sich etwas ab von Johnny, und im gleichen Moment holte Chuck mit der Faust aus und traf Johnny voll in die Brust. Johnny schoß rückwärts über die Reling ins Meer, Chucks Füße rutschten nach vorn, und er landete auf dem Hintern an Deck.

»Na, was denn nu noch!« schimpfte Bif. »Wo in Gottes Namen ist ein Tau?«

Natalie sah zuerst ein Tau, das Ende, das von Loueys zusammengebundenen Füßen herunterhing. Sie hob es auf, und Bif schleuderte es über die Reling.

»Mann über Bord!« schrie Bif. »Wenden!«

Sam hörte das und stürzte zum Ruder. Nach etwa einer Minute hatte Johnny das Tau gefaßt, und sie hievten ihn herauf. Er keuchte und spuckte über die Reling, dann lag er an Deck und murmelte immer noch was von einem Gutenachtkuß für Natalie. Loueys Schuhe waren sichtbar geworden, und das Mädchen sah nun ganz einwandfrei, was das Segeltuch enthielt. Chuck nahm sie fest bei der Hand und führte sie zum Logis. Das Licht brannte. Chuck nahm eine Decke von einer anderen Koje, legte sie auf die Decke, die sie schon hatte, und wickelte ihre Füße fest ein.

»Sie sind hier so sicher wie – wie 'ne Made im Speck«, beteuerte er ihr. Er nahm noch zwei Decken von den anderen Kojen und ging damit an Deck, wo er verkündete, im Logis schlafe diese Nacht keiner außer Natalie.

Bif lachte, als amüsiere es ihn, daß Chuck einen solchen Befehl gab.

Aber niemand erhob Einwände. Filip wollte einen Pullover, also ging Chuck mit einer Taschenlampe, so leise wie möglich, ins Logis, holte Pullover und Jacken und Ölmäntel zum Warmhalten heraus und warf alles an Deck. Dann setzte er sich an Deck, mit dem Rücken gegen die Logiswand. Filip rollte sich auf dem Kombüsenboden zusammen und Bif vor den Aufbauten, wo der Wind nicht hinkam. Sam sollte etwa eine Stunde am Ruder stehen und danach Bif wecken. Sam machte das Ruder fest, lehnte sich müde gegen die Rückwand des Ruderhauses und rauchte eine seltene Zigarette. Er träumte.

War es wirklich ein Traum? dachte Sam. Sein Kopf summte noch vom Wein. Wenn ja, dann träumten sie ihn alle. Oder war nur er der Träumer, der von ihnen allen träumte?

Der Captain erbot sich gegen vier Uhr, ihn abzulösen, und Sam wickelte sich in eine Decke und ließ sich mit dem Gesicht zu den Aufbauten zu Boden fallen. Chuck schlief mit dem Kopf zwischen den Knien, entschlossen, neben dem Logis sitzen zu bleiben.

Etwa um halb sieben machte Sam Kaffee. An Backbord war im Dunst das Kap zu sehen, aber Wellfleet war noch ein paar Stunden weit weg. Die *Emma C.* lief immer noch nicht auf vollen Touren. Niemand sagte ein Wort vom Herunterlassen der Netze, vom Versuch eines zweiten Fangs. Sie mußten das Mädchen hergeben, mußten sie abliefern, in kurzer Zeit. Johnny trank schwarzen Kaffee, schluckweise, und wollte nichts essen. Er warf trübe Blicke zur Küste hinüber. Sam kam es so vor, als ob heute morgen jeder traurige Augen habe. Chuck hatte sich schließlich lang ausgestreckt, mit dem Rücken gegen das Logis unter der Luke, und als die anderen aufwachten, erwachte auch Chuck.

Sam wollte zu Bif gehen und sagen: Laß uns doch Lebensmittel und Sprit einnehmen und dann wieder losmachen! Aber so eine Anweisung konnte er nicht geben.

Statt dessen füllte er zwei Becher mit Kaffee und brachte sie auf einem Tablett zu Chuck. »Einer für Natalie«, sagte Sam.

Chuck erhob sich, faltete seine Decke zusammen und stärkte sich mit einem großen Schluck Kaffee. Dann klopfte er am Logis an.

Sam zögerte, er versuchte, nicht ins Logis hineinzusehen, aber er lauschte auf die Stimme des Mädchens. Sie sagte: »Guten Morgen, Chuck. Wo sind wir jetzt?« Sam ging weiter auf die Kombüse zu.

Ein paar Minuten später glitt eine Barkasse der Küstenwache auf Rufnähe heran. »*Emma C.!* Was ist mit eurem Funkgerät los?«

»Kaputt!« erwiderte Johnny, bevor jemand anderes antworten konnte.

»Habt ihr das Anderson-Mädchen?«

Diesmal antwortete Bif. »Ja. Wußten ihren Namen nicht, als wir funkten.«

Der mit dem Megaphon sagte: »Kurs auf Wellfleet?«

»Ja!« erwiderte Bif. »Alles in Ordnung.«

Die *Emma C.* pflügte sich weiter voran. Gegen zehn umfuhren sie die sandige Zunge, die den Hafen von Wellfleet schützte, und die Kais kamen in Sicht. Das Mädchen stand an Deck, in Chucks Hosen, Hemd und Socken, und am Dock standen fünf oder sechs Männer, starrten herüber, grinsten und gaben Kommentare ab.

». . . schwamm im Wasser, und wir haben sie rausgeholt!« war Bifs kurze Antwort auf eine Frage.

»Das da – das Anderson-Mädchen? – Warum habt ihr das nicht durchgegeben?«

Bif antwortete nicht. Er hatte vor, die Fragen zu ignorieren oder ihnen auszuweichen. Das Mädchen war doch in Sicherheit, oder? Unverletzt.

Sam hatte einen Gebrauchtwagen an Land, ebenso Chuck, der nicht in Wellfleet wohnte. Sam wollte gerade Natalie fragen, ob er sie irgendwo hinbringen könne, selbst nach Cambridge, als er die Männer am Kai sagen hörte: ». . . Polizei . . . Küstenwache. . . « und einer zu der

Telefonzelle am Kai hinüberlief, sicher in der Absicht, eine der beiden Einheiten anzurufen.

»Hast du denn dein Funkgerät nicht angehabt, Bif, du alter – «

Bif antwortete nicht; aber am Kai sprach er mit einem Polizeibeamten, der im Streifenwagen gekommen war. Bif sprach von dem tödlichen Unfall mit Louey Galganes, dessen Leiche sie an Bord hatten. Er war nach einem Sturz an Deck gestorben. Gehirnerschütterung. Der Beamte sagte, er müsse Loueys Arbeitspapiere einsehen.

»Nach dem Aussehen deiner Crew müßt ihr 'ne böse Fahrt gehabt haben, Bif«, sagte einer der Männer am Kai.

Noch vierundzwanzig Stunden länger auf der *Emma C.*, dachte Bif, und ich hätte vielleicht gar keine Crew mehr gehabt.

Chuck hielt Natalies Hand, als sie aus dem schwankenden Boot an Land trat. Zwei andere Männer am Kai wollten ebenfalls helfen. Natalie taumelte ein wenig, faßte sich dann und lächelte. Drei Männer starrten sie an, dann begann ein Polizeibeamter mit ihr zu sprechen und sich Notizen zu machen. Chuck blieb in der Nähe stehen und lauschte.

»Ihre Familie hat sich große Sorgen gemacht, Miss. Wir werden sie noch mal anrufen und sagen, daß Sie tatsächlich hier sind.«

Als er sah, daß sein Kollege mit dem Segeltuchbündel am Backborddeck der *Emma C.* beschäftigt war, ging der Beamte zum Streifenwagen und sprach über das Funkgerät.

»Chuck, Sie sind sehr nett zu mir gewesen. Vielen Dank.« Das Mädchen sah schüchtern aus, ein wenig unbeholfen. Sie zog eine Socke hoch. »Captain Bif – « Sie wartete, bis er seine unangezündete Zigarre aus dem Mund genommen und sie weggeworfen hatte. »Ich möchte Ihnen allen dafür danken, daß Sie mich gerettet haben. Und Ihnen, Sam, dafür, daß Sie mich gefunden haben. Und für das Gedicht.«

Sam biß an seiner Zungenspitze herum und starrte sie

an, als könne die reine Konzentration ein Wunder bewirken, damit sie dablieb, damit er den Mut hatte – ja, was zu tun? Wenn er sie für den nächsten Samstag abend um eine Verabredung bat, würde sie ja sagen? »Gern – gern geschehen«, sagte er schließlich.

Die Polizeibeamten waren jetzt bereit, sie im Wagen mitzunehmen. »Nichts sonst mehr bei sich, Miss?«

Natalie hob die Hand, in der sie ihren zusammengerollten blauen Badeanzug trug. »Nein.« Sie wandte sich zu Chuck. »Ich kann Ihre Sachen zurückschicken, wenn ich weiß, wo ich Sie erreiche – wenn ich Sie noch mal sehe. Meine Adresse finden Sie im Telefonbuch unter Anderson – Herbert.«

Chuck wand sich, als habe er Schmerzen. »Ach, das macht doch nichts. Ich meine – die Sachen können Sie behalten. Bloß Sie – Sie möchte ich behalten – für meinen Traum.«

»Für was?«

»Für meinen Traum. Wie ein Traum. *Mein* Traum.«

Sam hatte den Geschmack von Blut im Mund, als er das hörte. Er sah, daß Natalie seine orangefarbene Jacke im Logis zurückgelassen haben mußte. Die hätte er ihr schenken können. Nie wieder wollte er die Jacke jetzt tragen, nur behalten. Und dieser blöde Chuck – sie nicht wiedersehen! Aber vielleicht war es gerade das, was sie alle wollten – nur dieses phantastische Erlebnis, diesen Traum. Sam sah Natalie scharf an, als sie der Crew zuwinkte und dann in den Wagen einstieg. Die ganze Crew, Filip, Johnny, Chuck und Bif, alle starrten dem Mädchen auf die gleiche Weise nach. Dann blinzelte Sam und löste die Augen von dem abfahrenden schwarzen Wagen.

Ein Polizeiwagen war etwas Häßliches.

»Also dann«, sagte Lois endlich, »tun wir's.« Sie sah ihren Mann an, ihr Ausdruck war ernst und ein wenig besorgt, aber sie sprach mit Überzeugung.

»Okay«, sagte Herbert etwas steif.

Sie hatten vor, ein älteres Ehepaar zu adoptieren, zu sich ins Haus zu nehmen. Eigentlich mehr als älter, vermutlich alt. Es war für die McIntyres keine übereilte Entscheidung; sie hatten es sich mehrere Wochen lang überlegt. Kinder hatten sie nicht und wollten auch keine. Herbert war politischer Berater in einem staatlich geförderten Unternehmen namens Bayswater, etwa vier Meilen von ihrem Wohnort, und Lois war Historikerin, spezialisiert auf europäische Geschichte des siebzehnten und achtzehnten Jahrhunderts. Sie war jetzt dreiunddreißig und konnte auf drei Bücher und eine Menge Artikel zurückblicken. Sie und Herbert verdienten genug, um sich ein hübsches zweistöckiges Haus in Connecticut zu leisten mit einem verglasten Sonnenzimmer – Herberts Arbeitszimmer und der Großteil ihrer Bibliothek –, einen schönen Park und einen Teilzeitgärtner, der sich das ganze Jahr um Rasen und Bäume, Büsche und Blumen kümmerte. Sie kannten Leute in der Nachbarschaft, Freunde und Bekannte, die Kinder hatten – kleine Kinder und Teenager –, und die McIntyres hatten manchmal ein etwas schlechtes Gewissen, weil sie auf diesem Gebiet ihre Pficht nicht ganz erfüllten; außerdem hatten sie vor einigen Monaten selbst ein Pflegeheim kennengelernt, als Eustace Vickers, ein pensionierter Erfinder, der zu Bayswater gehörte, gestorben war. Zusammen mit einigen von Herberts Kollegen hatten die McIntyres Eustace alle paar Tage besucht; er war bis zu seinem Schlaganfall beliebt und aktiv gewesen.

Eine der Pflegerinnen in dem Heim hatte Lois und Herbert erzählt, es gäbe viele Familien in der Gegend, die alte Menschen mal für eine Woche bei sich aufnahmen, vor allem im Winter oder zu Weihnachten, um ihnen Abwechslung zu verschaffen, »einen Geschmack von Familienleben für ein paar Tage«; sie kämen dann richtig aufgelebt und erholt zurück. »Manche Leute sind sogar so gütig, einen alten Menschen – oder sogar ein Paar – zu adoptieren, ganz bei sich zu Hause aufzunehmen«, hatte die Pflegerin gesagt.

Mit leichten Gewissensbissen erinnerte sich Lois an ihren Schauder bei diesem Gedanken. Alte Leute lebten nicht ewig. Sie und Herbert saßen eines Tages vielleicht in der gleichen Lage, im Grunde fast Wohlfahrtsempfänger, mit elementaren physischen Bedürfnissen, deren Befriedigung von den Launen der Pfleger abhing. Und alte Menschen halfen so gern noch ein bißchen im Hause, wenn sie irgend konnten, hatte die Pflegerin gesagt.

»Wir müssen mal hingehen – und uns umsehen«, sagte Herbert zu Lois, und dann grinste er plötzlich. »Als ob man ein Waisenkind einkauft, was?«

Auch Lois lachte; das Lachen war eine Erleichterung nach dem ernsten Gespräch der letzten Minuten. »Machst du Witze? Waisenhäuser geben einem die Kinder, die die *Waisenhäuser* aussuchen. Für welche Art von Kind würden die uns wohl einstufen? Weiß? Hoher IQ? Gesund? Ich bezweifle das.«

»Ich auch. Wir gehen nicht zur Kirche.«

»Und wir wählen nicht, weil wir nicht wissen, welche Partei wir wählen sollen.«

»Das kommt, weil du Historiker bist. Und ich bin politischer Berater. Ja – und ich hab' auch keine festen Schlafstunden, und manchmal stelle ich um vier Uhr früh die Auslandsmeldungen an. Aber – ist es dir ernst damit, Lois?«

»Ich hab's doch gesagt.«

Lois rief also das Hilltop-Heim an und verlangte den Leiter zu sprechen; sie war sich nicht sicher, was sein oder ihr Titel war. Eine Männerstimme meldete sich, und in vorbereiteten Worten erklärte Lois ihre und ihres Mannes Absichten. »Ich habe gehört, daß man solche Vereinbarungen treffen kann – zum Beispiel für sechs Monate.« Die letzten Worte kamen wie von selber aus dem Nichts.

Der Mann am Telefon lachte ganz kurz. »Nun – ja, das wäre schon möglich – und gewöhnlich auch eine große Hilfe für alle Beteiligten. Würden Sie und Ihr Mann gerne mal herkommen und uns besuchen, Mrs. McIntyre?«

Lois und Herbert fuhren noch am gleichen Abend kurz vor sieben zum Hilltop-Heim. Sie wurden von einer jungen Pflegerin in blauweißer Uniform empfangen, die ein paar Minuten mit ihnen im Wartezimmer blieb und erzählte, die ambulanten Insassen wären jetzt beim Essen im Refektorium; sie habe mit drei oder vier Paaren über das Angebot der McIntyres gesprochen, zwei Paare hätten sich interessiert gezeigt und zwei nicht.

»Diese Senioren wissen gar nicht immer, was gut für sie ist«, sagte die Pflegerin lächelnd. »Für wie lange hatten Sie und Ihr Mann es denn geplant, Mrs. McIntyre?«

»Ja – hängt das nicht davon ab, ob *die* sich wohl fühlen?« fragte Lois.

Mit leichtem Stirnrunzeln überlegte die Pflegerin, und Lois hatte das Gefühl, daß sie gar nicht über die Frage nachdachte, sondern eine Antwort nach Schema erwog. »Ich fragte, weil wir solche Vereinbarungen gewöhnlich als Dauerabmachung betrachten, außer natürlich für den Fall, daß der Einzelgast oder das Paar nach Hilltop zurückkehren möchte.«

Lois verspürte einen kalten Schlag; sie nahm an, daß es Herbert ebenso ging, und sah ihn nicht an. »Ist das schon vorgekommen? Daß sie zurück wollen?«

»Nicht oft!« Das Lachen der Pflegerin klang fröhlich und geübt.

Die Pflegerin in Blau-Weiß machte sie mit Boris und Edith Basinsky bekannt, und zwar im ›Fernsehzimmer‹, einem großen langen Raum mit zwei Fernsehapparaten, die verschiedene Programme boten. Boris Basinsky litt an der Parkinsonschen Krankheit, das teilte die Pflegerin in seiner Hörweite mit. Sein Gesicht war ziemlich grau, aber er lächelte und streckte Herbert eine zitternde Hand entgegen, die Herbert fest drückte. Edith, seine Frau, sah älter aus als er und recht dünn, aber die blauen Augen blickten die McIntyres strahlend an. Der Fernsehlärm drängte sich in die Worte, die die McIntyres mit den Basinskys zu wechseln versuchten, etwa: »Wir wohnen hier in der Nähe . . . wir haben vor . . .«, und von den Basinskys: »Ja, Schwester Phyllis hat uns heute von Ihnen erzählt . . .«

Dann die Forsters, Mamie und Albert. Mamie hatte sich vor einem Jahr die Hüfte gebrochen, aber mit einem Stock konnte sie jetzt gehen. Ihr Mann, groß und hager, war ziemlich taub und trug ein Hörgerät, dessen Draht im offenen Hemdkragen verschwand. Er war bei ganz guter Gesundheit, sagte Schwester Phyllis, nur hatte er kürzlich einen Schlaganfall gehabt, der das Gehen erschwerte, aber er konnte gehen, ebenfalls mit einem Stock.

»Die Forsters haben einen Sohn, aber er wohnt in Kalifornien und – es wäre auch schwierig für ihn, die beiden zu sich zu nehmen. Bei den zwei oder drei Enkeln liegt es ebenso«, sagte Schwester Phyllis. »Mamie strickt sehr gern. Und vom Garten versteht sie auch 'ne ganze Menge, nicht wahr, Mamie?«

Mamies Augen saugten die McIntyres in sich ein, als sie nickte.

Lois kam sich plötzlich überwältigt vor, irgendwie ertränkt von grauhaarigen Köpfen ringsum, von runzligen Gesichtern, die sich zurücklehnten vor Lachen über das Geschehen auf dem Fernsehschirm. Krampfhaft hielt sie sich am Ärmel von Herberts Tweedjacke fest.

An diesem Abend entschieden sie sich gegen Mitternacht für die Forsters. Später sollten sie sich fragen, ob sie sich etwa für die Forsters entschieden hatten, weil ihr Name unauffälliger, ›angelsächsischer‹ klang? Wäre es mit den Basinskys nicht vielleicht leichter gewesen, selbst wenn der Mann an Parkinson litt, was ab und zu ein Klistier notwendig machte, wie Schwester Phyllis warnend gesagt hatte?

Ein paar Tage später, an einem Sonntag, wurden Mamie und Albert Forster im Hause McIntyre installiert. In der Woche zuvor war eine Frau mittleren Alters vom Hilltop-Heim erschienen, um sich das Haus und das Zimmer anzusehen, das die Forsters haben sollten, und sie schien wirklich erfreut zu sein von dem Grad an Komfort, den die McIntyres zu bieten vermochten. Die Forsters übernahmen das Zimmer, das die McIntyres ihr Gastzimmer nannten, das hübschere der beiden Extrazimmer oben, in dem beide Fenster zum vorderen Rasen hinaus gingen. Gegen das Doppelbett, dachten die McIntyres, würden die Forsters ja wohl nichts einzuwenden haben, obschon sie die Forsters nicht gefragt hatten. Lois hatte den Kleiderschrank des Gastzimmers völlig geleert, und ebenso die Kommode. Sie hatte auch einen Sessel aus dem anderen Zimmer mit den zwei Betten herübergebracht, so daß die Forsters jetzt zwei bequeme Sessel hatten. Das Bad lag gerade gegenüber am Flur – das größere Badezimmer mit der Wanne; unten war zwar auch noch eine Dusche mit Waschtisch und Toilette. Der Einzug fand gegen fünf Uhr statt. Lois' und Herberts Nachbarn, die Mitchells, die etwa eine Meile weit weg wohnten, hatten sie zu Drinks eingeladen, was meistens zum Essen hieß, aber Herbert hatte am Samstag telefonisch abgesagt und auch erklärt, warum. Darauf hatte Pete Mitchell gesagt: »Ja, ich verstehe – aber wie wär's denn, wenn wir morgen abend um sieben bei euch vorbeischauen? Auf 'ne halbe Stunde?«

»Gern.« Herbert hatte gelächelt, er wußte, die Mitchells waren einfach neugierig auf das alte Paar. Pete Mitchell war Professor für Geschichte an einem College am Ort. Die Mitchells und die McIntyres trafen sich häufig und verglichen Notizen für ihre Arbeit.

Und nun waren sie da, Pete und Ruth Mitchell; Pete stand mit einem Whisky-on-the-Rocks im Wohnzimmer, Ruth saß mit einem Dubonnet mit Soda im Sessel, und beide lächelten.

»Mal ernsthaft«, sagte Pete, »wie lange wird das andauern? Habt ihr was unterschreiben müssen?« Pete sprach leise, als könnten die Forsters, die ganz oben und in einer entfernten Ecke waren, sie hören.

»Na ja – schriftliche Vereinbarung –– Verantwortung, das schon. Ich hab's durchgelesen, stand nichts drin von Befristung für sie oder uns, von unbegrenzter Dauer oder so was.«

Ruth Mitchell lachte. »Unbegrenzte Dauer!«

»Wo ist Lois?« fragte Pete.

»Ach, sie ist – « Gerade sah Herbert, wie sie ins Wohnzimmer kam und mit der Hand ihr Haar zur Seite schob, und es fiel ihm auf, daß sie müde aussah. »Alles in Ordnung, Darling?«

»Hal-lo, Ruth und Pete!« sagte Lois. »Ja, es ist alles in Ordnung. Ich hab' ihnen noch beim Auspacken geholfen, Sachen aufhängen und einiges im Medizinschränkchen im Badezimmer unterbringen. Ich hatte vergessen, da ein Bord für sie freizumachen.«

»Menge Pillen, nehme ich an«, sagte Pete, und seine Augen funkelten noch immer vor Neugier. »Aber du sagtest ja, sie könnten wenigstens beide gehen.«

»O ja, klar«, sagte Lois. »Ich hab' sie sogar gebeten, doch runterzukommen zu uns. Vielleicht möchten sie – du, es ist doch noch Weißwein im Kühlschrank, nicht wahr, Herb? Und auch Tonic.«

»Können sie denn auch sicher die Treppe runterkommen?« fragte Herbert, dem plötzlich einfiel, wie langsam sie nach oben gestiegen waren. Herbert ging hinaus ins Treppenhaus. Lois folgte ihm.

In diesem Augenblick war Mamie Foster daran, die Treppe herabzusteigen, eine Stufe nach der anderen und mit einer Hand an der Wand; ihr Mann, ebenfalls mit Stock, kam gleich hinter ihr. Als Herbert hinaufstürzte, um Mamie seinen Arm zu geben, verfing sich Alberts Absatz, er stolperte vorwärts und stieß gegen seine Frau, die Herbert entgegenfiel. Albert kam mit Hilfe seines Stocks wieder ins Gleichgewicht, Herbert ergriff Mamies rechten Arm, aber das bewahrte sie nicht davor, vorwärts zu kippen und gegen Lois zu prallen, die schnell die ersten Stufen hinaufgestiegen war. So war es Lois, die rückwärts hinfiel, auf dem Boden landete und mit dem Kopf gegen die Wand schlug. Mamie schrie auf vor Schmerz.

»Mein Arm!« sagte sie.

Aber Herbert hatte sie festgehalten, sie war nicht gefallen, und er ließ jetzt ihren Arm los und blickte zu seiner Frau hinüber. Lois kam auf die Füße, rieb sich den Kopf und setzte ein Lächeln auf.

»Alles in Ordnung, Herb. Keine Sorge.«

»Gute Idee -- «, sagte Albert Forster, als er zum Wohnzimmer schlurfte.

»Was?« Herbert hielt sich etwas unschlüssig neben Mamie, die zwar gehen konnte, aber sich den Arm rieb.

»Wär 'ne gute Idee, da ein *Geländer* an der Treppe anzubringen!« Albert hatte die Angewohnheit zu schreien, vielleicht weil er beim Sprechen die Lippen nur wenig bewegte und das Gesagte deshalb nicht klar war.

Lois machte Mamie und Albert Forster mit Pete und Ruth bekannt; Ruth erhob sich aus ihrem Sessel, um ihn einem der beiden anzubieten. Es folgten freundlich gemurmelte Worte von den Mitchells, die hofften, daß die Forsters sich in der neuen Umgebung wohl fühlen würden. Die Blicke der Mitchells musterten beide Forsters: Mamies runden Graukopf mit dem dünnen Haar, das offensichtlich ein professioneller Friseur aufgeplustert und frisch gelockt hatte, um es üppiger erscheinen zu lassen; die blaßrosa Schürze, die sie über dem Kattunkleid trug, die braunen Hausschuhe mit den schlaffen roten Pompons. Albert trug buntkarierte Hausschuhe, faltenlose braune Kordhosen und eine alte Strickjacke über dem Flanellhemd. Der etwas mürrische Gesichtsausdruck war von aggressiver Neugier, als habe er – bewußt oder unbewußt – beschlossen, sich die Haltung einer kraftvolleren Blütezeit zu bewahren. Sie wollten den Fernseher anhaben. Um halb acht lief ein Programm, das sie sich im Hilltop stets angesehen hatten.

»Sie mögen kein Fernsehen?« fragte Mamie Lois, die den Apparat gerade eingeschaltet hatte. Mamie saß jetzt und rieb sich noch immer den rechten Ellenbogen.

»O doch, natürlich!« sagte Lois. »Warum nicht?« fragte sie munter.

»Wir dachten – wir dachten bloß, wo es doch *da* ist, warum ist es dann nicht *an*?« sagte Albert durch die leicht geöffneten, aber sich kaum bewegenden Lippen. Hätte er Tabak gekaut, so hätte man angenommen, er versuche etwas Saft innerhalb der Unterlippe zurückzuhalten.

Als Lois sich dies vorstellte, sabberte Albert ein wenig und fing den Speichel mit dem Handrücken auf. Seine blaßblauen Augen waren jetzt weit geöffnet und blickten starr auf den Bildschirm. Jetzt erschien Herbert mit einem Tablett, darauf standen ein Glas Weißwein für Albert, Tomatensaft für Mamie, und ein Schälchen Cashew-Nüsse.

»Können Sie's bißchen lauter stellen, Mr. McIntyre?« fragte Albert.

»So besser?« fragte Herbert, als er die Lautstärke aufgedreht hatte.

Albert lachte über etwas auf dem Bildschirm – Situationskomik, einer war ausgerutscht und auf den Küchenboden gefallen – und blickte dann zu seiner Frau hinüber, um zu sehen, ob sie es ebenfalls komisch fand. Mamie saß mit leerem Lächeln da, die Augen auf dem Bildschirm, und rieb sich immer noch den Ellbogen, als habe sie vergessen aufzuhören. Sie blickte Albert nicht an. »Mehr – *lauter* bitte, wenn's nichts ausmacht«, sagte Albert.

Mit schnellem Lächeln zu Pete Mitchell hinüber, der ebenfalls lächelte, stellte Herbert den Apparat noch lauter, was eine Unterhaltung unmöglich machte. Herbert fing den Blick seiner Frau auf und machte eine Kopfbewegung zum Sonnenzimmer hin. Alle vier nahmen ihre Drinks und verlegten die Sitzung grinsend ins Sonnenzimmer.

»Puh!« machte Ruth.

Pete lachte laut, als Herbert jetzt die Tür zum Wohnzimmer zumachte. »Das nächste ist ein zweiter Fernseher, Herb. Für sie, oben in ihrem Zimmer.«

Lois wußte, Pete hatte recht. Die Forsters, überlegte sie, konnten den Apparat aus dem Wohnzimmer nehmen; Herbert hatte noch einen hier in seinem Arbeitszimmer. Sie wollte gerade etwas dazu sagen, als sie nur knapp einen Ruf von Mamie hörte. Das Fernsehspiel war zu Ende, die Kennmelodie dröhnte noch. Durch die Glastür sah sie, wie Mamie sie anblickte und wieder rief. Als Lois ins Wohnzimmer kam, sagte Mamie: »Wir sind es gewohnt, um sieben zu essen. Manchmal sogar früher. Wann eßt ihr denn hier zu Abend?«

Lois nickte – es wäre sehr lästig gewesen, das plärrende Fernsehen zu übertönen – und hob den Zeigefinger, um anzudeuten, daß sie sich sofort darum kümmern werde. Sie ging in die Küche. Sie hatte Lammkoteletts zum Essen machen wollen, aber das würde den Forsters viel zu lange dauern.

Nach einigen Minuten ging Herbert in die Küche, um nach Lois zu sehen, und fand sie damit beschäftigt, Rühreier auf vorgewärmte Teller zu füllen. Sie hatte Toast gemacht, und auf einem Extrateller lagen Scheiben von kaltem gekochtem Schinken. Das alles wollte sie auf zwei Tabletts stellen, die auf Beinen über dem Boden stehen konnten.

»Hilfst du mir mit einem?« fragte Lois.

»Die Mitchells finden, wir sind verrückt. Es wird noch schlimmer werden, sagen sie – viel schlimmer sogar. Und was machen wir dann?«

»Vielleicht wird es nicht *schlimmer*«, sagte Lois.

Herbert wollte einen Augenblick warten, bevor er das Tablett nach drinnen brachte. »Du – meinst du, wenn wir sie ins Bett gesteckt haben, könnten wir zu den Mitchells rübergehen? Sie haben uns zum Essen eingeladen. Meinst du, es ist ungefährlich – sie hier zu lassen?«

Lois zögerte; sie wußte, daß Herbert wußte, es war nicht ungefährlich. »Nein.«

Der Fernsehapparat aus dem Wohnzimmer kam nach oben ins Zimmer der Forsters. Fernsehen war ihre hauptsächliche Zerstreuung oder Beschäftigung, sogar ihre einzige, soweit Lois sehen konnte. Es lief von morgens bis abends, und manchmal schlich sich Lois abends um elf oder noch später in ihr Schlafzimmer, um es abzuschalten, teilweise um Strom zu sparen, aber in erster Linie wegen des wahnsinnigen Lärms, denn ihr und Herberts Schlafzimmer lag gleich nebenan auf derselben Flurseite. Lois nahm dabei immer eine kleine Taschenlampe mit in ihr Schlafzimmer. Die Zähne der beiden Forsters standen gewöhnlich in zwei Gläsern auf dem Nachttisch; einmal allerdings hatte Lois auch ein Paar in einem Glas auf dem Bord im Badezimmer stehen sehen, aus dem sie und Herbert ihre Zahnbürsten, Shampoos und Rasiersachen entfernt und in das kleinere Badezimmer nach unten gebracht hatten. Die Zähne versetzten Lois einen häßlichen Schock, und das taten sie auch weiterhin, wenn Lois jeden Abend den lauten Fernseher abschaltete, obgleich sie den Lampenstrahl nicht darauf richtete: sie wußte einfach, sie waren da, zumindest das eine Paar, vielleicht stand das andere drüben im großen Badezimmer. Sie wunderte sich darüber, daß jemand einschlafen konnte, während aus dem Fernseher Ausbrüche von Konservengelächter ertönten, auch darüber, daß auch die plötzliche Stille die Forsters niemals aufweckte. Mamie und Albert hatten erklärt, getrennte Betten seien ihnen lieber; Lois und Herbert hatten also den Austausch zwischen den beiden oberen Zimmern vorgenommen, und die Forsters hatten nun die Einzelbetten.

An der Treppe hatte man ein Geländer angebracht, einen schmalen schwarzen Handlauf, der recht hübsch war und spanisch aussah. Doch jetzt kamen die Forsters nur noch selten nach unten; Lois servierte ihnen die Mahlzeiten auf Tabletts. Sie liebten den Fernseher sehr, sagten sie, weil er in Farbe war; im Hilltop-Heim hatten sie keinen farbigen Fernseher gehabt. Lois übernahm das Hinauftragen der Tabletts; es war schließlich das, was man

Frauensache nannte, meinte sie, obgleich auch Herbert manchmal beim Hinauf- und Heruntertragen half.

»Also lästig ist es schon«, sagte Herbert eines Morgens, als er mit grimmiger Miene, in Pyjama und Hausmantel, im Begriff war, das schwere Tablett mit gekochten Eiern und Teekanne und Toast nach oben zu bringen. »Aber immer noch besser, als wenn sie die Treppe runterfielen und sich ein Bein brächen, was?«

»Offen gestanden: was würde es schon ausmachen, wenn einer von ihnen sich jetzt ein Bein bräche?« antwortete Lois und kicherte nervös.

Lois' Arbeit litt. Mit einem langen Artikel, den sie für eine historische Vierteljahreszeitschrift in Arbeit hatte, kam sie nur noch langsam weiter, und der Drucktermin machte ihr Kummer. Sie arbeitete unten in einem kleinen Studierzimmer, das vom Wohnraum abging, auf der entgegengesetzten Seite von Herberts Arbeitszimmer. Täglich wurde sie drei- oder viermal durch einen lauten Ruf von Mamie oder Albert herbeizitiert; sie brauchten mehr heißes Wasser für ihren Tee (das Vieruhr-Ritual), weil er zu stark war, oder Albert hatte seine Brille verlegt; konnte Lois sie wohl finden, denn Mamie konnte es nicht. Es kam vor, daß Lois und Herbert gleichzeitig außer Haus sein mußten, Lois in der öffentlichen Bibliothek und Herbert in seinem Büro bei Bayswater. Für Lois bot das Nachhausekommen nicht mehr dieselbe Freude wie früher: es war nicht mehr der Hort nur für sie und Herbert, denn oben saßen die Forsters, die jeden Augenblick nach etwas schreien konnten. Albert rauchte zuweilen eine Zigarre, keine große dicke, aber eine – für Lois – bittere und übelriechende Marke; sie konnte es sogar unten riechen, wenn er sie anzündete. Er hatte zwei Löcher in die braungelbe Decke auf seinem Bett gebrannt, was Lois sehr geärgert hatte, denn es war eine handgewebte Decke aus Santa Fé. Lois hatte ihm und Mamie warnend gesagt, es könne gefährlich sein, wenn er Asche fallen ließ. Aus Alberts Entschuldigung hatte sie nicht entnehmen können, ob er eingeschlafen oder unvorsichtig gewesen war.

Einmal, als Lois mit entliehenen Büchern und einer Mappe mit Notizen aus der Bibliothek zurückkam, hatte Mamie sie nach oben gerufen. Mamie war angezogen, aber lag, Kissen im Rücken, auf ihrem Bett. Der Fernsehapparat lief nicht so laut wie sonst, und Albert schien auf dem anderen Bett zu dösen.

»Kann meine Tähne nicht finden!« sagte Mamie in verdrießlichem Ton, Tränen traten ihr in die Augen, und Lois sah dem heruntergezogenen Mund und den zusammengepreßten Kinnladen an, daß sie im Augenblick tatsächlich zahnlos war.

»Nun, das werden wir doch gleich haben.« Lois ging hinüber ins Badezimmer, sah jedoch auf einen Blick, daß weder Zähne noch Zahnglas auf dem Bord über dem Waschbecken standen. Sie suchte sogar auf dem Fußboden, ging dann ins Schlafzimmer der Forsters zurück und sah sich dort um. »Haben Sie sie denn rausgenommen – im Bett?«

Nein, das hatte Mamie nicht, und es handelte sich um die unteren, nicht die oberen, und sie war das Suchen müde. Lois suchte sie unter dem Bett, rings um den Fernseher und die Sitzflächen der Sessel und auf den Büchergestellen. Mamie versicherte ihr, in den Schürzentaschen seien sie nicht, aber Lois fühlte trotzdem in den Taschen nach. Ob Albert sich einen dummen Spaß leistete und nur so tat, als schliefe er? Es wurde Lois klar, daß sie die beiden Alten im Grunde gar nicht kannte.

»Sie haben sie doch nicht versehentlich in der Toilette runtergespült?«

»Nein! Und suchen mag ich nicht mehr!« sagte Mamie. »Ich bin müde!«

»Waren Sie mal unten?«

»Nein!«

Lois seufzte und ging nach unten; sie brauchte einen starken Kaffee. Während sie ihn machte, sah sie, daß der Deckel nicht auf der Kuchendose lag und daß von dem Pfundkuchen ein großes Stück fehlte. Der Kuchen war Lois egal, aber es war ein Anhaltspunkt: die Zähne waren vielleicht doch unten. Lois wußte, daß Mamie – und vielleicht auch Albert – manchmal herunterkam, während sie und Herbert aus waren. Der große quadratische Aschenbecher auf dem Couchtisch war dann etwas gedreht und sah aus wie ein Karo, was Lois nicht leiden konnte; oder Herberts Ledersessel war unter dem Schreibtisch hervorgezogen und nicht dicht daruntergeschoben, wie er ihn immer hinterließ, so als habe Mamie oder Albert den Sessel mal ausprobiert. Warum konnten die Forsters für die Mahlzeiten nicht ebenso beweglich sein? Jetzt mit der Kaffeetasse in der Hand suchte Lois in ihre Küche nach Zähnen. Sie suchte in ihrem Studierzimmer, wo anscheinend nichts verändert worden war, ging dann durchs Wohnzimmer und dann in Herberts Arbeitszimmer. Sein Sessel stand so, wie er ihn hinterlassen hätte, aber sie suchte trotzdem. Die werden sich schon finden, dachte sie, wenn sie nicht doch irgendwie im Klo runtergespült worden sind. Endlich setzte sich Lois mit ihrem Rest Kaffee aufs Sofa, lehnte sich zurück und versuchte, sich zu entspannen.

»Mein Gott!« sagte sie aufschreckend und stellte die Tasse auf den Couchtisch. Sie hätte um ein Haar den Tasseninhalt verschüttet.

Da lagen die Zähne – untere, nahm Lois an – auf dem Rand der unteren Platte des Couchtisches, wo sonst nur Zeitschriften lagen. Das Gebiß sah erschreckend schmal aus, wie der Unterkiefer eines kleinen Kaninchens. Lois holte tief Luft. Sie würde sie anfassen müssen. Sie ging in die Küche und holte ein Papiertuch.

Herbert lachte wie närrisch über die Gebißgeschichte. Sie erzählten sie ihren Freunden. Ihre Freunde hatten sie noch, da hatte sich nichts verändert. Als zwei Monate vergangen waren, hatten bei den McIntyres zwei oder drei eher lärmige und späte Dinnerparties stattgefunden. Da bei ihnen ständig der Fernseher lief, hatten die Forsters vermutlich gar nichts gehört, jedenfalls beschwerten sie sich nicht und machten auch keine Bemerkung, und die Freunde der McIntyres konnten anscheinend vergessen, daß oben zwei alte Leute waren, obgleich es alle wußten. Lois merkte allerdings, daß sie und Herbert ihre New Yorker Freunde nun nicht mehr zum Wochenende einladen konnten oder mochten, weil sie wußten, die Freunde hätten keine Lust, das obere Badezimmer oder den Fernsehlärm der Forsters zu teilen. Von Christopher Forster, dem Sohn in Kalifornien, war ein handschriftlicher Brief an die McIntyres gekommen, der sich anhörte, als sei er auf Veranlassung des Hilltop-Heims geschrieben worden: er war höflich und bezeugte Dankbarkeit, und der Sohn hoffte, daß Mom und Dad sich wohlfühlten in ihrem neuen Heim.

». . . ich würde sie zu mir nehmen, aber meine Frau und ich haben nicht viel Platz übrig, nur ein Extrazimmer für unsere eigenen Kinder und Verwandten, wenn sie auf Besuch kommen . . . Ich werde versuchen, die Enkelkinder zu einem Brief zu bewegen, aber wir sind alle keine großen Briefschreiber. . . «

Im Briefkopf waren Namen und Adresse einer Reinigungsfirma angegeben, deren Geschäftsleiter nicht Christopher Forster war. Lois entsann sich, daß Albert Forster eine Art Vertreter gewesen war.

Albert fing an, das Bett zu nässen, und Lois kaufte eine Gummiunterlage. Albert klagte über Rückenschmerzen ›vom Feuchten‹, also bot ihm Lois das Doppelbett im Extrazimmer an, während seine Matratze ein paar Tage gelüftet wurde. Sie rief im Hilltop-Heim an und fragte, ob es für Albert vielleicht Tabletten gäbe und ob er diese Beschwerden schon früher gehabt habe. Sie sagten nein und fragten, ob Albert glücklich sei. Lois suchte den Dienstarzt des Hilltop-Heims auf und ließ sich von ihm Tabletten geben; aber er sagte, er bezweifle die vollständige Wirksamkeit der Tabletten, wenn der Patient sich seiner Feuchtigkeit nicht einmal bewußt war, bis er morgens aufwachte.

Die zweite Gebißgeschichte war nicht so komisch, auch wenn beide, Herbert und Lois, zunächst lachten. Mamie berichtete, sie habe ihre Zähne – wieder die unteren – in den Heizungsschacht im Badezimmerfußboden fallen lassen. Die Zähne waren unten in der Schwärze nicht zu sehen, selbst als Herbert und Lois mit einer Taschenlampe hineinleuchteten. Alles, was sie sahen, waren ein paar graue Fusseln oder Staub.

»Sind Sie ganz sicher?« fragte Herbert Mamie, die ihnen zusah.

»*Beide* fallenlaschen, aber blosch die eine isch da durchgerutscht!« erklärte sie.

»Das verdammte Schachtgitter ist so schmal«, sagte Herbert.

»Ihre Zähne auch«, sagte Lois.

Herbert hob das Gitter mit einem Schraubenzieher ab. Er rollte die Ärmel hoch und stocherte zunächst behutsam in den Staubwölkchen herum, dann forschte er ebenso vorsichtig mit einer Flaschenbürste etwas tiefer nach; wenn irgend möglich, wollte er die Zähne nicht ganz nach unten fallen lassen. Am Ende mußten er und Lois sich sagen, daß die Zähne doch ganz nach unten gefallen sein mußten. Das fast quadratische Heizungsrohr machte etwa einen Meter tiefer eine Krümmung. Waren die Zähne bis ganz nach unten in die Feuerung gefallen? Herbert ging allein in den Keller und besah sich mit einem Gefühl der Hoffnungslosigkeit das breite, quadratische und fest vernietete Rohr, das von der Feuerung abging und sich in sechs Leitungen verzweigte, die die verschiedenen Räume mit Wärme versorgten. Welche gehörte nun zum oberen Badezimmer? War es die Mühe wert, die ganze Heizungsanlage auseinanderzunehmen? Nein, sicher nicht. Die Feuerung arbeitete normal, vielleicht waren die Zähne schon verbrannt. Herbert ging nach oben und machte sich daran, Mamie die Lage zu erklären.

»Wir sehen zu, daß Sie eine neue Prothese kriegen, Mamie. Paßt vielleicht sogar besser. Hatten Sie nicht gesagt, daß diese immer drückte und Sie deshalb – « Mamies tragischer Gesichtsausdruck ließ ihn innehalten. Ihre Augen konnten einen ganz zerknüllten Blick annehmen, der ihn rührte oder beunruhigte, obgleich er annahm, daß Mamie ihm meist etwas vormachte.

Gemeinsam mit Lois gelang es ihm jedoch, sie zu trösten. Sie konnte ›leichte Sachen‹ essen, während die Prothese gemacht wurde. Lois kam gleich auf die Idee, mit Mamie ins Hilltop-Heim zu fahren, wo es vermutlich einen Zahnarzt gab oder doch eine Praxis, wo Zahnärzte arbeiten konnten. Doch auch wenn dem so war, als Lois sich telefonisch danach erkundigte, wurde es jedenfalls vom Heim bestritten. So blieb ihr und Herbert nichts anderes übrig, als Mamie nach Hartford zu ihrem eigenen Zahnarzt zu bringen, dreiundzwanzig Meilen entfernt, und die Fahrten schienen kein Ende zu nehmen, obgleich sie Mamie Spaß machten. Erst mußte ein Abdruck vom Unterkiefer gemacht werden, dann von den oberen Zähnen, für den Biß; und gerade als Herbert und Lois, die sich abwechselten, meinten, die Sache sei einigermaßen schnell fertig geworden, kamen die ›Anproben‹.

»Mit den unteren ist es immer schwieriger als mit den oberen«, sagte ihnen Dr. Feldman bedauernd. »Und meine Patientin da ist auch ziemlich heikel.«

Für die McIntyres lag es auf der Hand, daß Mamie ihnen etwas vormachte hinsichtlich der unteren Zähne, die immer wieder drückten oder nicht richtig saßen, damit sie weitere Ausfahrten mit dem Wagen genießen konnte. Alle zwei Wochen wollte Mamie ihr Haar waschen und einlegen lassen bei einem Friseur in Hartford, den sie für besser hielt als den in der Stadt nahe den McIntyres. Die Sozialversicherung und die Rente, die vom Hilltop-Heim überwiesen wurde, deckten mehr als die Hälfte der Forsterschen Unkosten, aber den Friseur und auch den Zahnarzt bezahlten die McIntyres. Ruth und Pete Mitchell bedauerten die McIntyres persönlich oder am Telefon (wobei sie gleichzeitig aus vollem Halse lachten), als seien alle Plagen Hiobs über die McIntyres gekommen. Und nach Herberts Meinung war es auch so. Herbert lief rot an vor unterdrückter Wut und ohnmächtigem Zorn, wenn ihm Arbeitszeit verlorenging, aber er konnte es nicht mit ansehen, daß Lois mehr Zeit verlor als er, und so übernahm er seinen Anteil und transportierte Mamie hin und her, wie Lois es tat, und beide McIntyres nahmen Bücher ins Wartezimmer des Zahnarztes mit. Zweimal nahmen sie auch Albert mit, weil er es wollte; aber das eine Mal pinkelte er im Wartezimmer, bevor ihm Herbert die nahe Toilette zeigen konnte (dank seiner Taubheit begriff Albert immer nur langsam, was man zu ihm sagte), so daß sich Lois und Herbert schlankweg weigerten, ihn noch einmal mitzunehmen; sie erklärten mitfühlend, aber eigentlich ziemlich grimmig, er dürfe es nicht riskieren, noch einmal eilig zur Toilette zu müssen, wenn er gerade an einem öffentlichen Ort war. Albert riß sein Hörgerät aus dem Ohr, als Lois darüber mit ihm sprach: das war Alberts Art abzuschalten.

Jetzt war Mitte Mai. Die McIntyres hatten vorgehabt, nach Santa Barbara zu fliegen, wo Herberts Eltern ein Haus mit einem Gästehäuschen im Garten besaßen, und dort einen Wagen zu mieten und nach Kanada hinauf zu fahren. Sie besuchten die älteren McIntyres jeden zweiten Sommer, und immer war es schön gewesen. Das war nun unmöglich. Man konnte unmöglich daran denken, Mamie und Albert das Haus zu überlassen; und es war schwierig, aber vielleicht nicht unmöglich, jemanden zu engagieren, der für die ganze Zeit ins Haus zog und sie versorgte. Lois war ganz sicher: als sie die Forsters zu sich nahmen, waren die sehr viel beweglicher gewesen. Mamie hatte davon gesprochen, daß sie im Garten des Hilltop-Heims gearbeitet habe; doch Lois war es nicht gelungen, Mamie im April an irgendeiner Gartenarbeit zu interessieren, auch nicht an der leichtesten, wie etwa stillsitzen und zusehen. Sie sprach darüber mit Herbert.

»Ich weiß. Und das wird noch schlimmer und nicht besser werden«, erwiderte er.

»Was meinst du genau?«

»Dieses Bettnässen – Kinder wachsen da raus. Kinder

kriegen auch neue Zähne, wenn sie sie verlieren.« Herbert lachte einen Augenblick wie irr. »Aber die beiden werden einfach immer klappriger.« Er betonte das letzte Wort mit bitterem Humor und sah Lois dabei in die Augen. »Hast du gemerkt, wie Albert seinen Stock in den Boden knallt, anstatt ihn aufzusetzen? Sie sind nicht *zufrieden* mit uns. Und sie sitzen fest im Sattel! Wir können diesen Sommer nicht mal Urlaub machen – außer, wenn wir sie vielleicht für einen Monat oder so ins Hilltop stecken können. Was meinst du, lohnt es den Versuch?«

»Ja!« Lois' Herz tat einen Sprung. »Vielleicht. Was für eine gute Idee, Herb!«

»Darauf wollen wir eins trinken.« Sie standen in der Küche, gleich wollten sie zu Abend essen, den Forsters hatten sie ihr Essen schon nach oben gebracht. Herbert machte für Lois einen Scotch und füllte sein eigenes Glas von neuem. »Und da wir gerade vom Wohinstecken sprechen«, fuhr er fort und sprach die Worte sehr deutlich aus, wie er es immer tat, wenn er etwas sagen wollte, das ihn leidenschaftlich interessierte. »Dr. Feldman hat heute gesagt, mit Mamies unteren Zähnen sei überhaupt nichts los gewesen, nicht das geringste Anzeichen von Zahnfleischreizung, und sie paßten so gut, daß er sie kaum selber vom Kiefer ziehen konnte. Ha! Ha-Ha-haa!« Herbert torkelte in der Küche herum vor Lachen; es hatte ihn am Nachmittag drei Stunden gekostet, mit Mamie zum Zahnarzt zu fahren. »Das war das allerletztemal – heute! Ich hab' extra gewartet, es dir zu erzählen.« Herbert hob sein Glas und trank.

Als Lois am nächsten Morgen das Hilltop-Heim anrief, sagte man ihr, alle Zimmer seien mehr als voll, in manchen seien vier Leute untergebracht oder dafür gebucht, weil so viele andere Leute ihre alten Verwandten ins Hilltop brachten, um selber Urlaub machen zu können. Irgendwie glaubte Lois der mechanisch klingenden Stimme nicht, aber was konnte sie machen? Sie glaubte nicht, daß *so* viele Menschen heutzutage mit ihren Eltern oder Großeltern zusammenlebten. Aber wenn nicht, was machte man sonst mit ihnen? Lois sah im Geist einen Volksstamm vor sich, der seine Alten über ein Felsenkliff abschob, und sie schüttelte den Kopf, um den Gedanken loszuwerden, und stand vom Telefon auf. Lois sagte Herbert nichts davon.

Unglücklicherweise verkündete Herbert, der zu Mittag das Tablett von oben holte, den Forsters mit lauter Stimme, sie würden im Sommer für zwei Monate ins Hilltop zurückkehren. Er stellte den Fernseher leiser und wiederholte es mit strahlendem Lächeln. »Schöner Tapetenwechsel für Sie! Sie können dann ein paar alte Freunde wiedersehen – sie besuchen.« Er blickte sie beide an und sah sofort, daß der Plan sie nicht ansprach.

Mamie wechselte einen Blick mit ihrem Mann. Jeder lag, die Schuhe ausgezogen, auf seinem Bett, in die Kissen gelehnt; vor sich den Fernsehschirm. »*Da* haben wir keine Freunde«, sagte Mamie.

In den scharfen Augen sah Herbert eiskalte Feindseligkeit. Mamie wußte auch, daß man sie nicht wieder zum Zahnarzt oder zum Friseur nach Hartford fahren würde. Herbert erwähnte Lois gegenüber nichts von diesem Gespräch. Aber Lois erzählte Herbert beim Mittagessen, daß das Hilltop-Heim im Sommer keinen Platz habe. Sie hatte Herbert mit der schlechten Nachricht nicht beunruhigen wollen, während er morgens arbeitete.

»Na, dann ist das also im Eimer«, sagte Herbert. »Verdammt, ich möchte so gern mal weg diesen Sommer. Wenn auch nur für zwei Wochen.«

»Nun, das kannst du schon. Dann werd' ich -- «

Langsam und bitter schüttelte Herbert den Kopf. »Schichtweise Urlaub? Nein, Schatz.«

Dann hörten sie Alberts Stock – er hörte sich anders an als Mamies –, der die Treppe herunter pochte. Dann kam ein zweiter Stock. Beide Forsters waren auf dem Weg herunter – sehr ungewöhnlich. Lois und Herbert wappneten sich wie für einen feindlichen Angriff.

»Wir wollen nicht ins Hilltop im Sommer«, sagte Mamie. »Sie -- «

»Nein!« sagte Albert und knallte, wo er stehengeblieben war, den Stock auf den Boden.

»Sie hatten zugesagt, daß wir mit Ihnen *zusammen* leben.« Mamie hatte wieder ihr schiefes Ich-armes-Kind-Gesicht aufgesetzt. Alberts Blick war mißtrauisch, die Unterlippe fragend vorgeschoben.

»Nun«, sagte Lois mit einem verlegenen Gefühl des Rückzugs, das sie haßte, »das Hilltop ist besetzt, Sie brauchen sich also keine Sorgen zu machen. Es ist alles in Ordnung.«

»Sie haben es aber *versucht*«, sagte Mamie.

»Wir versuchen, etwas *Urlaub* zu machen.« Wegen Alberts Taubheit sprach Herbert sehr laut; am liebsten hätte er dem widerwärtigen alten Bettnässer eine gelangt und ihn, so alt er war, niedergeschlagen. Wie konnte es dieser Wohlfahrtsempfänger wagen, ihn anzustarren, als sei er ein Gauner oder einer, der ihm Übles wollte?

»Wir verstehen das nicht«, sagte Albert. »Haben Sie vor -- «

»Sie bleiben ja *hier*«, unterbrach ihn Lois und zwang sich zu einem breiten Lächeln, um die Stimmung zu beruhigen, wenn das möglich war.

Aber Mamie fing von neuem an, und Herbert kochte über. Sie sprachen beide gleichzeitig. Albert fiel ein, und in dem babylonischen Gewirr hörte Lois, wie ihr Mann den Forsters grimmig versicherte, sie blieben *hier*, und wie die Forsters erklärten, die McIntyres hätten nicht gehalten, was sie ihnen und dem Hilltop-Heim versprochen hatten. Wieder und wieder kamen die Worte ›... nicht *fair*‹ aus Mamies und Alberts Mund, bis Herbert einen gräßlichen Fluch ausstieß und ihnen den Rücken zukehrte. Es folgte ein so plötzliches Schweigen, daß es Lois' Ohren zum Klingen brachte; dann beschloß Gott sei Dank Albert, sich umzudrehen und die Küche zu verlassen, aber im Wohnzimmer hielt er inne, und Lois sah, daß er zu pinkeln angefangen hatte. *Ist das nun Absicht,* überlegte sie, als sie auf ihn zustürzte, um ihn auf das untere Badezimmer zuzusteuern, das rechts von der Küche hinter einer Trennwand aus Bücherregalen lag. Sie war mit Albert auf dem Weg, aber bis sie hinkamen, war Albert fertig, und der blaßgrüne Teppich war voller Kleckse zwischen der Küche und der Badezimmertür, die sie noch nicht mal aufgemacht hatte. Sie riß ihre Hand zurück von seinem Arm in der Strickjacke; es war ihr widerlich, daß sie ihn auch nur angefaßt hatte.

Sie ging zu ihrem Mann zurück, an Mamie vorbei. »Mein Gott«, sagte sie zu Herbert.

Herbert stand wie eine Festung, breitbeinig, mit verschränkten Armen und gesenkten Augenbrauen. »Das schaffen wir schon«, sagte er zu seiner Frau. Dann stürzte er sich ins Gefecht, griff sich ein Scheuertuch aus dem Schränkchen unter dem Ausguß, machte es naß und nahm die Kleckse auf dem Teppich in Angriff.

Albert war auf seinem langsamen Weg nach oben, und Mamie begann ihm zu folgen, blieb jedoch stehen und bot Lois noch einmal das verstörte Gesicht dar. Herbert war vornübergebückt und rieb an den Flecken herum, er sah es nicht. Lois wandte sich ab und drehte das Gesicht zum Herd. Als sie wieder hinsah, kroch Mamie eben hinüber zur Treppe.

Während Herbert immer wieder das Scheuertuch ausspülte – eine Arbeit, die er Lois nicht tun lassen wollte –, murmelte er Pläne vor sich hin. Er wollte selber mit den Hilltop-Leuten sprechen, ihnen sagen, daß er und Lois zu Hause arbeiteten und dafür Frieden und Ruhe brauchten, daß sie es deshalb nicht zumutbar fanden – und auch nicht in der Lage waren –, mehr Geld auszugeben für eine Ganztags-Hausangestellte, die alle Mahlzeiten nach oben bringen und außerdem täglich die Bettwäsche wechseln müßte. Als sie die Forsters zu sich nahmen, war von Bettnässen keine Rede gewesen, und beide hatten sich weit besser selber versorgen können, soviel die McIntyres gewußt hatten.

Ohne Voranmeldung ging Herbert am selben Nachmittag gegen drei Uhr ins Hilltop-Heim. Er war in so aggressiver Stimmung, daß er darauf bestand, den Richtigen zu sprechen, und deshalb hatte er es auch für besser gehalten, sich nicht vorher anzumelden. Er wurde schließlich ins Büro eines gewissen Stephen Culwart, Heimleiter, geführt, eines schlanken Mannes mit beginnender Glatze, der ihm ruhig erklärte, die Forsters könnten nicht zurück ins Heim, weil man keinen Platz hatte. Mr. McIntyre könne sich natürlich mit dem Forsterschen Sohn in Verbindung setzen, und man werde dann vielleicht ein anderes Heim finden, aber das Hilltop-Heim war dafür nicht mehr verantwortlich. Frustriert und etwas müde ging Herbert wieder, obwohl er wußte, die Müdigkeit saß nur im Kopf, und es wäre besser, sie abzuschütteln.

Lois war in ihrem Arbeitszimmer hinter dem Wohnzimmer bei geschlossener Tür mit Schreiben beschäftigt, als sie ein Klirren von zerbrechendem Glas hörte. Sie ging ins Wohnzimmer und fand Mamie, zitternd, neben der Büchertrennwand vor der Küchentür. Mamie sagte, sie sei gerade unten gewesen und habe die untere Toilette benutzen wollen, und dabei habe sie versehentlich die Vase am Ende des einen Bücherregals angestoßen. Ihre Haltung war eine merkwürdige Mischung aus Aggression und Entschuldigung. Nicht zum erstenmal überlief Lois ein Schauder vor Mamie.

»Und dann möchte ich auch Strickzeug haben«, sagte Mamie mit bebender Stimme.

»Strickzeug?« Lois preßte mit dem Daumen die Seite des Bleistifts, den sie in der Hand hielt, aber nicht so stark, daß er durchbrach. Sie war selber niedergeschmettert beim Anblick der blauen und weißen Glasscherben zu ihren Füßen. Sie hatte diese chinesische Vase, die einmal ihrer Mutter gehört hatte, sehr geliebt; sie war vielleicht kein Museumsstück gewesen, die Vase, aber doch einzigartig und wertvoll. Entscheidend war, daß Mamie es vorsätzlich getan hatte. »Was für Strickzeug? Wolle – meinen Sie Strickwolle?«

»Ja! Mehrere Farben. Und *Nadeln!*« sagte Mamie fast in Tränen, wie ein bedauernswerter Bettler, der um Almosen bat.

Lois nickte. »Na schön.«

Mit ihren langsamen und watschelnden Schritten ging Mamie zur Treppe. Aus dem Fernseher oben kam fröhliche Musik, die Kennmelodie einer nachmittäglichen Serie.

Lois fegte die Vase auf; zum Reparieren war sie in zu viele Stücke zerbrochen, wenigstens meinte sie das jetzt. Aber sie hob die Scherben in einer Plastiktüte auf. Gleich darauf kam Herbert und berichtete von seinem Mißerfolg.

»Ich glaube, wir sollten mal mit einem Anwalt sprechen«, sagte Herbert. »Ich weiß nicht, was wir sonst tun können.«

Lois versuchte, ihn mit einer Tasse Tee in der Küche zu besänftigen. Sie könnten noch mal Verbindung mit dem Sohn aufnehmen, meinte Lois. Ein Anwalt kostete viel und hätte womöglich nicht einmal Erfolg.

»Aber daß was im Busch ist, das wissen sie«, sagte Lois und nahm einen Schluck Tee.

»Wieso – ? Was meinst du?«

»Ich kann's fühlen. Es liegt in der Luft.« Von der Vase sagte Lois nichts, sie hoffte, er werde es nicht gleich merken.

Lois schrieb an Christopher Forster. Mamie strickte, und Albert pinkelte. Lois und ihre Putzhilfe Fita, die einmal wöchentlich kam, ein rundliches, halb puertorikanisches Mädchen, fröhlich und ein Engel, wuschen die Laken aus und hängten sie im Garten auf die Wäscheleine. Mamie schenkte Lois ein rundes gestricktes Deckchen, hübsch, aber von einem dunklen Purpur, das Lois nicht mochte – oder lag es daran, daß sie auf der ganzen Linie genug hatte von Mamie? Sie lobte Mamie für die Arbeit, sagte, wie gut ihr das Deckchen gefiele, und legte es in die Mitte des Couchtisches. Mamie schien von Lois' Worten nicht recht befriedigt, merkwürdigerweise; sie setzte wieder ihr Stirnrunzeln auf. Danach begann Mamie alles mögliche Zeugs mit verschiedenen Farben und vielen fallengelassenen Maschen zu fabrizieren, vermutlich sollten es weitere Deckchen oder Teewärmer, vielleicht sogar Socken sein. Die Verrücktheit dieser Objekte beunruhigte Lois und Herbert immer mehr. Es war jetzt Mitte Juni. Christopher hatte geantwortet, die Lage in seinem Haus sei angespannter als je, denn sein eigener vierjähriger Enkel verbrachte den Sommer bei ihm und seiner Frau, weil seine Eltern sich wahrscheinlich scheiden lassen wollten; es war daher ganz ausgeschlossen, ausgerechnet jetzt noch seinen Vater und Mamie ins Haus zu nehmen. Herbert investierte in einer einstündigen Beratung mit einem Anwalt, der vorschlug, die McIntyres sollten die Sache, unterstützt von Christopher Forster, mit der Sozialversicherung aufnehmen. Oder Herbert könnte sich nach einem anderen Altersheim umsehen, wo sich aber vielleicht Probleme ergeben würden, weil er kein Blutsverwandter war und erklären müßte, daß er die Verantwortung für die Forsters vom Hilltop-Heim übernommen habe.

Herberts und Lois' Nachbarn scharten sich um sie mit moralischer Unterstützung, mit Einladungen, um ihre Monotonie zu durchbrechen, aber keiner erbot sich, die Forsters auch nur für eine Woche bei sich aufzunehmen. Lois bemerkte das, scherzend, zu Herbert, und beide lächelten bei dem Gedanken: das war wirklich zuviel verlangt, auch von den besten Freunden, und die Tatsache, daß weder die Mitchells noch ihre anderen nahen Freunde, die Lowenhooks, ihnen ein solches Angebot gemacht hatten, verminderte auch keineswegs ihre Wertschätzung für die Freunde. Die Forsters waren eben beide zusammen eine Plage, ein Mühlstein, ein Kreuz. Und jetzt führten die Forsters einen subtilen Krieg. Sachen gingen kaputt. Es war Lois jetzt egal, was mit Alberts Matratze geschah, oder auch mit dem Teppich oben – das hatte sie alles abgeschrieben. Sie erbot sich auch nicht mehr, Alberts Hose zur Reinigung zu bringen; es war ihr egal, in welchem Zustand die Hose war. Sollen die beiden doch im eigenen Saft schmoren: der Satz war ihr durch den Kopf gefahren, laut gesagt hatte sie ihn nicht.

Lois fürchtete, daß Herbert bald zusammenbrechen würde. Anfang August hatten sie beide den Punkt erreicht, an dem sie nicht mehr lachen konnten, nicht einmal zynisch.

»Mieten wir doch zwei Studios – Büroräume zum Arbeiten, Lois«. sagte Herbert eines Abends. »Ich habe mich schon umgesehen – in Hartford, an der Barirgton Street, sind zwei Zimmer frei im gleichen Haus. Vierhundert Dollar monatlich – pro Stück. Das ist es wert – für mich jedenfalls, und gewiß auch für dich. Du hast wirklich die meiste Last gehabt.« Herberts Augen waren rötlich vor Müdigkeit, aber er konnte noch lächeln.

Lois fand das eine großartige Idee. Achthundert Dollar monatlich schien ihr kein übertriebener Preis für Ruhe und Frieden, für die Möglichkeit, sich zu konzentrieren. »Ich mach ihnen eine kalte Mahlzeit zurecht, mit Thermosflaschen – «

Herbert lachte; Tränen der Erleichterung schimmerten in seinen Augen. »Und ich bin dein Fahrer für den Achtstunden-Job. Stell dir bloß vor – *Allein sein* – in unseren eigenen kleinen Zellen!«

Am folgenden Montag richteten sich Lois und Herbert in den beiden Büroräumen in Hartford ein. Sie nahmen Schreibmaschinen, Geschäftsordner, Briefe und Bücher mit, und Lois außerdem das Manuskript, an dem sie arbeitete. Als Lois am Wochenende vorher Mamie von dem Umzug erzählt hatte, hatte Mamie gefragt, wer denn nun ihre Mahlzeiten herrichten werde, und Lois hatte erklärt, sie selber werde dasein und ihnen Frühstück und Dinner servieren, und zum Lunch wäre dann – ein Picknick da, eine Überraschung, mit heißer Suppe in einer Thermosflasche, und ebenso Tee.

»Zur Teezeit – «, hatte Albert vage angesetzt, mit einem anklagenden Auge auf Lois.

»Es ist jedenfalls beschlossene Sache«, hatte Lois gesagt, und es war ihr ernst damit, denn sie und Herbert hatten eine Abmachung für sechs Monate unterschrieben.

Mamie und Albert grollten jetzt noch mehr mit den McIntyres. Alberts Bett war jeden Abend naß, wenn Herbert und Lois zwischen sechs und sieben nach Hause kamen, und es war Lois' Pflicht, die Laken zu wechseln, bevor sie ans Kochen ging. Herbert bestand darauf, das oder die Laken selber auszuspülen und sie entweder im Garten, oder, wenn es nach Regen aussah, im Keller auf die Leine zu hängen.

»Aus eurem eigenen Haus zu ziehen bloß wegen solchen . . .!« sagte Pete Mitchell eines Abends, als er mit Ruth zu Drinks erschienen war. »Das geht doch reichlich weit, findet ihr nicht?«

»Aber wir können arbeiten«, erwiderte Herbert. »Es *ist* besser. Nicht wahr, Lois?«

»Ja, bestimmt. Liegt doch auf der Hand«, sagte Lois zu den Mitchells; aber sie sah, daß sie ihr nicht glaubten, daß sie meinten, sie bemühe sich nur, sosehr sie konnte. Es war Lois klar, daß sie seit der Ankunft der Forsters vor sechs Monaten wohl nur einmal bei den Mitchells zum Abendessen gewesen waren, weil sie und Herbert die Forsters zu ungern von acht Uhr abends bis vielleicht nach Mitternacht allein ließen. Aber war das nicht eigentlich unsinnig? Schließlich waren die Forsters jetzt täglich von gegen neun bis etwa sechs Uhr abends allein im Haus. Also nahmen Lois und Herbert eine schon oft von den Mitchells ausgesprochene Einladung zum Essen jetzt an, und die Mitchells freuten sich sehr. Die Einladung war für den nächsten Samstag.

Als die McIntyres am folgenden Samstag abend – oder vielmehr am Sonntag früh kurz vor ein Uhr – von den Mitchells zurückkamen, war in ihrem Hause alles in Ordnung. Nur im Wohnzimmer brannte das Licht, so wie sie es gelassen hatten; aus dem Forsterschen Zimmer hörte man Fernsehgemurmel, wie üblich, und bei den Forsters brannte kein Licht. Herbert ging in ihr Zimmer, stellte den Fernseher ab und ging auf Zehenspitzen mit dem Eßtablett hinaus. Er fühlte sich angenehm benebelt, ebenso wie Lois, denn die Mitchells hatten ihnen ein gutes Essen mit Wein vorgesetzt, und die Lowenhooks waren auch dagewesen.

Herbert und Lois tranken noch einen Schlummertrunk in der Küche, und Lois wusch dabei das Eßgeschirr der Forsters ab. Sie schafften es doch, oder? Trotz der Witzeleien von den Lowenhooks heute abend. Was hatten sie gesagt? *Wenn nun Mamie und Albert euch beide überleben?* Herbert und Lois brachten es heute abend in ihrer Küche fertig, herzlich zu lachen.

Am Sonntag fragte Mamie Lois, wo sie gestern abend gewesen waren, obgleich Lois Namen und Telefonnummer der Mitchells bei den Forsters hinterlassen hatte. Das Telefon hatte ›ein dutzendmal geklingelt‹, sagte Mamie; sie habe es aber nicht schnell genug abnehmen können, bevor das Klingeln aufhörte, und auch Albert habe den Apparat im Schlafzimmer der McIntyres nicht mehr rechtzeitig erreicht, obwohl er es versuchte, als Mamie es schließlich müde geworden war.

Lois glaubte ihr nicht. Wie konnte sie das Klingeln hören, wenn ihr Fernseher so laut lief? »Komisch, daß es heute den ganzen Tag lang nicht geklingelt hat.«

Als Lois und Herbert in der nächsten Woche eines Abends zusammen aus ihrem Büro heimkamen, fanden sie einen großen Topf Zwergrhododendron, der auf dem Fußboden im Wohnzimmer umgekippt war; der Topf war aber nicht zerbrochen. Es war ausgeschlossen, daß jemand einen so großen Topf einfach durch Anstoßen umgeworfen hatte, das wußten sie beide, aber sie sagten es nicht. Herbert machte sich mit Besen und Schaufel an die Arbeit und stellte den Topf wieder auf; er überließ es Lois, das neue Objekt im Wohnzimmer zu bewundern, ein mehr oder weniger sechseckiges gestricktes Ding – wenn es eine Tellerunterlage war, so war sie reichlich groß, fast ein Meter im Durchmesser –, das auf der einen Sofalehne lag. Die Farben waren Türkis, Dunkelrot und Weiß, und die Oberfläche wellte sich.

»Versöhnungsgabe?« fragte Herbert feixend.

Es war an einem Freitag im Frühherbst gegen sieben

Uhr, als die McIntyres beim Nachhausekommen Rauch aus einem der Fenster des Forsterschen Zimmers kommen sahen. Das Fenster war oben ganz wenig geöffnet, der Rauch sah dick und ernst aus.

»Um Gottes willen!« sagte Herbert und sprang aus dem Wagen, blieb dann aber stehen, als wisse er sekundenlang nicht, was er tun sollte.

Lois war auf der Beifahrerseite ausgestiegen. Der graue Rauch kräuselte sich nach oben, er stieg höher als die Pappeln. Auch Lois fühlte sich merkwürdig gelähmt. Dann fiel ihr ein unfertiger Artikel ein, die ersten vier Kapitel eines Buches, an dem sie noch nicht arbeitete, aber bald arbeiten würde; sie lagen unten im vorderen Zimmer, unter dem Forsterschen Zimmer, und ein Zwang zum Handeln ergriff sie. Sie warf ihre Handtasche auf den Vordersitz des Wagens. »Wir müssen unsere *Sachen* rausholen.«

Herbert wußte, was sie mit ›Sachen‹ meinte. Als er die Haustür öffnete, ließ ihn der Geruch des Rauches zurücktreten, dann holte er tief Luft und stürzte vorwärts. Er wußte: das Falscheste war, die Tür offenzulassen, einen Luftzug zu schaffen, aber er machte die Tür nicht zu. Er lief nach rechts auf sein Arbeitszimmer zu, dann fiel ihm ein, daß Lois ebenfalls im Haus war, er kehrte also um und lief zu ihr ins Studierzimmer. Er riß ein Fenster auf und warf die Papiere und Ordner und Kästen, die sie ihm gab, nach draußen ins Gras. Das war in Sekunden geschehen. Jetzt stürzten sie durchs Wohnzimmer in Herberts Arbeitszimmer, das einigermaßen frei war von Rauch, obgleich die Tür offenstand. Herbert öffnete eine Fenstertür, und jetzt flogen seine Kästen und Aktenordner hinaus auf den Rasen, seine zweite Reiseschreibmaschine, Nachschlagewerke, derzeitiger Lesestoff und fast die Hälfte einer vierzehnbändigen Enzyklopädie. Lois half ihm; mit weit offenem Mund hielt sie schließlich ein, um Atem zu holen.

»Und – oben!« sagte sie keuchend. »Feuerwehr? Ist doch noch nicht zu spät?«

»Laß das verdammte Ding doch brennen!«

»Die Forsters -- «

Herbert nickte schnell. Er sah benommen aus. Er blickte sich im Sonnenzimmer um, ob er irgendwas vergessen hatte, schnappte sich seinen Briefbeschwerer vom Schreibtisch, steckte ihn ein und zog eine Schublade auf. »Reiseschecks«, murmelte er und steckte sie ebenfalls ein. »Vergiß nicht, das Haus ist versichert«, sagte Herbert lächelnd zu Lois. »Wir schaffen's schon. Und es *lohnt* sich!«

»Meinst du nicht – oben – «

Herbert seufzte unruhig und ging durchs Wohnzimmer zur Treppe. Rauch rollte herunter wie eine graue Lawine. Er hielt sich einen Teil seiner aufgeknöpften Jacke vors Gesicht und lief zu Lois zurück. »Raus! *Raus,* Darling!«

Sie standen beide draußen auf dem Rasen, als der obere Teil des Fensters im Forsterschen Zimmer einbrach und Flammen herausdrangen, die sich aufwärts zum Dach hin kräuselten. Wortlos sammelten Lois und Herbert die Sachen ein, die sie auf den Rasen geworfen hatten. Trotz der Eile packten sie ihre Habseligkeiten ganz ordentlich auf den Rücksitz und in den Kofferraum des Wagens.

»*Die* hätten doch die Feuerwehr rufen können, meinst du nicht?« sagte Herbert mit einem Blick auf das flammende Fenster.

Lois wußte – und auch Herbert wußte es –, daß sie oben in ihrem Schlafzimmer auf das Telefon das Wort FEUERWEHR und auch die Telefonnummer geschrieben hatte, falls etwas passierte. Aber jetzt waren die Forsters bestimmt schon vom Rauch überwältigt. Oder ob sie womöglich *im Freien* waren, in der Dämmerung verborgen, hinter den Hecken und Pappeln, und zusahen, wie das Haus verbrannte? Bereit, sich zu ihnen zu gesellen – jetzt? Lois hoffte es nicht. Und sie glaubte es auch nicht. Die Forsters waren da oben und nun schon tot. »Wo fahren wir hin?« fragte sie, als Herbert auf die Straße lenkte, nicht in die Richtung von Hartford. Aber sie wußte es. »Zu den Mitchells?«

»Ja, klar. Von da aus telefonieren wir. Die Feuerwehr – wenn nicht schon ein Nachbar dort angerufen hat. Die Mitchells bringen uns für die Nacht unter. Keine Sorge, Schatz.« Herberts Hände hielten das Lenkrad fest umklammert, aber er fuhr ruhig und vorsichtig.

Was die Mitchells wohl sagen würden? Wahrscheinlich: *Gut so,* dachte Lois.

Lizenzausgabe für die Büchergilde Gutenberg,
Frankfurt am Main, Olten, Wien
mit freundlicher Genehmigung der Diogenes Verlags AG Zürich

Die Geschichten sind folgenden Bänden von Patricia Highsmith
entnommen: Der Schneckenforscher; Kleine Geschichten für
Weiberfeinde; Kleine Mordgeschichten für Tierfreunde; Leise, leise im
Wind; Keiner von uns
›Der Bettinhalt‹ wurde von Walter E. Richartz übersetzt;
›Immer dies gräßliche Aufstehen‹ von Wulf Teichmann
und alle anderen Geschichten von Anne Uhde.

Umschlag und Einband Hennes Maier, Frankfurt am Main
Herstellung Margot Mayer, Neu-Isenburg
Satz Dörlemann Satz GmbH, Lemförde
Druck W. Kohlhammer Druckerei GmbH & Co, Stuttgart
Bindung Großbuchbinderei Monheim GmbH, Monheim
Printed in Germany 1984 ISBN 3 7632 3010 6